La razón de estar contigo

La razón de estar contigo

W. Bruce Cameron

Traducido por Carol Isern

rocabolsillo

La razón de estar contigo

Título original: *A Dog's Purpose: A Novel for Humans*

D. R. © 2011, W. Bruce Cameron

Primera edición en este formato en España: enero, 2018
Primera edición en este formato en México: noviembre, 2022
Primera reimpresión: marzo, 2024

D. R. © de la traducción: 2017, Carol Isern

D. R. © 2017, 2018, Roca Editorial de Libros, S.L.U.
Travessera de Gràcia, 47-49. 08021 Barcelona

ISBN: 978-841-624-092-0

Impreso en México – *Printed in Mexico*

Para Cathryn.
Por todo, por serlo todo.

1

*U*n día se me ocurrió pensar que esas cosas calientes, chillonas y apestosas que se movían a mi alrededor eran mis hermanos y mi hermana. Me sentí muy decepcionado.

A pesar de que mi vista había mejorado hasta el punto de poder ver formas borrosas a la luz, supe que esa cosa grande y hermosa que tenía esa larga y maravillosa lengua era mi madre. Averigüé que sentir el aire frío en la piel significaba que mi madre se había marchado a alguna parte, y que volver a sentir calor quería decir que era la hora de comer. Muchas veces, encontrar un lugar para succionar implicaba apartar de un empujón el morro de uno de mis hermanos, que intentaba quitarme mi parte, lo cual resultaba muy irritante. No veía que mis hermanos y mi hermana tuvieran objetivo alguno. Mientras mi madre me lamía la barriga para estimular el fluido de líquidos de debajo de mi cola, yo la miraba, suplicándole en silencio que me quitara de encima a los demás cachorros. La quería toda para mí.

Poco a poco pude empezar a ver a los otros perros y acepté a regañadientes su presencia en la guarida. Mi olfato pronto me avisó de que tenía una hermana y dos hermanos. Sister estaba menos interesada en luchar conmigo que mis hermanos. A uno de ellos lo llamé Fast porque, por algún motivo, se movía más deprisa que yo. Al otro lo llamé Hungry porque lloriqueaba siempre que Madre se iba, y cuando regresaba, mamaba con una extraña desesperación, como si nunca tuviera suficiente. Hungry dormía más que mis otros hermanos y que yo, así que muchas veces le saltábamos encima y le mordisqueábamos la cara.

Nuestra guarida estaba al abrigo de las oscuras raíces de un árbol y permanecía fría y oscura a pesar del calor del día. La primera vez que salí al aire libre y sentí la luz del sol, Sister y Fast me acompañaron. Por supuesto, Fast se colocó en primera posición.

De nosotros cuatro, solamente Fast tenía una mancha blanca en la cara. Cuando trotaba con alegría, esa mancha blanca brillaba a la luz del día. Era una mancha que tenía forma de estrella y que parecía lanzar un anuncio al mundo: «Soy especial». El resto de su pelaje era oscuro, con manchas marrones y negras, igual que el mío. Hungry tenía un color más claro, mientras que Sister tenía el mismo hocico prominente de Madre y la frente plana. Pero todos nos parecíamos bastante entre nosotros, a pesar del orgulloso trotar de Fast.

Nuestro árbol estaba encaramado sobre la orilla de un riachuelo. Me alegró ver que Fast caía rodando por la pendiente de la orilla. Pero ni Sister ni yo bajamos con más elegancia que él. Las rocas resbaladizas y los finos hilos de agua ofrecían olores maravillosos, así que seguimos esa pista de agua hasta una cueva fría y húmeda: se trataba de un conducto de paredes metálicas. Instintivamente, supe que ese era un buen lugar para esconderse en caso de peligro, pero a Madre no le impresionó nuestro descubrimiento en absoluto: sin ninguna contemplación, nos llevó de regreso a la guarida después de que quedara claro que no teníamos suficiente fuerza en las piernas para subir la cuesta de la orilla.

Habíamos aprendido la lección: no podíamos regresar a nuestra guarida por nuestros propios medios después de bajar por la orilla. Así pues, en cuanto Madre se fue, lo hicimos otra vez. Esta vez, Hungry vino con nosotros, pero cuando llegamos al conducto se tumbó sobre el frío barro y se quedó dormido.

Explorar parecía lo correcto, pues necesitábamos encontrar otras cosas para comer. Madre, que se impacientaba con nosotros, se levantaba antes de que hubiéramos terminado de comer, y yo culpaba a los otros perros de ello. Si Hungry no fuera tan insaciable, si Fast no fuera tan mandón, si Sister no se moviera tanto, seguro que Madre se quedaría quieta y nos permitiría llenarnos la barriga. ¿No era cierto que yo siempre conseguía que se tumbara, suspirando, cuando intentaba llegar hasta ella mientras estaba de pie?

Muchas veces, Madre dedicaba un montón de tiempo extra a lamer a Hungry. Aquella injusticia me sacaba de mis casillas.

Fast y Sister se habían hecho más altos que yo. El tamaño de mi cuerpo era el mismo, pero mis piernas eran más cortas y más gruesas. Hungry era el más pequeño de todos, por supuesto. Por otra parte, me molestaba que Fast y Sister siempre jugaran juntos y me dejaran de lado, como si Hungry y yo perteneciéramos a otra clase dentro de la manada.

Puesto que Fast y Sister estaban más interesados el uno en el otro que en el resto de la familia, yo los castigaba negándoles mi compañía. Así pues, salía solo para ir al conducto. Un día, mientras estaba olisqueando un delicioso cuerpo podrido y en descomposición, un pequeño animal saltó al aire: justo delante de mí. ¡Era una rana!

Encantado, me precipité hacia ella para intentar atraparla con las manos, pero la rana saltó otra vez. Tenía miedo, a pesar de que yo solamente quería jugar… Casi seguro que no me la iba a comer. Fast y Sister percibieron mi excitación y entraron en estampida en el conducto, resbalando sobre el húmedo fango al llegar y tirándome al suelo. La rana saltó.

Fast tomó impulso sobre mi cabeza para saltar hacia ella. Le gruñí, pero no me hizo ni caso.

Sister y Fast cayeron el uno encima del otro al intentar alcanzar a aquel animal, pero este consiguió llegar a un charco de agua y se alejó nadando en silencio y a toda velocidad. Sister metió el hocico en el charco y estornudó, mojándonos a Fast y a mí. Fast saltó sobre su espalda. Y, finalmente, nos dimos cuenta de que la rana —¡mi rana!— había desaparecido.

Triste, me di la vuelta. Tuve la sensación de que vivía en una familia de zoquetes.

Pensé mucho en esa rana durante los días siguientes. Lo hacía sobre todo antes de quedarme dormido. No dejaba de preguntarme cuál habría sido su sabor.

Cierto día, cuando nos precipitamos ansiosos y revoltosos hacia Madre, ella empezó a gruñir suavemente. Y así cada vez que nos acercábamos. Hasta que un día nos chasqueó los dientes en señal de advertencia. Pensé, con desaliento, que mis hermanos lo habían fastidiado todo. Pero entonces Fast se arrastró hacia ella con la barriga pegada al suelo. Madre le acercó el hocico. Él le lamió el morro, y ella le ofreció comida. Así pues, todos corrimos hacia allí para recibir nuestra parte. Fast nos apartó de un empujón. Sin embargo, ahora ya conocíamos el truco, así que olisqueé y lamí el morro de mi madre: ella me dio de comer.

Para entonces ya nos habíamos familiarizado por completo con el lecho del arroyo. Lo habíamos recorrido de arriba a abajo asegurándonos de dejarlo impregnado con nuestro olor. Fast y yo pasábamos la mayor parte del tiempo dedicados a la seria tarea de jugar. Empecé a darme cuenta de que para él era importante que el juego terminara conmigo de espaldas al suelo y él mordisqueándome la cara y el cuello. Sister nunca lo desafiaba, pero yo no estaba seguro de que me gustara lo que para todo el mundo parecía ser el orden natural de nuestra manada. Por supuesto, a Hungry no le importaba para nada su estatus, así que cada vez que me sentía frustrado, le mordisqueaba las orejas.

Una tarde, mientras observaba con indolencia a Sister y a Fast, que se disputaban un trozo de tela que habían encontrado por ahí, de repente, se me levantaron las orejas: un animal se acercaba, un animal grande y que hacía mucho ruido. Me puse en pie con torpeza, pero antes de que tuviera tiempo de bajar corriendo hasta el lecho del riachuelo para investigar ese ruido, Madre ya estaba allí con el cuerpo tenso en señal de alarma. Vi, sorprendido, que llevaba a Hungry en la boca, tal como hacía al principio de nuestras vidas. Madre nos condujo hasta el oscuro conducto. Entonces, se agachó, con las orejas aplastadas contra la cabeza. El mensaje estaba claro: la obedecimos, retrocediendo en silencio hacia el interior del conducto.

Cuando el animal apareció, caminando por la orilla del río, noté que a Madre se le erizaba el pelaje de la espalda: puro miedo. Era un animal grande que caminaba sobre dos piernas. Mientras se acercaba a nosotros nos llegó el olor acre del humo que le salía de la boca.

Lo observé, absolutamente fascinado. Por algún motivo que no conseguía comprender, me sentía atraído por ese ser. Incluso me puse en tensión, listo para saltar hacia él y darle la bienvenida. Pero mi madre me lanzó una mirada de las suyas, por lo que decidí no hacerlo. Se trataba de algo a lo que debíamos temer y evitar a cualquier precio.

Por supuesto, aquel animal era un hombre. El primer hombre que yo veía.

Él no miró hacia donde estábamos nosotros en ningún momento. Subió por la cuesta y desapareció de nuestra vista. Al cabo de un momento, Madre salió al aire libre y estiró el cuello para ver si el peligro había pasado. Entonces se relajó, volvió a entrar y nos dio a todos un beso tranquilizador.

Salí al exterior para verlo por mí mismo: sentí cierta decepción al comprobar que lo único que quedaba de la presencia de ese hombre era el olor del humo en el aire.

Durante las semanas siguientes, Madre se dedicó a insistir en el mensaje que nos había lanzado ese día en el conducto: había que evitar a los hombres a toda costa. Incluso había que tenerles miedo.

La siguiente vez que salió a cazar, nos permitió ir con ella. Cuando nos hubimos alejado de la guarida, Madre adoptó una actitud precavida e inquieta que todos imitamos. Nos manteníamos lejos de las zonas abiertas y avanzábamos ocultándonos por los arbustos. Si veíamos a una persona, Madre se quedaba inmóvil, con los hombros en tensión, lista para salir corriendo. En momentos como esos, la mancha blanca de Fast parecía armar el mismo escándalo que un ladrido. Sin embargo, nadie nos vio jamás.

Madre nos enseñó a romper unas finas bolsas de plástico que se encontraban en la parte trasera de las casas, a esparcir con rapidez el contenido, apartar lo que no era comestible y a encontrar los trozos de comida, de pan y de queso, que nos comíamos tan deprisa como nos era posible. Los sabores eran exóticos; los olores, fantásticos; pero la ansiedad de Madre nos afectaba a todos: comíamos deprisa y sin saborear nada. Tan era así que, el primer día, Hungry vomitó su comida. La cosa tuvo su gracia…, al menos hasta que yo también empecé a sentir espasmos en el estómago.

Pero la segunda vez que lo hicimos todo resultó mucho más fácil.

Yo siempre supe que había otros perros, a pesar de que nunca me había encontrado con ellos y de que solo conocía a los de mi propia familia. A veces, mientras nos encontrábamos fuera cazando, nos ladraban desde el otro lado de las rejas, probablemente celosos de que nosotros trotáramos con libertad por ahí mientras ellos estaban encerrados. Madre, por supuesto, nunca nos permitió acercarnos a ninguno de esos desconocidos. Incluso Fast se erizaba un poco, seguramente ofendido por que alguien se atreviera a increparle mientras él levantaba la pata en sus árboles.

¡Y de vez en cuando incluso veía un perro en un coche! La primera vez que eso sucedió, me quedé mirando, maravillado: esa cabeza que salía por la ventana, esa lengua colgando de la boca. Al verme, ladró de alegría, pero yo estaba demasiado asombrado: lo único que fui capaz de hacer fue levantar el hocico y resoplar con incredulidad.

Los coches y los camiones eran una cosa totalmente distinta. Madre los evitaba, aunque yo no comprendía por qué eran peligrosos si eran cosas dentro de las cuales viajaban perros. Un camión enorme y que hacía mucho ruido aparecía con frecuencia y se llevaba todas las bolsas de comida que la gente dejaba fuera para nosotros. Cuando eso sucedía, la comida escaseaba durante uno o dos días. No me gustaba ese camión, y tampoco me gustaban esos avariciosos hombres que salían de él y que se llevaban toda la comida, por mucho que tanto ellos como su camión olieran a gloria.

Ahora que salíamos a cazar teníamos menos tiempo para jugar. Madre gruñía cada vez que Hungry quería lamerle la boca para recibir comida a cambio. No nos costó mucho captar el mensaje. Salíamos a menudo, ocultándonos, buscando comida desesperadamente. Yo me sentía cansado y débil. Ni siquiera me atrevía a desafiar a Fast cuando colocaba su cabeza sobre mi espalda y me empujaba con el pecho. Vale, que fuera él el jefe. De todas formas, mis cortas piernas eran más adecuadas para correr agazapado y para escabullirse, tal como mi madre nos había enseñado. Si Fast creía que estaba demostrando algo cuando utilizaba su altura para tumbarme, se engañaba a sí mismo. Madre era la jefa.

Allí, bajo las raíces del árbol, el espacio comenzaba a hacerse pequeño, por lo que Madre pasaba cada vez más tiempo fuera. Algo me decía que cualquier día ella no volvería. Y que entonces deberíamos valernos por nosotros mismos, mientras Fast intentaba quitarme de en medio y quedarse con mi parte. Madre ya no estaría allí para cuidarme.

Y empecé a pensar en cómo sería abandonar la guarida.

El día que todo cambió empezó cuando Hungry se metió en el conducto para tumbarse en lugar de salir a cazar. Le costaba respirar y la lengua le colgaba. Madre le acarició con el hocico antes de salir. Yo le olisqueé, pero él permaneció con los ojos cerrados.

Más allá del conducto había una carretera. En ese sitio, una vez habíamos encontrado un pájaro muerto que todos nos disputamos hasta que Fast lo cogió y se escapó corriendo con él. A pesar del peligro de que nos vieran, siempre íbamos a correr por esa carretera y buscábamos más pájaros. Eso es lo que estábamos haciendo ese día cuando Madre, de repente, levantó la cabeza en señal de alarma. Y todos lo oímos en el mismo instante: se acercaba un camión.

Pero no era un camión cualquiera. Ese mismo vehículo, haciendo el mismo ruido, había pasado por esa carretera varias veces durante los últimos días, despacio, casi amenazador, como si nos estuviera dando caza a nosotros.

Seguimos a Madre corriendo hasta el conducto, pero por algún motivo que nunca comprendí, me detuve y miré hacia atrás, hacia la monstruosa máquina, unos segundos antes de seguir a Madre hasta el escondite del túnel.

Esos segundos marcaron la diferencia: me habían visto. El camión, emitiendo una vibración grave y estruendosa, se paró justo encima de nosotros. Rechinando, el motor se detuvo y se quedó en silencio. Y entonces oímos el ruido de unas botas pisando la grava.

Madre soltó un suave gemido.

Unos rostros humanos aparecieron por ambos extremos del conducto. Madre se agachó, con todo el cuerpo tenso.

Nos enseñaron los dientes, pero no parecía ser un gesto de hostilidad. Tenían la cara y los ojos oscuros, las cejas y el pelo negros.

—Eh, chico —susurró uno de ellos.

No sabía qué significaba eso, pero esa llamada me pareció tan natural como el sonido del viento, como si hubiera oído hablar a los hombres durante toda mi vida.

Vi que ambos llevaban unos palos, y unas cuerdas atadas a los extremos de los palos. Tenían un aspecto amenazador. Me di cuenta de que Madre sentía pánico. Empezó a rascar el suelo con las uñas y a dar vueltas con la cabeza gacha, buscando el espacio que quedaba entre las piernas de uno de los hombres. El palo bajó, se oyó un rápido chasquido y el hombre la arrastró hacia el exterior. Madre se retorcía y tiraba con fuerza.

Sister y yo retrocedimos, encogidos de miedo. Fast se puso a gruñir con el pelaje del cuello erizado. De repente, los tres nos dimos cuenta de que, aunque la salida a nuestras espaldas estaba bloqueada, la apertura que teníamos delante había quedado libre. Así que nos lanzamos hacia ella.

—¡Ahí vienen! —gritó el hombre que estaba detrás de nosotros.

Cuando llegamos al lecho del arroyo, nos dimos cuenta de que no sabíamos qué hacer. Sister y yo nos quedamos detrás de Fast: si él quería ser el jefe, de acuerdo, que se encargara él.

No había ni rastro de Madre. Los dos hombres se encontraban a ambos lados del arroyo y blandían los palos. Fast esquivó a uno de ellos, pero el otro lo atrapó. Sister aprovechó ese instante para escapar por el curso del río, pero yo me quedé inmóvil, mirando hacia la carretera.

Allí arriba vi a una mujer de cabello largo y blanco que nos miraba con expresión amable.

—Ven, cachorro, no pasa nada. Todo va bien. Ven, cachorro —decía.

No corrí. No me moví. Dejé que el lazo pasara por mi cabeza y se apretara alrededor del cuello. Seguí el palo por la
cuesta de la orilla y el hombre me agarró por el pellejo del
cogote y me levantó.

—Está bien, está bien —decía la mujer—. Suéltalo.

—Se escapará —advirtió el hombre.

—Deja que se vaya.

Yo seguía la conversación sin entender qué decían, pero
comprendí que, de alguna manera, era la mujer quien mandaba, a pesar de ser mayor y más pequeña que los dos hombres. El hombre soltó un gruñido de contrariedad, pero me
quitó el lazo del cuello. La mujer alargó los brazos hacia mí.
Sus manos olían a flores. Las olisqueé y bajé la cabeza. De ella
emanaba un fuerte sentimiento de preocupación y afecto.

La mujer pasó las manos por mi pelaje: un escalofrío me
recorrió todo el cuerpo. Mi cola empezó a moverse en el aire
por sí misma; cuando noté con sorpresa que la mujer me levantaba del suelo, me apresuré a lamerle la cara. La mujer se
reía, encantada.

Pero el ambiente se oscureció un poco cuando uno de los
hombres se acercó con el cuerpo inerte de Hungry entre
los brazos. El hombre se lo mostró a la mujer, que movió la
cabeza con tristeza. El hombre llevó a Hungry hasta el camión. Allí se encontraban Madre y Fast, en una jaula de metal. El hombre les acercó el cuerpo de Hungry. El olor a
muerte, que yo reconocí solo como un recuerdo, emanaba de
mi hermano y llenaba el aire seco y polvoriento.

Todos olisqueamos su cadáver: comprendí que el hombre
quería que supiéramos qué le había sucedido.

Permanecieron en pie, en silencio y tristes, pero no sabían que Hungry había estado enfermo desde que nació y
que no era probable que sobreviviera mucho tiempo.

Mientras me introducían en la jaula, mi madre olfateó con expresión de desagrado el olor de la mujer, que se me había quedado impregnado en el pelaje. El camión se puso en marcha con una sacudida: pronto, los olores que llegaban hasta nuestra jaula captaron toda mi atención. Era lo más excitante que me había sucedido en la vida, incluida la caza frustrada de la rana.

Fast parecía sobrecogido de tristeza. Tardé un momento en comprender por qué: Sister, su compañera favorita, se había ido. Para nosotros, se había ido igual que lo había hecho Hungry.

El mundo —reflexioné— era mucho más complejo de lo que había creído. No se trataba solamente de que Madre, mis hermanos y yo nos escondiéramos de la gente, cazáramos y jugáramos en el conducto. Había cosas más importantes que podían cambiarlo todo, cosas que los seres humanos controlaban.

Pero me equivocaba en una cosa: a pesar de que en ese momento no lo sabíamos, Fast y yo nos volveríamos a encontrar con Sister en el futuro.

2

*F*uera cual fuera el destino de nuestro viaje, tenía la sensación de que allí habría otros perros. La jaula estaba impregnada del olor de otros perros: de su orín, de sus heces, incluso de sangre mezclada con pelo y saliva. Madre se aplastaba contra el suelo, intentando clavar las uñas para no resbalar. Sin embargo, Fast y yo nos movíamos de un lugar a otro con el morro pegado al suelo, olfateando y distinguiendo el olor de un perro al de otro. Fast intentaba marcar las esquinas de la jaula, pero cada vez que trataba de mantenerse en pie sobre tres patas, el camión botaba y él salía despedido hacia el otro extremo de la jaula. Una de las veces aterrizó sobre Madre, por lo cual se llevó un buen mordisco. Yo lo miré con desaprobación. ¿Es que no se daba cuenta de que Madre estaba triste?

Al final, aburrido de oler a perros que ni siquiera estaban allí, apreté el morro contra la rejilla de alambre e inhalé con fuerza el aire del exterior. Mientras lo hacía, recordé la primera vez que enterré el morro en una de las suculentas latas de la basura, que había sido nuestra principal fuente de comida. Ahí fuera había miles de olores inidentificables. Cada uno de ellos llegaba hasta mí con tanta fuerza que no podía dejar de olerlos.

Fast se colocó en el extremo opuesto de la jaula y se tumbó. No quiso unirse a mí porque oler el aire no había sido idea suya. Y cada vez que yo olisqueaba, él me miraba, malhumorado, como advirtiéndome de que la próxima vez que quisiera hacerlo le pidiera permiso. Y cada vez que mi mirada se encontraba con la frialdad de sus ojos, yo miraba a Madre, pues, aunque estaba intimidada por todo lo que había pasado, por lo que a mí respectaba ella seguía estando al mando.

El camión se detuvo. La mujer se acercó a nosotros y nos habló mientras aplastaba las manos contra la pared de la jaula para que se las lamiéramos. Madre permaneció donde estaba, pero Fast se dejó engatusar tanto como yo y se puso a mi lado, meneando la cola.

—Sois tan monos. ¿Tenéis hambre, pequeños? ¿Tenéis hambre?

Nos habíamos detenido delante de una casa grande y baja. En el suelo, la hierba alta sobresalía por entre los neumáticos del camión.

—¡Eh, Bobby! —gritó uno de los hombres.

La respuesta fue desconcertante: de detrás de la casa nos llegó un alboroto de ladridos. Tantos que no pude contarlos. Fast se puso a dos patas y apoyó las manos contra la pared de la jaula, como si así pudiera ver mejor.

El alboroto continuaba. Otro hombre salió de uno de los lados de la casa. Tenía el pelo castaño y la piel tostada por el sol; al caminar, cojeaba ligeramente. Los otros dos hombres lo miraron, sonriendo con cierta expectación. Al vernos, se detuvo en seco y con los hombros caídos.

—Oh, no, señora. No más perros. Ya tenemos demasiados.

Un sentimiento de resignación y de tristeza emanaba de él, pero no percibí nada parecido al enojo.

La mujer se dio la vuelta y se le acercó.

—Tenemos dos cachorros y a su madre. Deben de tener unos tres meses. Había otros dos: uno se escapó; el otro murió.

—Oh, no.

—La madre se puso como una fiera, la pobre. Está aterrorizada.

—Ya sabe lo que le dijeron la última vez. Tenemos demasiados perros… y no nos darán la licencia.

—No me importa.

—Pero, señora, no tenemos espacio.

—Bueno, Bobby, sabes que eso no es cierto. Además, ¿qué podemos hacer? ¿Dejar que vivan como animales salvajes? Son perros, Bobby, unos cachorros, ¿lo ves?

La mujer regresó a la jaula y yo meneé la cola para mostrarle que había estado escuchando con toda atención, a pesar de que no había comprendido nada.

—Sí, Bobby, ¿qué son tres más? —preguntó uno de los hombres.

—Cualquier día de estos no tendremos dinero para pagarte; todo se habrá ido en comida para perros —repuso el hombre que se llamaba Bobby.

Los otros hombres se encogieron de hombros y sonrieron.

—Carlos, quiero que te lleves una hamburguesa y vuelvas al arroyo. A ver si encuentras al que se ha escapado —dijo la mujer.

El hombre asintió con la cabeza, riendo al ver la expresión de Bobby. Comprendí que la mujer estaba al mando de esa familia de humanos. Así pues, le volví a lamer la mano, para lograr convertirme en su preferido.

—Oh, buen perro, buen perro —me dijo, y yo me puse a dar brincos y a menear la cola tan deprisa que le di un golpe en la cara a Fast, que parpadeó, un poco molesto.

El hombre al que llamaban Carlos olía a carne con especias y a algún aceite exótico que no fui capaz de identificar. Se acercó y metió el palo en la jaula para enganchar a Madre. Fast y yo los seguimos hasta uno de los laterales de la casa, donde había una gran valla. Los ladridos eran ensordecedores. Sentí un escalofrío de miedo. ¿En qué nos estábamos metiendo?

Bobby desprendía un aroma cítrico (a naranjas), a polvo, a piel y a perro. Abrió la puerta de la valla un poco, bloqueando la entrada con su cuerpo.

—¡Atrás! ¡Atrás! ¡Ahora! ¡Atrás! ¡Vamos! —insistía.

Los ladridos disminuyeron un poco. Cuando Bobby abrió del todo la puerta para que Carlos empujara a Madre por ella, dejaron de oírse por completo.

Todo aquello me asombraba tanto que ni siquiera noté el pie de Bobby en la espalda cuando este me empujó al interior del recinto.

Perros.

Había perros por todas partes. Algunos eran tan grandes como Madre (incluso había alguno aún más grande). Otros eran más pequeños. Pero todos ellos se paseaban con libertad por aquel enorme recinto, un espacioso patio rodeado por una alta valla de madera. Me lancé a la carrera hacia un grupo de perros de aspecto amistoso que no parecían mucho mayores que yo; justo antes de llegar donde estaban me detuve en seco, fingiendo estar fascinado por algo que había en el suelo. Los tres perros que había delante de mí tenían un pelaje de colores brillantes y eran hembras, así que hice pipí seductoramente sobre un montón de tierra antes de unirme a ellas y ponerme a olisquear con educación sus traseros.

Me sentía tan feliz por cómo estaban yendo las cosas que tuve ganas de ladrar, pero Madre y Fast no lo estaban pasando tan bien. Madre, en realidad, estaba recorriendo la valla con el hocico pegado al suelo, buscando una manera de escapar. Fast se había acercado a un grupo de machos: estaba tenso, la cola le temblaba. Los demás perros levantaron la pata por turnos ante un poste de la valla.

Uno de los machos se puso delante de Fast, cerrándole el paso; otro se le colocó detrás para olisquearle inquisitivamente. Y fue entonces cuando mi pobre hermano se derrumbó. Bajó el trasero y, mientras se daba la vuelta para ponerse de cara al macho que tenía detrás, la cola se le coló entre las patas. No me sorprendió que, al cabo de unos segundos, se tumbara de espaldas en el suelo con una actitud desesperadamente juguetona. Supuse que había dejado de ser el jefe.

Mientras todo eso sucedía, otro macho, musculoso, alto y con unas largas orejas que le colgaban a ambos lados de la cabeza, se detuvo en medio del patio y se quedó inmóvil mirando a Madre, que continuaba su desesperado rodeo del perímetro. Algo me dijo que, de todos los perros que había allí, ese era con el que había que tener cuidado. En efecto: en cuanto avanzó hacia la valla, los perros que rodeaban a Fast se quedaron quietos y levantaron la cabeza, alertas.

Cuando estuvo a unos diez metros de distancia de la valla, el macho arrancó a correr hacia Madre y se echó encima de ella. Madre se agachó con actitud sumisa. El macho se colocó con los hombros contra ella, bloqueándole el paso, con la cola recta como una flecha. Madre se dejó olisquear por todas partes sin modificar su postura, agachada contra la valla.

Tuve el impulso —y estoy seguro de que Fast sintió lo mismo— de correr en su ayuda, pero por algún motivo supe que estaría mal hacerlo. Ese perro era el jefe. Era un mastín de huesos grandes, cara oscura y marrón, con los ojos legañosos. La sumisión de Madre respondía, simplemente, al orden natural.

Después de un minucioso examen, Top Dog dirigió un corto chorro de orín contra la valla —que Madre se apresuró a oler— y se alejó al trote sin prestarle más atención. Madre parecía desmoralizada y se alejó discretamente hasta un montón de traviesas de vía de tren.

Al cabo de un rato, un grupo de machos se acercó para examinarme a mí también, pero yo me agaché y les lamí la cara, dejando claro que no tendrían ningún problema conmigo: mi hermano era el problemático. Yo lo único que quería era jugar con las tres chicas y explorar el patio, que estaba lleno de pelotas, de huesos de goma y de todo tipo de olores y de entretenimientos. Un chorro de agua clara caía incesantemente a un abrevadero, y allí podíamos refrescarnos cada vez que queríamos. Una vez al día, un hombre llamado Carlos entraba en el recinto y lo limpiaba. De vez en cuando, pero con cierta regularidad, todos nos poníamos a ladrar, sin otro motivo que la pura alegría de hacerlo.

¡Y las comidas! Dos veces al día, Bobby, Carlos, Señora y otro hombre venían y nos separaban en dos grupos según nuestra edad. Llenaban unos enormes cuencos con el contenido de unas bolsas de comida: nosotros metíamos el morro en ellos y comíamos todo lo que éramos capaces de comer. Bobby se quedaba por ahí. Cada vez que creía que uno de los perros (normalmente una de las chicas más pequeñas) no recibía suficiente comida, le daba un puñado y nos apartaba al resto de nosotros.

Madre comía con los perros adultos. De vez en cuando, se oía un gruñido procedente de alguno de los que estaban a su lado. Sin embargo, cuando miraba, lo único que veía eran colas agitándose en el aire. Fuera lo que fuera que estuvieran comiendo, tenía un olor delicioso. Si alguno de los más jóvenes intentaba acercarse allí para ver qué sucedía, uno de los hombres se interponía en su camino y no le dejaba continuar.

La mujer, Señora, siempre se agachaba y nos besaba en el hocico, nos acariciaba el pelaje y no paraba de reírse. Mi nombre, según dijo, era Toby. Lo pronunciaba cada vez que me veía: Toby, Toby, Toby.

Estaba claro que yo era su favorito. ¿Cómo podía ser de otro modo? Mi mejor amiga era una hembra de color beis llamada Coco, que me había dado la bienvenida el primer día. Tenía las patas, las manos y los pies de color blanco, el hocico rosa y un pelaje hirsuto y basto. Era tan pequeña que yo podía seguir su ritmo, a pesar de tener las patas cortas.

Coco y yo nos pasábamos el día jugando. A menudo se nos unían otras chicas. Incluso a veces Fast venía con nosotros, aunque siempre quería jugar a un juego en el que él acabara siendo el jefe. Pero no le quedaba más remedio que controlar su lado agresivo, pues, si se acercaba de manera demasiado dominante, uno de los machos se encargaba de ir hasta él y darle una buena lección. Cada vez que sucedía eso, yo fingía no haberle visto en toda mi vida.

Me encantaba mi mundo: el patio. Me encantaba correr por el barro que rodeaba el abrevadero y salpicarme el pelaje con el barro que salía disparado de mis patas. Me encantaba cuando todos se ponían a ladrar, aunque no acababa de comprender por qué lo hacíamos. Me encantaba perseguir a Coco, dormir amontonado con los otros perros y oler sus cacas. Muchos días acababa muerto de cansancio, exhausto de tanto jugar, feliz hasta el delirio.

Los perros mayores que nosotros también jugaban. Incluso Top Dog se dejaba ver a veces por la zona alta del patio con un trozo de tela en la boca mientras otros perros lo perseguían fingiendo no ser capaces de alcanzarlo. Mamá nunca lo hacía. Ella había cavado un hoyo detrás de las traviesas de tren y se pasaba la mayor parte del tiempo allí, tumbada. Cada vez que me acercaba para ver cómo le iba, ella me gruñía como si no me conociera.

Una noche, después de la cena, mientras todos los perros

yacían somnolientos por el patio, vi que Madre salía sigilosamente de su escondite y se acercaba despacio a la puerta. Yo me encontraba mordisqueando un hueso de goma, pues sentía un dolor constante en las encías que me urgía a morder algo. No obstante, dejé de hacerlo y la miré con curiosidad. Ella se sentó ante la puerta. ¿Alguien se acercaba? Ladeé la cabeza: si se hubiera tratado de algún visitante, los perros se habrían puesto a ladrar.

Muchas noches, Carlos, Bobby y los demás se sentaban alrededor de una pequeña mesa y charlaban mientras se pasaban una pequeña botella de vidrio que tenía un fuerte olor químico. Pero esa noche no estaban. Los perros se encontraban solos en el patio.

Madre apoyó las manos en las tablas de la puerta y agarró el picaporte metálico entre los dientes. Me sentí desconcertado. ¿Por qué querría morder algo como eso, si había tantos y tan sabrosos huesos de goma por todo el patio? Madre giró la cabeza hacia la derecha y hacia la izquierda, como si no consiguiera darle un buen mordisco a esa cosa. Miré a Fast, pero mi hermano estaba profundamente dormido.

Entonces, sorprendentemente, la puerta se abrió. ¡Mi madre había abierto la puerta! Puso las patas delanteras en el suelo otra vez y la acabó de abrir con los hombros, mientras olisqueaba con precaución el aire del exterior.

Luego se giró y me miró con ojos brillantes. El mensaje estaba claro: mi madre se marchaba. Me puse en pie para ir con ella. Coco, que estaba tumbada cerca de mí, levantó la cabeza con gesto perezoso y me miró un momento, parpadeando, para volver a tumbarse en el suelo con un suspiro.

Si me marchaba, no volvería a ver a Coco nunca más. Me sentía dividido entre la lealtad hacia mi madre (que me había alimentado, que me había enseñado tantas cosas, que me había cuidado) y hacia la manada, que incluía a mi despreciable hermano Fast.

Madre no esperó a que yo tomara una decisión. Se internó silenciosamente en la penumbra de la noche, que empezaba a inundarlo todo. Si quería alcanzarla, debía apresurarme.

Corrí hacia la puerta, tras ella, siguiéndola hacia el impredecible mundo que se encontraba al otro lado de la valla.

Fast nunca nos vio marchar.

3

*N*o llegamos muy lejos. Yo no podía ir tan rápido como Madre. Además, me encontré con unos arbustos delante de la casa que no pude evitar marcar. Ella no me esperó, no miró hacia atrás ni un momento. La última vez que la vi, estaba haciendo lo que mejor sabía hacer: deslizarse entre las sombras, sigilosamente, sin ser vista.

Tiempo atrás, lo único que yo había querido de la vida era tener la oportunidad de enroscarme con Madre; era un tiempo en el que su lengua y el calor de su cuerpo significaban más para mí que cualquier otra cosa. Sin embargo, en ese momento, mientras la veía desaparecer, comprendí que al dejarme atrás lo único que ella hacía era lo que todas las madres caninas deben hacer en un momento u otro. El reflejo de ir tras ella había sido mi último gesto instintivo de nuestra relación; una relación que había cambiado desde el día en que llegamos al patio.

Yo todavía tenía la pata levantada cuando Señora salió al porche y me vio.

—Vaya, Toby, ¿cómo has salido?

Si quería irme, debía huir inmediatamente. Y, por supuesto, no lo hice. En lugar de ello, meneé la cola y salté a las piernas de Señora intentando lamerle la cara. Su olor a flores se hacía más vivo por un suculento aroma a pollo. Me acarició la cabeza y la seguí por la puerta del recinto que todavía estaba abierta, buscando sus caricias. La manada de perros dormía en el interior. Ella me acarició con suavidad y me siguió al interior.

En cuanto la puerta se cerró, los perros se pusieron en pie y corrieron hacia nosotros. Señora los acariciaba y les hablaba con palabras tranquilizadoras mientras yo sufría por haber dejado de ser su centro de atención.

¡Me parecía más que injusto: había dejado a Madre para estar con Señora, y ella se comportaba como si yo no fuera más especial que ninguno de los demás!

Cuando Señora se fue, la puerta se cerró con un fuerte chasquido metálico. Pero ya nunca más pensé que esa puerta fuera una barrera infranqueable.

Cuando Madre volvió, al cabo de unos días, yo estaba jugando con Coco. Por lo menos, creí que era mi madre, pues estaba distraído con un nuevo giro en nuestro juego que me permitía ponerme detrás de Coco y subir a su espalda mientras la sujetaba con las patas delanteras. Era un juego fantástico: no podía comprender por qué Coco se mostraba tan malhumorada y me gruñía mientras intentaba zafarse de mí. Yo me sentía tan bien... ¿Cómo podía mostrarse ella tan poco receptiva?

Levanté la vista cuando Bobby abrió la puerta: allí estaba Madre, de pie, con una expresión de incertidumbre. Alegre, atravesé el patio encabezando a un grupo de perros, pero aminoré el paso a medida que me acercaba a ella.

Esa hembra parecía Madre, tenía una mancha negra en uno de los ojos, el mismo pelaje corto y el mismo hocico corto, pero no era ella. Al ver que nos acercábamos, se agachó y orinó sumisamente. Di una vuelta a su alrededor con los otros perros, pero Fast se fue directamente a olisquearle el trasero.

—Todo irá bien, chica —dijo Bobby.

Era Sister. Casi me había olvidado de ella. Ahora, mientras la inspeccionaba, me di cuenta de lo diferente que debía de ser la vida al otro lado de la valla. Estaba delgada, se le veían las costillas, y una herida blanquecina le supuraba en uno de los flancos. La boca le olía a comida podrida; cuando se agachó, percibí un olor nauseabundo procedente de su vejiga.

Fast estaba exultante, pero Sister se sentía demasiado intimidada por la manada como para ponerse a jugar con nosotros. Se postró delante de Top Dog y dejó que todos los perros la olisquearan sin hacer ni un movimiento para establecer vínculo alguno. Cuando todos la dejaron en paz, Sister inspeccionó en silencio el abrevadero y bebió un poco de agua con actitud de estar robando algo.

Eso era lo que les sucedía a los perros que intentaban vivir en el mundo sin la gente: acababan apaleados, derrotados, muertos de hambre. Sister se había convertido en aquello en lo que nos hubiéramos convertido nosotros de habernos quedado en el conducto.

Fast no se separaba de ella ni un solo momento. Se me ocurrió pensar que Sister siempre había sido su favorita, que para él era incluso más importante que Madre. Observé cómo la lamía y la saludaba sin sentir nada de celos: yo tenía a Coco.

Lo que me hacía sentir celoso era la atención que Coco recibía por parte de los otros machos, que parecían pensar que tenían derecho a acercarse y a jugar con ella como si yo no estuviera ahí. Y supongo que podían hacerlo. Yo sabía cuál era mi posición en la manada. De hecho, estaba contento con la sensación de orden y de seguridad que ello me proporcionaba, pero quería a Coco para mí y no me gustaba que me quitaran de en medio sin contemplaciones.

Todos los machos parecían querer jugar al juego que yo

había inventado y se colocaban detrás de Coco para intentar montarla, pero pronto me di cuenta —con fría satisfacción— de que ella tampoco tenía ningún interés en jugar con ellos.

A la mañana siguiente de la llegada de Sister, Bobby entró en el patio y cogió a Fast, a Sister, a Coco, a otra hembra joven —una vivaz perra cazadora con manchas a quien los hombres llamaban Down— y los puso, conmigo, en una jaula que había en la parte posterior del camión. El viaje fue apretado y ruidoso, pero me encantaba sentir el aire a toda velocidad y ver la expresión de Fast cuando yo lo olisqueaba. Asombrosamente, una hembra de pelaje largo de la manada iba en la cabina con Carlos y con Bobby. «¿Por qué ella puede ir en el asiento delantero?», me pregunté. ¿Y por qué, cuando me llegaba su olor a través de la ventanilla abierta, yo sentía esa urgencia salvaje?

Aparcamos cerca de un viejo árbol que ofrecía la única sombra en un aparcamiento a plena luz del sol. Bobby entró en el edificio con la hembra de la cabina mientras Carlos se dirigía hacia la jaula. Todos nosotros nos precipitamos hacia la puerta, excepto Sister.

—Vamos, Coco. Coco —decía Carlos.

De sus manos me llegaba el olor a cacahuetes y a bayas, así como a otra cosa dulce que no podía identificar.

Todos ladramos, celosos, mientras conducían a Coco al interior del edificio. Y luego ladramos por ladrar. Un enorme pájaro negro aterrizó en el árbol, justo encima de nosotros: nos miraba como si fuéramos idiotas, así que le estuvimos ladrando un buen rato.

Bobby salió del camión.

—¡Toby! —llamó.

Avancé, orgulloso, y acepté que me pusiera un lazo de piel alrededor del cuello antes de saltar al suelo, que estaba tan caliente que me quemó los pies. Ni siquiera me digné

LA RAZÓN DE ESTAR CONTIGO

dirigir una última mirada a esos perdedores que se habían quedado en la jaula y entré en el edificio, que estaba increíblemente frío y que olía a perro y a otros animales.

Bobby me condujo por un pasillo. Luego me cogió entre los brazos y me dejó encima de una mesa brillante. Una mujer entró y yo meneé la cola al sentir el contacto de sus suaves dedos en la cabeza y en mi cuello. Sus manos tenían un fuerte olor a algo químico, y sus ropas conservaban el olor de otros animales, incluida Coco.

—¿Quién es este? —preguntó.

—Toby —respondió Bobby.

Meneé la cola con más fuerza al oír mi nombre.

—¿Cuántos has dicho, hoy?

Mientras ella y Bobby hablaban, me había levantado los labios para observar mis dientes.

—Tres machos, tres zorras.

—Bobby —dijo la mujer.

Meneé la cola porque reconocí su nombre.

—Vale, vale.

—Se va a meter en problemas —dijo la mujer, mientras me inspeccionaba todo el cuerpo.

Me pregunté si estaría bien gemir de placer.

—No hay vecinos que puedan quejarse.

—Pero hay leyes. No puede continuar acogiendo más perros. Ya tiene demasiados. No es higiénico.

—Ella dice otra cosa, que los perros mueren. No hay suficiente gente para acogerlos.

—Va contra la ley.

—Por favor, no diga nada, doctora.

—Me ponéis en una situación difícil, Bobby. Debo ocuparme de su bienestar.

—Siempre que se ponen enfermos se los traemos.

—Alguien va a presentar una queja, Bobby.

—Por favor, no lo haga.

—Oh, no seré yo. Yo no diré nada sin avisaros antes, sin daros la oportunidad de buscar una solución. ¿Vale, Toby?

Le di un lametón en la mano.

—Buen chico. Vamos a operarte ahora. A dejarte listo.

Bobby rio para sus adentros.

Pronto me encontré en otra habitación. Estaba muy iluminada, pero era fresca y agradable, llena de ese fuerte olor a algo químico que ya había notado en la mujer. Bobby me sujetaba con firmeza y yo me quedé quieto, percibiendo —de alguna forma— que eso era lo que él quería. Era agradable sentirse sujeto de esa manera, por lo que meneé la cola. Noté un dolor agudo y breve en la nuca, pero no me quejé: meneé la cola con más fuerza para expresar que no me importaba.

¡Lo siguiente que recuerdo es que estaba en el patio! Abrí los ojos e intenté ponerme en pie, pero las piernas traseras no me respondían. Tenía sed, pero me sentía demasiado cansado para ir a beber. Apoyé la cabeza en el suelo y volví a dormirme.

Cuando me desperté, al instante me di cuenta de que llevaba algo alrededor del cuello, una especie de embudo que me daba un aspecto tan estúpido que temí que me expulsaran de la manada. Las patas traseras me picaban y me dolían, aunque no podía rascarme con los dientes por culpa de ese estúpido collar. Me acerqué al abrevadero y bebí un poco. Tenía el estómago revuelto y me dolía mucho mucho la parte inferior del cuerpo. Por el olor que noté en el patio supe que me había perdido la cena, pero en ese momento no me importó en absoluto. Encontré un trozo de suelo fresco y me tumbé con un gruñido. Fast estaba allí. No dejaba de mirarme: él también llevaba puesto ese ridículo collar.

¿Qué nos había hecho Bobby?

Las tres hembras que habían ido con nosotros al edificio de esa señora tan amable no se veían por ninguna parte. Al día siguiente recorrí, cojeando, el patio, buscando algún rastro de Coco, pero no encontré ninguna prueba de que hubiera regresado con nosotros.

Aparte de la humillación de llevar puesto ese estúpido collar, también tuve que soportar la inspección de mis partes por todos los machos de la manada. Top Dog me hizo poner de espaldas al suelo con un empujón no muy considerado, así que me quedé ahí dejando que primero él y luego el resto de los machos me olieran con evidente desprecio.

Pero no hicieron lo mismo con las chicas, que llegaron tres días más tarde. Yo me sentí feliz de volver a ver a Coco, que también llevaba puesto el extraño collar. Fast hizo todo lo que pudo para consolar a Sister, para quien todo el proceso había sido claramente traumático.

Al final, Carlos nos quitó los collares: a partir de ese momento, me sentí menos interesado en ese juego en que me subía a la grupa de Coco. En lugar de eso, encontré un juego nuevo que consistía en colocarme delante de ella con un hueso de goma en la boca, lanzarlo al aire y dejarlo caer al suelo. Ella fingía no quererlo y apartaba la mirada, pero cada vez que yo lo empujaba con el hocico hacia ella, Coco miraba. Finalmente, perdía el control y se lanzaba a por él, pero yo la conocía tan bien que conseguía hacerme con el hueso justo antes de que ella pudiera cogerlo. Entonces yo saltaba y meneaba la cola con alegría, y a veces ella me perseguía y corríamos dibujando grandes círculos. Esa era mi parte favorita del juego. Otras veces, Coco bostezaba fingiendo aburrirse, así que yo me acercaba a ella de nuevo y la tentaba con el hueso de goma hasta que ella no podía soportarlo más e intentaba cogerlo. Me gustaba tanto ese juego que soñaba con él cuando me dormía.

A veces lo hacía con huesos de verdad. En esas ocasiones,

el juego era un poco diferente. Carlos entraba en el patio con una grasienta bolsa y nos llamaba por el nombre para darnos un trozo de hueso. Él no comprendía que debía darle siempre el primero a Top Dog, lo cual me parecía bien. De hecho, yo no siempre conseguía un hueso, pero cuando lo lograba, Carlos decía: «Toby, Toby», y me lo daba directamente ante las narices de otro perro. Las reglas cambiaban cuando los humanos intervenían en las cosas.

Cierta vez, Fast recibió un hueso y yo no. Y entonces presencié algo extraordinario. Mi hermano se encontraba agachado al otro extremo del patio y masticaba frenéticamente el trozo de hueso, del cual se desprendía un olor delicioso. Me acerqué y lo miré con envidia. Por eso me encontraba allí cuando Top Dog llegó.

Fast se puso tenso y movió las patas un poco como si se dispusiera a ponerse en pie. Dejó de morder el hueso y empezó a gruñir. Nunca, nadie, le gruñía a Top Dog. Pero yo percibí que Fast tenía razón: aquel era su hueso, Carlos se lo había dado. Ni siquiera Top Dog podía quitárselo.

Pero el hueso era tan delicioso que Top Dog no pudo reprimirse. Acercó el hocico, ¡y fue entonces cuando Fast atacó y chasqueó los dientes justo delante de la cara de Top Dog! Le enseñaba los dientes y tenía los ojos entrecerrados. Top Dog se lo quedó mirando, como sorprendido ante esa evidente rebelión. Entonces irguió la cabeza con aire indiferente y levantó la pata delante de la valla sin prestar más atención a Fast.

Sabía que, si Top Dog hubiera querido, le hubiera podido quitar el hueso a Fast. Tenía ese poder y ya lo había empleado en otras ocasiones. Había visto lo que sucedió cuando, justo en la época en que nos llevaron a visitar a esa señora amable del edificio, los machos de la manada rodearon a una de las hembras, la olieron y empezaron a levantar la pata con un frenético propósito. Siento decir que yo estaba en ese grupo; había algo tan atrayente en ella que ni siquiera puedo describirlo.

Cada vez que un macho intentaba olerla por detrás, la hembra se sentaba en el suelo. Mantenía las orejas aplastadas con gesto de humildad, pero también gruñó unas cuantas veces. Y cuando lo hacía, los machos se apartaban como si ella acabara de ser elegida jefa de la manada.

Estábamos tan apretados que era imposible no chocar los unos contra los otros. Fue entonces cuando empezó una pelea entre Top Dog y el macho más grande de la manada, un enorme perro negro y marrón a quien Bobby llamaba Rottie.

Top Dog luchó con experta eficacia. Levantó a Rottie por el pescuezo y lo puso de espaldas contra el suelo. El resto nos apartamos de la pelea, que terminó al cabo de unos segundos. Rottie quedó de espaldas en el suelo, sometido. Pero el alboroto había llamado la atención de Carlos, que gritó:

—¡Eh! ¡Eh! Ya basta.

Carlos estaba de pie en el patio y los machos le ignoraron, pero Coco trotó hacia él buscando caricias. Después de mirarnos unos minutos, Carlos llamó a la hembra que había recibido todas esas atenciones y la sacó del recinto.

No la volví a ver hasta que nos encontramos todos en el camión, al día siguiente, para ir a ver a la amable señora de la sala fresca: iba en el asiento delantero con los hombres.

Cuando Fast terminó con su hueso, pareció que se lo había pensado mejor sobre haber amenazado a Top Dog. Con la cabeza gacha y meneando la cola, mi hermano se acercó a la zona en que se encontraba Top Dog. Al llegar, bajó y subió la cabeza unas cuantas veces con actitud juguetona, pero Top Dog lo ignoró. Fast le lamió en la cara. Eso pareció ser una disculpa aceptable, pues Top Dog empezó a jugar con Fast un poco, haciendo rodar a mi hermano y permitiendo que este le mordisqueara un poco el cuello. Y, de repente, Top Dog se alejó.

Así era como Top Dog conservaba el orden. Nos mantenía a todos en nuestro sitio, pero nunca se aprovechaba de su posición para robarnos la comida que los hombres nos daban. Fuimos una manada feliz, hasta el día que Spike llegó.

A partir de ese momento, ya nada fue lo mismo.

4

Empezaba a pensar que cada vez que me parecía que entendía lo que era la vida, esta cambiaba. Cuando correteábamos por ahí, libres, con Madre, aprendí a temer a los seres humanos, a revolver las basuras en busca de comida, a aplacar a Fast para que volviera a estar de buen humor. Pero entonces llegaron los hombres y nos llevaron al patio. Y todo cambió.

En el patio, pronto me adapté a la vida de manada. Aprendí a querer a Señora y a Carlos y a Bobby. Y justo cuando mis juegos con Coco empezaban a tomar un cariz diferente, más complejo, nos llevaron a ver a la señora amable de esa habitación tan fresca, y la necesidad que yo había sentido desapareció por completo. Todavía ahora paso la mayor parte del día mordisqueando a —y recibiendo mordiscos de— Coco, pero ya no siento esa extraña compulsión que me dominaba de vez en cuando.

Entre esos dos mundos —el de fuera y el del patio— se encontraba la puerta que Madre había abierto. Pensé tantas veces en esa noche en que ella escapó que casi puedo sentir el sabor del picaporte de metal en la boca. Madre me había mostrado cuál era el camino a la libertad, si yo quería tomarlo. Pero yo era un perro diferente a Madre. A mí me encantaba aquel patio. Quería pertenecer a Señora. Me llamaba Toby.

Pero Madre era tan asocial que nadie pareció darse cuenta de que se había marchado. Señora no le había puesto ningún nombre. Fast y Sister olisqueaban a menudo el agujero que Madre había hecho detrás de las traviesas de tren, pero nunca mostraron ninguna otra señal de preocupación por que hubiera desaparecido. La vida continuó exactamente igual que antes.

Y entonces, cuando el estatus de todo el mundo en la manada estaba claro, cuando yo ya me alimentaba con el grupo de adultos, mientras Carlos continuaba dándonos huesos y Señora continuaba dispensándonos caricias, llegó un perro nuevo.

Se llamaba Spike.

Habíamos oído cerrarse las puertas del camión de Bobby, así que todos ladrábamos, aunque hacía tanto calor que muchos estábamos tumbados a la sombra y no nos molestamos siquiera en levantarnos. La puerta se abrió y Bobby entró en el patio con un macho grande y musculoso atado al extremo del palo.

Que toda la manada se precipitara contra ti en cuanto entrabas por la puerta resultaba intimidante, pero el perro nuevo no se achicó. Era tan oscuro y grande como Rottie, y tan alto como Top Dog. Le faltaba la mayor parte de la cola, pero la parte que le quedaba no se meneaba. Se quedó de pie, sobre las cuatro patas, con el peso de su cuerpo bien distribuido entre ellas. Y emitía un grave gruñido que le resonaba en el pecho.

—Tranquilo, Spike. Está todo bien —decía Bobby.

Por la manera en que Bobby había dicho «Spike», supe que ese era su nombre. Decidí dejar que todo el mundo le inspeccionara antes que yo.

Top Dog, como siempre, había permanecido detrás, pero

entonces salió de las sombras, al lado del abrevadero, y avanzó para recibir al recién llegado. Bobby le quitó el lazo a Spike.

—Tranquilo, ¿eh? —dijo Bobby.

La tensión de Bobby se extendió por toda la manada y noté que se me erizaba el pelaje del cuello, aunque no estaba seguro de por qué. Top Dog y Spike se examinaban, tensos, el uno al otro. Ninguno de ellos retrocedía; el resto de la manada los rodeaba. Spike tenía la cara llena de cicatrices, unas cicatrices prominentes de un color gris claro que contrastaba con su pelaje oscuro.

Había algo en la forma que tenía Spike de mirarnos, ahora que todos nos habíamos colocado en su contra, que me hizo tener miedo. Pero la situación terminó de la forma debida. Spike permitió que Top Dog le pusiera la cabeza sobre la espalda, aunque no agachó la suya ni acercó la barriga al suelo. En lugar de eso, se dirigió a la valla, la olisqueó con atención y levantó la pata. Inmediatamente, el resto de los machos se pusieron detrás de Top Dog para hacer lo mismo en el mismo lugar.

Entonces vimos la cara de Señora aparecer por encima de la puerta: gran parte de la ansiedad que sentía desapareció. Algunos de nosotros nos alejamos del círculo y corrimos hasta ella para apoyarnos en la valla y dejar que nos tocara la cabeza.

—¿Ves? Todo irá bien —dijo Señora.

—Un perro como ese ha sido criado para luchar, señora. No es como el resto, no, no lo es.

—¡Serás un buen perro, Spike! —le dijo Señora a Spike, levantando la voz.

Miré, celoso, hacia donde se encontraba aquel nuevo miembro del grupo, pero su reacción al oír su nombre se limitó a un gesto de indiferencia, como si no significara nada.

Quería que ella dijera: «Toby. Buen perro, Toby». Pero dijo:

—No hay perros malos, Bobby. Solo hay personas malas. Estos solo necesitan amor.

—A veces están rotos por dentro. Y no hay nada que pueda ayudarlos.

Señora bajó la mano con gesto despreocupado y acarició a Coco en la cabeza. Yo apreté con frenesí el hocico contra sus dedos, pero no pareció que ella se diera cuenta de que me encontraba allí.

Al cabo de un rato, Coco se sentó delante de mí con un hueso de goma y se puso a masticarlo con eficiencia. No le hice caso. Todavía me dolía el hecho de que, a pesar de ser su favorito, Señora me hubiera tratado tan mal. Coco se tumbó de espaldas y jugó con el hueso entre sus patas. Lo levantaba y lo dejaba caer, y lo sujetaba con tanta suavidad que yo supe que podía quitárselo, así que... ¡me lancé! Pero Coco se apartó de mí rodando: al momento me encontré dándole caza por todo el patio, furioso de que le hubiera dado ese giro al juego.

Estaba tan obsesionado por hacerme con el estúpido hueso, con el hecho de que era yo y no ella quien debía tenerlo, que no vi cómo empezó todo. Solo me di cuenta de que, de repente, esa pelea que todos esperábamos ya había empezado.

Normalmente, las peleas con Top Dog terminaban pronto. El perro con el estatus inferior aceptaba el castigo por haber desafiado el orden establecido. Pero esa pelea era una batalla horrorosa, salvaje y escandalosa, que parecía no terminar nunca.

Los dos perros se lanzaban el uno contra el otro con las patas delanteras en el aire, cada uno buscando la posición más alta. Sus dientes brillaban a la luz del sol. Sus aullidos eran la cosa más feroz y terrorífica que yo nunca había oído.

Top Dog iba a ejecutar su habitual agarre en el cuello, desde donde podía ejercer el control sin infligir un daño grave, pero Spike se revolvió y le mordió hasta que consiguió tener el hocico de Top Dog en la boca. Le había costado una sangrante herida bajo la oreja, pero ahora tenía ventaja sobre su rival, al que estaba obligando a bajar la cabeza hacia el suelo.

La manada no hacía nada, no podía hacer nada más que rodearlos con ansia y en silencio. Entonces se abrió la puerta: Bobby entró corriendo y tirando de una larga manguera. Un chorro de agua cayó sobre los dos perros.

—¡Eh! ¡Basta! ¡Eh! —gritaba.

Top Dog se quedó quieto, aceptando la autoridad de Bobby, pero Spike continuó sin hacer caso al hombre.

—¡Spike! —gritó Bobby.

Apuntó la boca de la manguera hacia él y le dirigió un chorro de agua directamente a la cara. El aire se salpicó de gotas de sangre. Por fin, Spike se separó de Top Dog intentando esquivar el agua que se estrellaba contra su cara. Pero le dirigió una mirada asesina a Bobby, que retrocedió sujetando la boca de la manguera ante sí.

—¿Qué ha pasado? ¿Ha sido el nuevo? ¿El combatiente? —gritó Carlos en ese momento, entrando en el patio.

—Sí. Este perro será un problema —respondió Bobby.

Señora se unió a los hombres en el patio. Después de discutir un rato, llamaron a Top Dog y se ocuparon de sus heridas con un producto químico que olía muy fuerte y que, al instante, asocié con la amable señora de esa habitación tan fresca. Top Dog se retorcía y se lamía, jadeando, con las orejas aplastadas, mientras Carlos le limpiaba los pequeños cortes que tenía en la cara.

No creí que Spike permitiera que lo trataran del mismo modo, pero vi que no protestó cuando le curaron el corte que tenía detrás de la oreja. De alguna manera, parecía estar habituado a ello. Aceptaba ese olor químico como algo habitual tras una pelea.

No cabía duda de que ahora el líder era Spike. Y él se encargó de reforzar ese mensaje desafiando a cada uno de nosotros, frente a frente, en el patio. Top Dog había hecho lo mismo, pero no de la misma manera. Para Spike, la infracción más leve era motivo para imponer disciplina y casi todos los castigos incluían una rápida y dolorosa dentellada. Cuando el juego se hacía demasiado alborotador e invadía la zona de Top Dog, este siempre lanzaba una advertencia con una fría mirada. A veces con un gruñido. Pero Spike se pasaba el día patrullando y nos mordía sin motivo alguno: había algo muy oscuro en él, algo extraño y maligno.

Cada vez que los machos se desafiaban entre sí para encontrar una posición nueva en la manada, Spike siempre estaba ahí. Muy a menudo, se metía en la pelea como si no pudiera reprimir el impulso de lanzarse al ataque. Era una actitud innecesaria e irritante, lo cual provocó tanta tensión que empezamos a tener refriegas entre nosotros. Empezamos a pelearnos por cosas que hacía mucho tiempo que ya estaban decididas, como nuestra posición en el comedero, o quién se tumbaría en la zona del patio que el agua del abrevadero había refrescado más.

Si Coco y yo jugábamos con el hueso de goma y ella intentaba arrebatármelo, Spike aparecía, gruñendo, y me obligaba a dejar el hueso a sus pies. A veces se lo llevaba a su rincón y el juego había terminado hasta que yo encontraba otro juguete. Otras veces lo olisqueaba con displicencia y lo dejaba, intacto, en el suelo.

Y cuando Carlos entraba con el saco de huesos, Spike ni siquiera se molestaba en acercarse para ver a quién le habían dado uno. Esperaba hasta que no había ningún hombre en el patio y entonces, sencillamente, cogía lo que quería. Spike dejaba en paz a algunos de los perros, como Rottie, Top Dog y (extrañamente) a Fast, pero cada vez que yo tenía la suerte de hincar el diente en uno de los deliciosos huesos de Carlos, sabía que Spike acabaría comiéndoselo.

Ese era el nuevo orden. Quizá nos costara un poco comprender las reglas, pero sabíamos quién las imponía y todos lo aceptábamos. Por eso me sorprendió tanto que Fast se enfrentara a Spike.

Fue, por supuesto, a causa de Sister. Por una rara casualidad, los tres hermanos (Fast, Sister y yo) nos encontrábamos en el rincón, observando un bicho que había entrado por debajo de la valla. Encontrarme en una situación tan libre y sencilla con mi antigua familia me resultaba muy relajante, en especial después del estrés de los últimos días, así que fingí no haber visto nunca nada tan fascinante como ese diminuto insecto negro que levantaba unas pinzas microscópicas como si nos desafiara a los tres a luchar con él.

Tan distraídos estábamos que ninguno de nosotros vio acercarse a Spike hasta que lo tuvimos encima. El silencioso y rápido asalto sobre la grupa de Sister provocó que esta soltara un chillido de terror.

Al instante, me agaché contra el suelo —¡no estábamos haciendo nada malo!—, pero Fast no pudo soportarlo más y se lanzó contra Spike enseñándole los dientes. Sister escapó a toda velocidad, pero yo, impulsado por una rabia que no había sentido nunca, me uní a Fast en la pelea. Ambos empezamos a gruñir y a morder.

Intenté saltar y agarrar a Spike por detrás, pero él se dio la vuelta y me lanzó una dentellada. Yo me aparté, pero su boca se cerró sobre una de mis patas delanteras y solté un chillido.

Fast se encontró muy pronto inmovilizado en el suelo, pero yo no prestaba atención: el dolor que sentía en la pata era atroz, por lo que me alejé cojeando y lloriqueando. Coco se acercó y empezó a lamerme rápidamente, pero yo no le hice ni caso y me dirigí hacia la puerta.

Tal como esperaba, Bobby abrió la puerta y entró en el patio con el lazo en la mano. La pelea había terminado. Fast se había tranquilizado y Sister se había escondido detrás de las traviesas, así que fue mi pata lo que llamó su atención.

Bobby se arrodilló en el suelo.

—Buen chico, Toby. Muy bien, chico —me dijo.

Meneé un poco la cola. Él me tocó la pata y un dolor tremendo me llegó hasta el hombro, pero le lamí la cara para que supiera que sabía que no lo había hecho a propósito.

Señora vino con nosotros cuando fuimos a visitar a la amable señora de esa habitación tan fresca. Bobby me sujetaba mientras ella me tocaba con esa aguja que olía a químico y que ya había utilizado conmigo la otra vez. Entonces la pata dejó de dolerme. Me quedé tumbado, medio dormido, en la mesa mientras la señora me inspeccionaba la pata. Oía su voz mientras hablaba con Bobby y con Señora. Notaba su preocupación y el cuidado con que me trataba, pero ya nada me importaba, siempre y cuando Señora continuara acariciándome y Bobby siguiera sujetándome. Oí que la amable señora de esa fresca habitación decía «daño permanente» y que Señora reprimía una exclamación, pero ni me digné levantar la cabeza. Solo quería quedarme tumbado en esa mesa para siempre o, por lo menos, hasta la hora de cenar.

Cuando regresé al patio de nuevo, llevaba puesto ese estúpido collar cónico otra vez y tenía la pata vendada. Quise quitarme la venda con los dientes, ¡pero ese collar no solo era ridículo, sino que me impedía llegar hasta mi pata! Tuve que caminar sobre tres patas, cosa que a Spike le pareció muy divertida, pues se acercó a mí y me tumbó al suelo con un golpe de pecho. «Vale, Spike, adelante; eres el perro más feo que he visto en mi vida.»

La pata me dolía todo el rato y necesitaba dormir. Coco venía y apoyaba la cabeza sobre mí mientras yo dormía, y Bobby venía dos veces al día para darme un premio. Yo fingía no darme cuenta de que dentro de ese trozo de carne habían puesto algo amargo, pero, a veces, en lugar de tragármelo, esperaba un poco y luego lo escupía: era una cosa pequeña y blanca del tamaño de un garbanzo.

Todavía llevaba puesto ese ridículo collar el día que vinieron los hombres. Oímos el ruido de varias puertas al cerrarse en el camino, así que nos lanzamos a entonar nuestro habitual coro de ladridos. Pero, de repente, oímos que Señora chillaba y muchos de nosotros dejamos de ladrar.

—¡No! ¡No! ¡No se pueden llevar a mis perros!

Aquella angustia en su voz… Coco y yo nos apretamos el uno contra el otro, alarmados. ¿Qué estaba pasando?

La puerta del recinto se abrió y varios hombres entraron con cautela en el patio. Llevaban los habituales palos. Algunos de ellos también portaban contenedores metálicos y parecían estar esperando un ataque.

Bueno, fuera cual fuera ese juego, la mayoría de nosotros no tenía ganas de jugar. Coco fue una de las primeras en acercarse: la cogieron y se la llevaron por la puerta sin que ella ofreciera ningún tipo de resistencia. Una gran parte de la manada la siguió por voluntad propia, aunque algunos nos quedamos atrás: Sister, Fast, Spike, Top Dog y yo, porque yo no me sentía capaz de salir cojeando detrás de ellos. Si querían jugar, que jugaran con Spike.

Sister se puso a correr por todo el perímetro del patio, como si esperara que, de repente, se abriera una vía de escape. Fast corrió con ella al principio, pero luego se detuvo, descorazonado; se quedó observando esa absurda y terrorífica huida. Dos de los hombres se interpusieron en su camino y la capturaron con una cuerda. Fast dejó que se lo llevaran enseguida, para ir con ella. Top Dog avanzó con dignidad cuando lo llamaron.

Pero Spike se resistió al lazo gruñendo salvajemente y lanzándoles dentelladas. Los hombres gritaban. Uno de ellos le lanzó a la cara un fino chorro de un líquido que salía del contenedor. El olor de ese líquido pareció quemarme la nariz, a pesar de que procedía del otro extremo del patio. Spike dejó de luchar y cayó al suelo cubriéndose el hocico con las patas. Los hombres lo arrastraron fuera y luego entraron a por mí.

—Buen perrito. ¿Te duele la pata, chico? —preguntó uno de ellos.

Meneé débilmente la cola y bajé un poco la cabeza para ayudarle a pasarme el lazo, lo cual costó un poco por culpa de ese ridículo collar.

Cuando estuvimos al otro lado de la valla, vi que Señora lloraba. Me sentí enojado. Una gran tristeza emanaba de ella, una tristeza que me inundó. Empecé a tirar del lazo, intentando acercarme a ella para consolarla.

Uno de los hombres quiso darle un papel a Señora, pero ella lo tiró al suelo.

—¿Por qué hacen esto? ¡No le causamos daño a nadie! —gritó Bobby.

Su rabia era evidente y daba miedo.

—Demasiados animales. Malas condiciones —repuso el hombre del papel.

También él desprendía cierto enojo. Allí todo el mundo estaba tenso. Vi que llevaba puesta una ropa oscura y que algo de metal le brillaba en el pecho.

—Yo quiero a mis perros —suplicaba Señora—. Por favor, no me los quiten.

Señora no estaba enojada. Estaba triste y tenía miedo.

—Es inhumano —respondió el hombre.

Yo estaba perplejo. Ver a toda la manada fuera del patio, ver como los metían en jaulas uno a uno, resultaba muy desconcertante. Casi todos nosotros teníamos las orejas aplastadas y las colas bajas en señal de sumisión. Yo iba detrás de Rottie, que ladraba con voz grave.

Mi comprensión no mejoró cuando llegamos a nuestro destino. Allí el olor era parecido al del lugar de la señora amable de esa fresca habitación, pero el sitio era caluroso y estaba repleto de perros ansiosos que no paraban de ladrar. Me dejé llevar y sentí cierta decepción al encontrarme en una jaula con Fast y Top Dog. Hubiera preferido estar con Coco o, incluso, con Sister, aunque mis compañeros estaban tan acobardados como yo y me miraban sin ninguna hostilidad.

Los ladridos eran ensordecedores, pero por encima de todos ellos se elevaban los rugidos de Spike, que parecía estar atacando: se oyó también el rápido chillido de dolor de algún perro desafortunado. Los hombres gritaron. Al cabo de unos minutos, Spike pasó por delante de nosotros, atado a un extremo del palo: desapareció por el otro extremo del pasillo.

Uno de los hombres se detuvo delante de nuestra jaula.

—¿Qué ha pasado aquí? —preguntó.

Otro hombre —el que se había llevado a Spike— apareció y me miró sin mostrar ningún interés.

—Ni idea.

En el primer hombre detecté un sentimiento de preocupación por nosotros teñido de un punto de tristeza, pero en el segundo no había más que desinterés. El primer hombre abrió la puerta y me examinó la pata con cuidado mientras apartaba el morro de Fast.

—Esto está muy mal —dijo.

Intentaba comunicarle que yo sería un perro mucho mejor sin ese estúpido collar encima.

—Inadoptable —dijo el primer hombre.

—Tenemos demasiados perros —comentó el segundo hombre.

El primer hombre metió la mano dentro del cono y me acarició las orejas. Aunque me sentía desleal a Señora, le lamí la mano. Solo olía a otros perros.

—Vale —dijo el primer hombre.

El segundo hombre entró y me ayudó a saltar al suelo. Me pasó el lazo de cuerda por la cabeza y me condujo hasta una habitación pequeña y calurosa. Spike estaba ahí, en una jaula, mientras dos perros que yo no conocía se paseaban, sueltos, manteniendo las distancias con la jaula de Spike.

—Ven aquí. Espera. —El primer hombre se encontraba en la puerta. Alargó la mano y me quitó el collar: el aire que sentí en la cara fue como un beso—. Detestan estas cosas.

—Lo que tú digas —dijo el segundo hombre.

Salieron y cerraron la puerta. Uno de los perros nuevos era una hembra muy vieja y me olió el morro sin mostrar mucho interés. Spike ladraba, lo cual ponía nervioso al otro perro, un macho más joven.

Me tumbé en el suelo con un gemido. Oí un agudo gruñido y el macho joven empezó a lloriquear.

De repente, Spike se dejó caer al suelo con un fuerte golpe. La lengua le colgaba de la boca. Yo lo miré con curiosidad, preguntándome qué estaba haciendo. La hembra se le acercó y apoyó la cabeza en la jaula de Spike de una manera que me sorprendió que él permitiera. El macho joven lloriqueó. Lo miré un instante y cerré los ojos. Sentía una fatiga grande y pesada, como cuando era un cachorro y mis hermanos se tumbaban encima de mí y me aplastaban. Eso era en lo que estaba pensando cuando empecé a sumirme en un sueño oscuro y silencioso…, en que era un cachorro. Luego pensé en correr en libertad con Madre y en las caricias de Señora…, y en Coco… y en el patio.

Sin querer, la tristeza que había percibido en Señora me inundó. Quise ir hasta ella y lamerle las palmas de las manos y hacerla feliz. De todas las cosas que había hecho en la vida, hacer reír a Señora me parecía la más importante de todas.

Pensé que eso era lo único que le daba una razón a mi vida.

5

*D*e repente, todo me resultaba extraño y familiar al mismo tiempo.

Podía recordar con toda claridad la habitación calurosa, los ladridos furiosos de Spike en ella, así como haberme sumido en un sueño tan profundo que era como si él hubiera abierto una puerta con la boca y se hubiera escapado. Recuerdo tener sueño. Y luego la sensación de que había pasado mucho tiempo, tal como sucede cuando la siesta dura demasiado y resulta que ya es hora de la cena. Pero esa siesta no solo me llevó a un tiempo nuevo, sino a un lugar nuevo.

Me resultaba familiar la presencia cálida y revoltosa de unos cachorros a mi lado. También me resultaba familiar el hecho de trepar a empujones para tener mi turno de tragar aquella deliciosa leche, el premio de todo ese trepar y ese empujar. De alguna manera, yo era un cachorro otra vez, un cachorro indefenso y débil, otra vez en la guarida.

Pero cuando miré por primera vez el rostro de mi madre, no era la misma perra en absoluto. Tenía el pelaje de un color claro y era más grande que…, bueno, que mi madre. Mis hermanos y mis hermanas —¡eran siete!— también tenían el pelaje del mismo color. Y cuando miré mis patas delanteras, comprobé que yo también lo tenía.

Y no solo mis patas ya no eran de un color marrón oscuro, sino que tenían una proporción perfecta con respecto al resto de mi cuerpo.

Se oían muchos ladridos. Olí que había muchos perros cerca, pero no estábamos en el patio. Cuando salí de la guarida, la superficie del suelo era dura y rugosa. Al cabo de unos diez metros, una reja de alambre me cortó el paso. Estábamos en una jaula con paredes de alambre y suelo de cemento.

Lo que eso significaba me hizo sentir cierto recelo; regresé con mi madre, trepé encima de un montón de hermanos y me caí.

Volvía a ser un cachorro, casi incapaz de caminar. Tenía una nueva familia, una nueva madre y una nueva casa. Teníamos el pelaje de un color rubio uniforme y los ojos eran oscuros. La leche de mi nueva madre era muchísimo más sabrosa que la de mi anterior madre.

Vivíamos con un hombre que venía a traerle comida a mi madre. Ella la engullía rápidamente y regresaba a la guarida para darnos calor.

Pero ¿qué había sucedido con el patio, con Señora, con Fast y con Coco? Recordaba mi vida con toda claridad, pero ahora todo era diferente, como si yo hubiera empezado de nuevo. ¿Era eso posible?

Recordaba los furiosos ladridos de Spike y que, antes de quedarme dormido en esa calurosa habitación, me había asaltado una inexplicable pregunta, una pregunta sobre mi «razón de ser» en la vida. No me parecía el tipo de cosa en que un perro puede pensar, pero me encontré dándole vueltas al tema muchas veces a partir de entonces, mientras me quedaba dormido en cualquier momento. ¿Por qué? ¿Por qué era un cachorro otra vez? ¿Por qué tenía esa acuciante sensación de que, como perro, había una cosa que yo debía «hacer»?

Nuestro recinto no nos ofrecía gran cosa para ver. No había nada divertido que se pudiera mordisquear. Para eso, solo nos teníamos los unos a los otros. Pero cuando mis hermanos, mis hermanas y yo empezamos a tener más conciencia, nos dimos cuenta de que allí, a nuestra derecha, había más cachorros. Eran unos diminutos y enérgicos chicos con manchas oscuras y el pelaje muy revuelto. Al otro lado había una hembra que se movía muy despacio, sola; el vientre y las tetas le colgaban. Era blanca con manchas negras y tenía el pelo muy corto. No caminaba mucho y no parecía interesada en nosotros. Las casetas estaban separadas por unos treinta centímetros de distancia, así que lo único que podíamos hacer era oler a los cachorros que teníamos al lado. Pero creo que hubiera sido divertido jugar con ellos.

Justo delante de nosotros había un largo y atrayente trozo de césped, lleno de dulces olores de hierba verde y tierra húmeda, pero la puerta de la jaula nos impedía llegar hasta él. Una valla de madera rodeaba tanto la zona de césped como las jaulas de los perros.

El hombre no se parecía en nada ni a Bobby ni a Carlos. Cuando entraba en la zona de las casetas para dar de comer a los perros, no hablaba mucho con ninguno de nosotros. Tenía un aire indiferente, muy distinto a la amabilidad de los hombres que cuidaban de los perros en el patio. Cada vez que los cachorros de al lado salían disparados a darle la bienvenida, él los apartaba de los cuencos de comida con un gruñido y dejaba que la madre tuviera acceso a la comida. Nosotros no nos coordinábamos tan bien en nuestro ataque: normalmente nos caíamos antes de llegar a la puerta de la jaula y de que él llegara y nuestra madre nos dejara claro que no íbamos a compartir su comida.

A veces, el hombre sí hablaba mientras iba de una jaula a otra, pero no se dirigía a nosotros. Hablaba en voz baja, concentrado en un trozo de papel que tenía en las manos.

—Terriers yorkshire, de una semana…, más o menos —dijo un día mirando a los perros que había en la jaula, a nuestra derecha. Se detuvo delante de nosotros y miró hacia dentro—. Golden retrievers, probablemente de tres semanas ya, y tenemos a una dálmata lista para explotar cualquier día de estos.

Decidí que el tiempo que había pasado en el patio me había preparado para dominar a los cachorros de mi familia; me irritaba ver que ellos no pensaban lo mismo. Me esforzaba por sujetarlos de la manera en que había visto hacerlo a Top Dog con Rottie, pero entonces dos o tres de mis hermanos me saltaban encima, sin comprender en absoluto de qué iba el tema. Y cuando conseguía, por fin, quitármelos de encima, el objetivo de mi ataque ya estaba peleándose con cualquier otro, como si todo eso fuera una especie de juego. Y si intentaba emitir un gruñido de amenaza, me salía ridículamente inofensivo y mis hermanos y hermanas me ladraban con alegría.

Un día, la perra con manchas que teníamos al otro lado nos llamó la atención. Estaba jadeando y caminaba con nerviosismo. Todos nosotros nos apretujamos instintivamente contra nuestra madre, que miraba fijamente a nuestra vecina. La perra desgarró una manta con los dientes y dio unas cuantas vueltas hasta que por fin se tumbó en el suelo con un quejido. Al cabo de un momento, me sorprendí al ver a un nuevo cachorro tumbado a su lado, lleno de manchas y cubierto de una fina tela que parecía muy resbaladiza, como una especie de saco que la madre le quitó rápidamente a lametazos. Luego, la madre lo empujó con suavidad con la lengua. Al cabo de un minuto, el cachorro ya se arrastraba hacia las tetas de su madre. Eso me hizo recordar que tenía hambre.

Nuestra madre suspiró y nos dejó mamar un rato hasta que, de repente, se puso en pie y se alejó con uno de mis hermanos todavía colgando de ella unos segundos, hasta que cayó al suelo. Yo me lancé encima de él para darle una lección, para lo cual tuve que invertir un montón de tiempo.

Cuando volví a mirar a la perra con manchas, ¡había seis cachorros más! Eran larguiruchos y débiles, pero a la madre no le importaba. Los lamía y los conducía hasta su flanco, y luego se quedaba quieta mientras ellos mamaban.

Entonces llegó el hombre y entró en la jaula donde se encontraban los recién nacidos, durmiendo. Les echó un vistazo y salió. Después abrió la puerta de los cachorros peludos, que estaban a nuestra derecha, ¡y los dejó salir a la zona de césped!

—No, tú no —le dijo a la madre, impidiéndole el paso cuando ella intentó seguirlos.

El hombre la encerró y luego puso en el suelo unos cuencos con comida para los cachorros. Ellos trepaban dentro de los cuencos y se lamían la comida los unos de los otros del morro. Esos idiotas no durarían ni un día en el patio. La madre se quedó sentada en el interior de la jaula, lloriqueando, hasta que su prole dejó de comer y el hombre la dejó salir para unirse a ellos.

Los cachorros se acercaron a nuestra jaula para olernos. Por fin estábamos hocico con hocico con ellos, después de haber vivido a su lado durante las últimas semanas. Lamí los restos de comida que todavía tenían en la cara mientras uno de mis hermanos se me subía a la cabeza.

El hombre dejó que los cachorros corrieran con libertad y salió por la puerta de la valla de madera, que era exactamente igual a la que Carlos y Bobby cruzaban siempre para entrar en el patio. Miré con envidia a los cachorros correr de un lado a otro por el pequeño trozo de césped mientras se detenían para olisquear a los otros perros de las jaulas a modo de saludo y para jugar los unos con los otros. Yo estaba harto de estar dentro de la jaula y quería salir fuera a explorar. Fuera cual fuera mi razón de ser en la vida, no me parecía que fuera esa.

Al cabo de unas horas, el hombre regresó con otro perro

que tenía exactamente el mismo aspecto que la madre de los cachorros peludos, que ahora corrían con total libertad. Pero este era un macho. El hombre empujó a la madre de vuelta a la jaula e hizo entrar también al macho antes de cerrar la puerta. El macho parecía muy contento de ver a la madre. Aunque ella le gruñó, le saltó encima por detrás.

El hombre salió y dejó la puerta de la valla abierta. Me sorprendió sentir que me invadía un fuerte anhelo mientras miraba por la estrecha rendija de la puerta abierta, hacia el mundo que quedaba al otro lado de la valla. Si alguna vez conseguía correr por el césped, me dirigiría directamente hacia esa puerta abierta. Naturalmente, los cachorros que ahora tenían la oportunidad de hacerlo, no lo hicieron. Estaban demasiado ocupados jugando entre ellos.

Luego, el hombre los reunió cuidadosamente y se los llevó por la puerta mientras la madre lloriqueaba al verlo, apoyada con las patas delanteras contra la pared de la jaula. Luego estuvo un rato jadeando y dando vueltas. El macho que estaba con ella permanecía tumbado, mirándola. Yo percibía la inquietud de la madre y me sentí inquieto. Llegó la noche. La madre permitió que el macho yaciera con ella; de alguna manera, parecían conocerse.

El macho estuvo allí dentro solamente unos cuantos días hasta que también se lo llevaron fuera.

¡Y entonces llegó nuestro turno de salir! Corrimos al exterior tropezando alegremente: nos pusimos a lamer la comida que el hombre había dejado allí para nosotros. Yo comí hasta estar lleno. Observé a mis hermanos y hermanas, que habían enloquecido como si no hubieran visto nunca nada tan emocionante como unos cuantos cuencos con comida para perro.

Allí fuera todo era maravillosamente húmedo y oloroso, del todo diferente a la sequedad y al polvo del patio. La brisa era fresca y nos traía el tentador aroma del agua.

Me encontraba olisqueando la hierba cuando el hombre

regresó y soltó a nuestra madre. Mis hermanos y hermanas corrieron hacia ella, pero yo no lo hice porque acababa de encontrar un gusano muerto. Entonces el hombre se marchó. Y yo empecé a pensar en la puerta.

Había algo en ese hombre que no estaba bien. No me llamaba Toby. Ni siquiera nos dirigía la palabra. Pensé en mi primera madre, en que la última vez que la vi fue cuando ella escapó del patio porque no podía vivir con los humanos, ni siquiera con una persona que nos quería tanto como Señora. Pero ese hombre no parecía que nos tuviera aprecio alguno.

Dirigí los ojos hacia el picaporte de la puerta.

Al lado había una mesa de madera. Desde uno de los taburetes, pude saltar hasta ella y, desde allí, conseguí alargar el cuello y coger el picaporte con la boca. Este picaporte, en lugar de ser redondo, era una manecilla de metal.

Mis pequeños dientes no eran de mucha ayuda para sujetar esa cosa, pero hice todo lo que pude para manipularlo de la manera en que lo había hecho mi madre la noche en que escapó del patio. Pronto perdí el equilibrio y caí al suelo. La puerta continuaba cerrada. Me senté y le ladré con frustración, pero mi voz no era más que un agudo chillido. Mis hermanos y hermanas corrieron hasta mí y me saltaron encima tal como hacían siempre, pero me aparté de ellos con irritación. ¡No estaba de humor para jugar!

Lo volví a intentar. Esta vez apoyé las patas delanteras en el picaporte para evitar caerme al suelo, pero en cuanto lo hice la manecilla cedió bajo mi peso y, al caer, me golpeé contra ella. Aterricé en el suelo con un quejido.

Con gran sorpresa, vi que la puerta se había abierto un poco. Metí el morro en la abertura y empujé hasta que se abrió un poco más. ¡Era libre!

Corrí unos cuantos metros, pero de repente me detuve. Había notado algo. Me di la vuelta y miré a mi nueva madre, que estaba sentada justo al otro lado de la puerta abierta y me miraba. Recordé a Madre en el patio, cuando me miró por última vez antes de regresar al mundo. Me di cuenta de que mi nueva madre no iba a venir conmigo: ella se quedaría con la familia. Estaba solo.

Pero no dudé ni un momento. Sabía por experiencia que había patios mejores que ese y personas cariñosas que acariciarían mi pelaje con sus manos. Y sabía que el tiempo de mamar de la teta de mi nueva madre ya había terminado. Todo era como debía ser: un perro que al fin se separa de su madre.

Pero, por encima de todo, sabía que tenía ante mí una oportunidad irresistible, un nuevo mundo para explorar con mis largas y un tanto torpes patas.

El camino me llevó hasta una carretera. Decidí seguirla por el simple hecho de que se metía de lleno en el viento y que este me traía unos olores maravillosos. A diferencia del patio, que siempre estaba seco, allí olía a hojas húmedas y podridas, y a árboles y a charcos de agua. Avancé sintiendo el sol en la cara, feliz de ser libre y de lanzarme a la aventura.

Oí el ruido de un camión acercándose mucho antes de verlo, pero estaba tan absorto intentando atrapar a un bicho con alas que ni siquiera levanté la cabeza hasta que oí cerrarse la puerta. Un hombre de piel arrugada y bronceada que llevaba la ropa llena de barro se arrodilló con las manos extendidas hacia mí.

—¡Eh, pequeño! —llamó.

Lo miré, inseguro.

—¿Te has perdido, pequeño? ¿Te has perdido?

Decidí que todo estaba bien con ese hombre y meneé la cola. Me acerqué y él me levantó del suelo, por encima de su cabeza, lo que no me gustó demasiado.

—Eres un chico muy guapo. Pareces un retriever de raza. ¿De dónde vienes, chico?

Me hablaba de una manera que me recordaba a la primera vez que Señora me llamó Toby. Al instante comprendí lo que estaba pasando: al igual que los hombres se habían llevado a mi primera familia del conducto, ese hombre se me llevaba ahora. Y, a partir de ese momento, mi vida sería como él decidiera que fuese.

«Sí. Mi nombre podría ser Chico», decidí.

El hombre me llevó al interior del camión y me dejó en el asiento de delante, justo a su lado. Eso me produjo una gran emoción. ¡El asiento delantero!

El hombre olía a humo y a una cosa muy fuerte que me recordó a cuando Carlos y Bobby se sentaban alrededor de la pequeña mesa del patio y charlaban mientras se pasaban una botella el uno al otro. Intenté trepar por él para lamerle la cara. Y el hombre se rio. No dejó de reírse ni un momento mientras yo daba vueltas por el interior del camión e intentaba meterme en lugares estrechos para captar todos esos nuevos y agradables olores.

El camión avanzó un rato dando botes. Al final, el hombre lo detuvo.

—Aquí tenemos sombra —me dijo.

Miré a mi alrededor, sin comprender. Justo delante de nosotros había un edificio con varias puertas: de una de ellas salía un fuerte olor a producto químico, exactamente igual al que se desprendía de ese hombre.

—Voy a parar un rato para echar un trago —me dijo mientras subía las ventanillas.

No me di cuenta de que se marchaba hasta que hubo bajado del camión y hubo cerrado la puerta. Lo observé, decepcionado, mientras entraba en el edificio. ¿Y yo?

Encontré un trozo de tela y lo estuve mordisqueando un rato hasta que me aburrí y apoyé la cabeza en el suelo para dormir.

Cuando me desperté, hacía calor. Ahora el sol caía de lleno sobre el camión: el interior resultaba asfixiante y húmedo. Jadeando, empecé a lloriquear y me apoyé con las patas en la ventanilla para ver adónde se había ido el hombre. ¡Pero no había ni rastro de él! Bajé las patas, que me quemaban por haber estado en contacto con la ventanilla.

Nunca había sentido un calor como ese. Pasó más o menos una hora, durante la cual estuve dando vueltas por el asiento delantero, que quemaba, jadeando con más fuerza de lo que lo había hecho en mi vida. Empecé a temblar y a perder la visión. Pensé en el abrevadero del patio. Pensé en la leche de mi madre. Pensé en el chorro que Bobby utilizaba para interrumpir las peleas.

Me pareció ver que un rostro miraba por la ventanilla hacia mí. No era el hombre: era una mujer con el pelo largo y negro. Parecía enojada, así que me aparté de ella con miedo.

Entonces su rostro desapareció y volví a tumbarme, casi delirando. No tenía energía para moverme más. Sentía una extraña pesadez en todos mis miembros: los pies y las manos empezaron a temblarme.

¡Y entonces algo chocó contra el camión y lo hizo ladearse un poco! Una roca pasó por encima de mí, rebotó en el asiento y cayó al suelo. Unas piedrecitas transparentes me cayeron encima y el frescor del aire me pareció una caricia en la piel. Levanté el hocico para olerlo.

Noté que unas manos me cogían y me levantaban. Yo estaba inerte, indefenso, demasiado agotado para hacer nada.

—Pobre chico. Pobre, pobre chico —susurraba la mujer.

«Me llamo Chico», pensé.

6

Nunca en mi vida había sentido algo tan agradable como ese líquido fresco que me sacó del sueño. La mujer se encontraba de pie ante mí con una botella de agua y me rociaba suavemente con un pulverizador. Me estremecí de placer al notar las gotas en el lomo y levanté la cara para lamer el chorrito de agua, igual que había hecho con el que caía en el abrevadero del patio.

Cerca de ella había un hombre, ambos me miraban con una expresión de preocupación.

—¿Crees que se pondrá bien? —preguntó la mujer.

—Parece que el agua está surtiendo efecto —respondió él.

De ambos emanaba el mismo sentimiento de franca adoración que a menudo había percibido en Señora cuando esta se paraba ante la valla para vernos jugar. Me di la vuelta para que el agua me mojara la barriga caliente y la mujer se rio.

—¡Qué cachorro tan mono! —exclamó—. ¿Sabes qué raza es?

—Parece un golden retriever —dijo el hombre.

—Oh, cachorro —murmuró la mujer.

Sí, podía ser Cachorro, podía ser Chico, podía ser lo que

ellos quisieran. Cuando la mujer me levantó en brazos sin prestar atención a si le mojaba la camisa, le lamí la cara hasta que tuvo que cerrar los ojos, riendo.

—Te vas a venir a casa conmigo, pequeño. Hay alguien a quien quiero que conozcas.

¡Bueno, parecía que ahora era el perro del asiento delantero! La mujer me llevó en su regazo mientras conducía. Yo la miraba, agradecido. Sentía curiosidad por mi nuevo entorno. Me asombraba el aire perfumado y fresco que me llegaba a través de las dos ventanillas. El aire contra mi pelaje mojado era tan frío que empecé a temblar, por lo que salté al suelo, al otro lado del coche, donde había un calor muy agradable, como el de Madre. Pronto me sumí en un sueño.

Me desperté cuando el coche se detuvo y miré con ojos somnolientos a la mujer mientras ella me cogía en brazos.

—Oh, eres tan mono —murmuró ella.

Mientras me sujetaba contra su pecho al salir del coche, sentí los latidos de su corazón. Eran tan fuertes que me pareció que había cierto sentimiento de alarma en ella. Bostecé para quitarme de encima la somnolencia. Después de orinar rápidamente en la hierba, me sentí listo para enfrentarme a cualquier cosa que estuviera preocupando a esa mujer.

—¡Ethan! —llamó—. Ven aquí. Quiero que conozcas a alguien.

La miré con curiosidad. Estábamos delante de una casa grande y blanca. Me pregunté si en la parte de detrás habría algunas casetas de perro o, quizás, un patio. Pero no se oía ningún ladrido, así que tal vez yo era el primer perro en llegar allí.

Entonces la puerta delantera se abrió y un ser humano distinto a todos los que yo había visto hasta el momento salió corriendo del porche, bajó saltando los escalones de cemento y se detuvo en seco al llegar a la zona de hierba.

Nos miramos. Me di cuenta de que era un niño humano, un macho. Sus labios dibujaron una gran sonrisa y abrió los brazos.

—¡Un cachorro! —exclamó, y corrimos el uno hacia el otro, enamorados mutuamente al instante.

Yo no podía dejar de lamerle; él no podía dejar de reír. Ambos rodamos juntos por la hierba.

Supongo que nunca me había parado a pensar que pudieran existir niños tan pequeños, pero ahora que había encontrado uno, pensé que era la idea más maravillosa del mundo. Olía a barro, a azúcar y a un animal que yo nunca había olido antes; de sus dedos se desprendía un ligero olor a carne, así que se los lamí.

Al final del día no solo era ya capaz de distinguirle por el olor, sino también por el aspecto, el sonido y los gestos. Tenía el pelo oscuro, como Bobby, pero muy corto, y sus ojos eran mucho más brillantes. Tenía la costumbre de ladear la cabeza para mirarme, de manera que parecía que quisiera oírme en lugar de verme. Además, su voz era alegre cada vez que hablaba conmigo.

Estuve todo el rato oliendo su aroma, lamiéndole la cara y mordisqueándole los dedos.

—¿Nos lo podemos quedar, mamá? ¿Nos lo podemos quedar? —preguntaba el niño entre risa y risa.

La mujer se agachó para acariciarme la cabeza.

—Bueno, ya conoces a tu padre, Ethan. Va a querer que tú cuides de él…

—¡Lo haré! ¡Lo haré!

—Y que seas tú quien lo saque a pasear y quien le dé de comer…

—¡Cada día! Lo sacaré y le daré de comer y lo cepillaré y le daré agua…

—Y tendrás que limpiar cada vez que haga caca en el patio.

El chico no respondió nada esta vez.

—He comprado un poco de comida para cachorros; vamos a darle la cena. No te vas a creer lo que ha pasado. He tenido que ir a la gasolinera a buscar una botella de agua: el pobre estaba casi muerto de calor —dijo la mujer.

—¿Quieres cenar? ¿Sí? ¿Cenar? —me preguntó el chico.

Me pareció muy bien.

¡Y, para mi sorpresa, el chico me cogió en brazos y me llevó al interior de la casa! Nunca en la vida hubiera pensado que algo así fuera posible.

Me iba a gustar mucho estar allí.

Algunas partes del suelo eran blandas y tenían el mismo olor animal que ya había notado en el niño, pero otras partes eran resbaladizas y duras y me resultaba difícil mover las patas para seguir al niño por la casa. Cada vez que él me cogía en brazos, el amor que fluía entre nosotros era tan fuerte que me provocaba una sensación de vacío en el estómago, casi como si tuviera hambre.

Me encontraba tumbado en el suelo con el niño, jugando con una pieza de ropa, cuando noté una vibración por toda la casa y oí el ruido de una puerta de coche al cerrarse.

—Tu padre ha llegado —le dijo la mujer, que se llamaba Mamá, al niño, que se llamaba Ethan.

Este se puso en pie de cara a la puerta. Mamá se colocó a su lado. Yo cogí la ropa y la agité con un gesto victorioso, pero ahora que el niño no la sujetaba por el otro lado no me pareció tan interesante hacerlo.

La puerta se abrió.

—¡Hola, papá! —gritó el chico.

Un hombre entró en la sala y los miró, primero a uno y luego al otro.

—Vale, ¿qué sucede? —preguntó.

—Papá, mami ha encontrado a este cachorro… —dijo Ethan.

—Estaba encerrado en un coche, casi muerto a causa del calor —añadió Mamá.

—¿Nos lo podemos quedar, papá? ¡Es el mejor cachorro del mundo!

Decidí aprovechar el momento de falta de vigilancia y lanzarme contra los zapatos del niño para morderle los cordones.

—Oh, no lo sé. No es un buen momento —respondió el padre—. ¿Sabes la cantidad de trabajo que da un cachorro? Solo tienes ocho años, Ethan. Es demasiada responsabilidad.

Tiré de uno de los cordones del chico, y cedió, así que se lo quité del zapato. Me escapé con él, pero el cordón se quedó enganchado a su pie y yo caí al suelo dando una voltereta. Gruñí y volví a lanzarme contra los cordones: esta vez los agarré con los dientes y tiré con furia de ellos.

—Yo lo cuidaré, y lo llevaré a pasear y le daré de comer y lo lavaré —decía el niño—. Es el mejor cachorro del mundo, papá. ¡Si ya está entrenado!

Después de haber sometido a los zapatos, decidí que había llegado el momento de aliviarme un poco: me puse en cuclillas y solté una caca además del pipí.

¡Y guau! ¡Vaya reacción!

Pronto, el niño y yo estuvimos sentados en el suelo blando. Mamá decía «¿George?», y entonces Ethan decía «¿George? ¡Aquí, George! ¡Aquí, George!», y luego Papá decía «¿Skippy?», y Ethan decía: «¿Skippy? ¿Eres Skippy? ¡Aquí, Skippy!».

Era agotador.

Luego, mientras jugábamos en el patio, el niño me llamó Bailey.

—¡Aquí, Bailey! ¡Aquí, Bailey! —gritaba mientras se daba palmadas en las rodillas.

Y cuando yo iba hacia él, él salía corriendo, y corríamos

dando vueltas y vueltas por el patio. Por lo que a mí respectaba, aquello era una prolongación del juego del interior de la casa y estaba dispuesto a responder a «Hornet» y a «Ike» y a «Butch», pero parecía que esta vez se iba a quedar con «Bailey».

Después de darme de comer otra vez, el chico me llevó al interior de la casa.

—Bailey, quiero que conozcas a Smokey, el gato.

Y, mientras me sujetaba con fuerza contra el pecho, se dio la vuelta para que yo pudiera ver, allí sentado en medio del suelo, a un animal marrón y gris cuyos ojos se agrandaron al verme. ¡Ese era el olor que yo había notado! Era más grande que yo y tenía unas orejas diminutas que parecían divertidas de mordisquear. Me revolví en los brazos del chico para que me dejara en el suelo y poder ir a jugar con ese nuevo amigo, pero Ethan me sujetaba con fuerza.

—Smokey, este es Bailey —dijo.

Por fin me dejó en el suelo y yo corrí hacia el gato para lamerle, pero él me enseñó los dientes con un gesto maligno y me bufó. Luego arqueó la espalda y levantó la larga cola en el aire. Me quedé inmóvil, desconcertado. ¿Es que no quería jugar? El olor almizclado que procedía de debajo de su cola era delicioso. Intenté acercarme un poco y olerle el trasero amistosamente, pero él me bufó y alargó la pata con las uñas desplegadas.

—Eh, Smokey, sé bueno. Sé un gato bueno.

Smokey dirigió una torva mirada a Ethan. Yo, confiando en el animoso tono del niño, solté un ladrido de bienvenida, pero el gato continuaba muy distante. Incluso me golpeó la cara cuando intenté lamerle.

Vale, bueno, yo estaba dispuesto a jugar con él cuando le viniera en gana, pero también tenía cosas más importantes de las que ocuparme que de un gato arrogante. Durante los días siguientes, aprendí a ocupar mi lugar en la familia.

El niño vivía en una pequeña habitación llena de juguetes fantásticos. Mamá y Papá compartían un cuarto en el que no tenía ningún juguete. En una de las habitaciones había un lavabo con agua, y yo podía beber ahí trepando a él. Allí tampoco había juguetes, a no ser que uno considerara un juguete el papel blanco que yo desenrollaba de la pared en una larguísima tira que no se interrumpía nunca. Las habitaciones para dormir estaban arriba de unas escaleras que yo no conseguía trepar, a pesar de mis largas patas. La comida se guardaba siempre en la misma zona de la casa.

Cada vez que decidía acuclillarme y aliviarme, todos se volvían locos. Me cogían y corrían hacia la puerta, me dejaban rápidamente en la hierba y se me quedaban mirando hasta que yo me recuperaba del susto y podía continuar con mis asuntos, que siempre merecían tantos elogios que al final me pregunté si no sería esa mi principal función en la familia. Pero sus elogios no eran muy coherentes, porque había unos papeles que me habían dejado para que los rompiera y, si yo me aliviaba en ellos, también decían que yo era un buen perro, pero lo decían con alivio y no con alegría. Y, tal como he dicho, a veces estábamos todos juntos en la casa y se enfadaban conmigo por hacer exactamente lo mismo.

«¡No!», gritaban Mamá y Ethan cuando yo mojaba el suelo. «¡Buen chico!», exclamaban cuando lo hacía en la hierba. «Vale, eso está bien», decían cuando orinaba sobre los papeles. Yo no comprendía qué era lo que les pasaba.

Papá casi siempre me ignoraba, pero notaba que le gustaba que le hiciera compañía por la mañana, mientras él comía. Me miraba con cierto afecto. No era parecido a la incontrolable adoración que emanaba de Ethan, pero sentía que así era como Papá y Mamá querían al niño. A veces Papá se sentaba a la mesa, por la noche, con el chico, y ambos hablaban en voz baja, concentrados, mientras un humo de olor áspero llenaba el aire. Papá permitía que me tumbara a sus pies, ya que los pies del niño quedaban demasiado lejos del suelo y yo no podía llegar a ellos.

—Mira, Bailey, hemos construido un avión —dijo el chico después de una de esas sesiones, lanzándome un juguete.

El fuerte olor químico que se desprendía de él me hizo llorar los ojos, así que no intenté cogerlo. El chico se puso a correr por la casa con el juguete mientras hacía unos extraños ruidos. Yo lo perseguí intentando tirarlo al suelo. Luego, dejó esa cosa en un estante, al lado de otros juguetes que tenían el mismo olor químico. Y eso fue todo hasta que Papá decidió construir otro.

—Este es un cohete, Bailey —me contó Ethan, mostrándome un juguete que tenía forma de palo. Acerqué el hocico—. Vamos a hacer aterrizar uno en la luna un día. Entonces la gente vivirá allí también. ¿Te gustaría ser un perro espacial?

Oí la palabra «perro» y percibí que era una pregunta, así que meneé la cola. «Sí. Me encantaría ayudar a lavar los platos», pensé.

«Lavar los platos» era el lugar en que el niño dejaba un plato de comida en el suelo y yo me ponía a lamerlo. Ese era uno de mis trabajos, pero solo lo hacía cuando Mamá no miraba.

No obstante, casi siempre mi trabajo consistía en jugar con el chico. Yo disponía de una caja que tenía un blando cojín dentro. Y ahí era donde él me ponía cada noche, así que al final comprendí que debía quedarme en esa caja hasta que Mamá y Papá entraran y dijeran buenas noches. Entonces el niño me subía a su cama para dormir. Si yo me aburría durante la noche, siempre podía mordisquear al chico un rato.

Mi territorio se encontraba en la parte trasera de la

casa, pero después de unos cuantos días me enseñaron un auténtico mundo nuevo: el «vecindario». Ethan abría la puerta corriendo a toda pastilla y yo lo perseguía pisándole los talones. Allí fuera nos encontrábamos con otros niños y niñas, y todos me abrazaban y jugaban conmigo, y se disputaban juguetes conmigo y me los lanzaban para que fuera a buscarlos.

—Este es mi perro, Bailey —decía Ethan con orgullo, sujetándome entre los brazos. Yo me avergoncé al oír mi nombre—. Mira, Chelsea —continuó él, ofreciéndome a una niña que tenía el mismo tamaño que él—. Es un golden retriever. Mi madre lo rescató: se estaba muriendo dentro de un coche por culpa del calor. Cuando se haga mayor, lo llevaré a cazar a la granja de mi abuelo.

Chelsea me abrazó contra su pecho y me miró a los ojos. Tenía el pelo largo y de un color más claro que el mío: olía a flores y a chocolate… y a otro perro.

—Eres muy tierno, eres muy tierno, Bailey, te quiero —me dijo.

Chelsea me gustaba. Siempre que me veía, se arrodillaba y me permitía que tirara de su pelo largo y rubio. El olor a perro de sus ropas pertenecía a Marshmallow, un perro de pelo largo marrón y blanco que era mayor que yo, pero que todavía era joven. Cada vez que Chelsea dejaba salir a Marshmallow del patio, ambos jugábamos durante horas. A veces, Ethan también jugaba con nosotros. Jugábamos, jugábamos y jugábamos.

Cuando vivía en el patio, Señora me quería. Pero ahora me daba cuenta de que se trataba de un amor generalizado, dirigido a todos los perros de la manada. Ella me llamaba Toby, pero no pronunciaba mi nombre de la manera en que lo hacía el niño. Él susurraba «Bailey, Bailey, Bailey» a mis oídos por la noche. El niño me quería. Cada uno éramos el centro del mundo del otro.

Vivir en el patio me había enseñado a escapar por una puerta. Me había permitido llegar hasta el niño: y querer a ese niño y vivir con él era mi razón en la vida. Desde que me despertaba hasta que nos íbamos a dormir, siempre estábamos juntos.

Pero entonces, por supuesto, todo cambió.

7

*U*na de las cosas que más me gustaba hacer era aprender habilidades nuevas, tal como las llamaba el chico. Él me hablaba de forma animosa y luego me daba premios. «Siéntate», por ejemplo, era una habilidad en la que el chico decía: «¡Siéntate, Bailey! ¡Siéntate!», y entonces se me subía al trasero y me obligaba a bajarlo al suelo. Y luego me daba una galleta para perros.

«¡Puerta! ¡Puerta!» era una habilidad que consistía en que íbamos al garaje, donde Papá guardaba su coche, y el niño me empujaba por una trampilla de plástico que había en la puerta para que saliera al patio. Luego me llamaba; cuando yo metía la cabeza por la trampilla, ¡me daba una galleta para perros!

Mis patas —me alegraba ver— continuaban creciendo con el resto de mi cuerpo. Así pues, a medida que las noches se hacían más frescas, yo era cada vez más capaz de avanzar a la misma velocidad que el chico, incluso cuando nos lanzábamos a la carrera.

Sin embargo, una mañana, la habilidad de la puerta adquirió un significado totalmente distinto. El chico se había levantado temprano, justo cuando el sol acababa de salir; Mamá entraba y salía de diferentes habitaciones.

—¡Ocúpate de Bailey! —dijo ella.

Yo estaba dándole un buen repaso a uno de los juguetes para mordisquear y levanté la cabeza. Vi a Smokey, el gato, sentado en la encimera: me miraba con una altivez insufrible. Sujeté el juguete entre los dientes y le di una buena sacudida para demostrarle a Smokey que se estaba perdiendo un montón de diversión por ser tan altanero.

—¡Bailey! —llamó el chico.

Llevaba mi lecho en los brazos. Intrigado, lo seguí hasta el garaje. ¿En qué consistiría ese juego?

—Puerta —me dijo.

Yo le olisqueé los bolsillos, pero no noté el olor de galletas. Puesto que el único sentido de jugar al «puerta» era, en mi opinión, la galleta, decidí dar la vuelta y levanté la pata contra la bicicleta.

—¡Bailey! —Percibí impaciencia en el chico. Lo miré, asombrado—. Vas a dormir aquí, ¿vale, Bailey? Tienes que ser bueno. Si necesitas ir al lavabo, sales por la puerta, ¿vale? Puerta, Bailey. Ahora me tengo que ir al cole. ¿Vale? Te quiero, Bailey.

El chico me dio un abrazo y yo le lamí la oreja. Cuando se dio la vuelta, yo lo seguí, pero cuando llegamos a la puerta de la casa, él no me permitió que entrara.

—No, Bailey, te quedarás en el garaje hasta que yo llegue a casa. Puerta, ¿vale, Bailey? Sé bueno.

Y me cerró la puerta en las narices.

«¿Te quedarás?» «¿Puerta?» «¿Sé bueno?» ¿Qué relación tenían entre sí esos términos que yo había oído tan a menudo? ¿Y qué significaba «te quedarás»?

Para mí, nada de eso tenía sentido. Estuve olisqueando el garaje un rato: estaba repleto de deliciosos aromas, pero no estaba de humor para explorar. Quería a mi niño. Ladré, pero la puerta de la casa continuaba cerrada, así que la rasqué. Nada.

Oí que unos niños gritaban en la parte delantera de la

casa y corrí hasta las grandes puertas del garaje, esperando que las levantaran, tal como hacían a veces cuando el niño estaba con ellos. Pero nada de eso sucedió. Oí el ruido de un camión. Al alejarse, se llevó las voces de los niños. Al cabo de unos minutos, oí que el coche de Mamá arrancaba y se marchaba. Entonces, el mundo, tan lleno de vida, de diversión y de ruido hasta ese momento, se volvió intolerablemente silencioso.

Estuve ladrando un rato, pero no conseguí nada con eso. Olí a Smokey al otro lado de la puerta. Parecía tomar nota de mi situación con una satisfacción de lo más altiva. Rasqué la puerta. Mordisqueé unos zapatos. Destrocé mi lecho. Encontré una canasta llena de ropa, la abrí igual que Madre había abierto las bolsas de basura cuando rebuscábamos comida en ellas. Y esparcí toda la ropa por el garaje. Hice pipí en un rincón y caca en otro. Tiré un contenedor metálico y me comí unos trozos de pollo, unos espaguetis y un dulce. Además, lamí una lata de pescado que olía igual que el aliento de Smokey. Comí un poco de papel. Tumbé mi plato de agua y lo mordisqueé.

Ya no había nada más que hacer.

Al terminar el que parecía haber sido el día más largo de mi vida, oí que el coche de Mamá se detenía en el camino. La puerta del coche se cerró y oí los pasos de alguien que corría por la casa.

—¡Bailey! —gritó el chico, abriendo la puerta.

Me tiré encima de él, feliz de que esa locura hubiera terminado para siempre. Pero él se quedó inmóvil mirando el garaje.

—Oh, Bailey —dijo con tono triste.

Imbuido de una energía mágica, salí disparado por toda la casa saltando por los muebles. Vi a Smokey y me lancé tras él. Le perseguí por las escaleras y me puse a ladrar cuando él se escondió debajo de la cama de Papá y Mamá.

—¡Bailey! —llamó Mamá con tono grave.

—Perro malo, Bailey —dijo el chico, enojado.

Me quedé pasmado ante esa falsa acusación. ¿Malo? Me habían encerrado por accidente en el garaje, pero estaba más que dispuesto a perdonarlos. ¿Por qué me miraban con el ceño fruncido de esa manera? ¿Y por qué me señalaban con dedo acusador?

Al cabo de un momento, volví a encontrarme en el garaje ayudando al chico, que recogió todas las cosas con las que yo había estado jugando. Las puso casi todas en el contenedor de basura que yo había tirado. Mamá llegó y estuvo seleccionando la ropa; se llevó algunas piezas al interior de la casa, pero ninguno de ellos me alabó por haber descubierto dónde habían escondido todas esas cosas.

—Puerta —dijo el chico, aún enojado y sin darme ningún premio.

Empezaba a pensar que «puerta» era lo mismo que «malo», lo cual resultaba muy decepcionante, por decir algo.

No cabía duda de que había sido un día malo para todos. Y debo decir que, por mi parte, estaba dispuesto a pasar página. Pero cuando Papá llegó a casa, Mamá y el chico hablaron con él y él se puso a gritar: supe que estaba enfadado conmigo. Me tumbé en el salón e ignoré la expresión de sarcasmo de Smokey.

Papá y el chico se fueron justo después de cenar. Mamá se sentó a la mesa y se puso a mirar unos papeles. No dejó de hacerlo ni siquiera cuando yo me acerqué y le puse una pelota en el regazo.

—Oh, puaj, Bailey —dijo.

Cuando el chico y Papá regresaron a casa, el chico me llamó al garaje y me mostró una gran caja de madera. Se metió dentro, así que yo le seguí, a pesar de que había poco espacio y de que allí dentro hacía mucho calor.

—Caseta, Bailey. Esta es tu caseta.

Yo no acababa de comprender qué relación tenía esa caja conmigo, pero estaba muy contento de jugar al «caseta», ya que esta vez el premio era un ingrediente del juego. «Caseta» significaba «entra en la caseta y cómete la galleta». Estuvimos haciendo «caseta» y «puerta» mientras Papá iba de un lado a otro del garaje colocando cosas sobre los estantes e intentaba atar el gran contenedor de metal. ¡Yo estaba feliz de que «puerta» volviera a incluir una galleta!

Cuando el chico se cansó de practicar, entramos en la casa y estuvimos jugando en el suelo.

—Hora de ir a dormir —dijo Mamá.

—¿Ya, mamá? Por favor... ¿Puedo quedarme un rato más?

—Los dos debemos ir a la escuela mañana, Ethan. Es hora de que le digas buenas noches a Bailey.

Aunque en la casa se daban conversaciones como esa todo el tiempo, yo raramente prestaba atención, pero esta vez levanté la cabeza al oír mi nombre, pues había notado un cambio en las emociones del chico. Percibí tristeza en él. El chico se puso en pie y se quedó quieto con los hombros caídos.

—Vale, Bailey. Es hora de ir a la cama.

Yo sabía lo que era la cama, pero parecía que esa vez íbamos a dar un rodeo, porque el chico me llevó al garaje, aparentemente para volver a jugar al caseta. Para mí no había problema, pero me quedé estupefacto al ver que, al cabo de un momento, el chico me encerraba de nuevo en el garaje dejándome completamente solo.

Ladré, intentando comprender lo que estaba sucediendo. ¿Era porque había estado mordisqueando mi lecho? De todas formas yo nunca dormía ahí; se trataba de una cuestión de apariencias. ¿De verdad esperaban que me quedara en el garaje toda la noche? No, no podía ser.

¿O sí?

Me sentía tan inquieto que no pude evitar ponerme a llo-riquear. Pensar en el chico tumbado en la cama sin mí, com-pletamente solo, me hacía sentir tan triste que me daban ga-nas de mordisquear zapatos. Mis lloriqueos se hicieron más agudos: no podía ocultar el dolor de mi corazón.

Al cabo de unos diez o quince minutos de llorar sin cesar, la puerta del garaje se abrió un poco.

—Bailey —susurró el chico.

Corrí hasta él, aliviado. Él entró con una manta y una almohada.

—Vale. Caseta, caseta —me dijo.

Se metió en la caseta y colocó la manta encima de la del-gada colchoneta de dentro. Yo entré tras él. Los dos teníamos los pies fuera de la caseta. Reposé la cabeza en su pecho y suspiré mientras él me acariciaba las orejas.

—Buen perro, Bailey —murmuró.

Al cabo de un rato, Mamá y Papá abrieron la puerta de la casa y se quedaron allí, mirándonos. Yo meneé la cola, pero no me levanté, pues no quería despertar al chico. Fi-nalmente, Papá entró y cogió a Ethan mientras mamá me hacía un gesto. Nos metieron a los dos en la cama del inte-rior de la casa.

Al día siguiente, como si no hubiéramos aprendido nada de nuestros errores, ¡me encontré de nuevo en el garaje! Esta vez yo tenía muchas menos cosas que hacer, aunque sí conseguí, con un poco de esfuerzo, romper la colchoneta de la caseta y hacerla trizas por el suelo. Tumbé el contenedor de basura, pero no fui capaz de abrir la tapa. Nada de los es-tantes era masticable: nada a lo que yo pudiera darle alcance, por lo menos.

En un momento dado, me acerqué a la puerta y metí el morro por la trampilla para captar el olor de la tormenta que parecía acercarse. Comparado con el patio, que estaba lleno de un polvo seco y arenoso que se nos metía en la boca cada día, el lugar en que vivía el chico era más húmedo y fresco, y me encantaba la manera en que los aromas se mezclaban entre sí y en que se volvían a separar cuando llovía. Por todas partes había bonitos árboles llenos de hojas, y esas hojas recibían gotas de lluvia y las soltaban luego, cuando la brisa las agitaba. Todo estaba deliciosamente húmedo; incluso durante los días más calurosos corría un aire fresco por las noches.

Esos atractivos olores me impulsaron a sacar la cabeza cada vez más hasta que, de repente y casi por accidente, ¡me encontré fuera sin que el chico hubiera tenido que empujarme!

Encantado, corrí por todo el patio sin dejar de ladrar. ¡Era como si hubieran puesto esa puerta ahí para dejarme salir al patio desde el garaje! Me puse en cuclillas y me alivié: empezaba a descubrir que prefería hacer mis cosas fuera en lugar de dentro de casa, y no solo para evitar el drama. Me gustaba limpiarme las patas en el césped, después, y seguir el olor del sudor de mis pies en las hojas del césped. También resultaba mucho más gratificante levantar la pata para marcar el límite del patio que, por ejemplo, el canto del sofá.

Al cabo de un rato, cuando la fina lluvia que empezaba a caer se convirtió en grandes gotas, ¡descubrí que mi puerta estaba cerrada! Deseé que el chico estuviera en casa para que pudiera ver lo que había aprendido yo solo.

Cuando dejó de llover, cavé un agujero, mordisqueé la manguera y le ladré a Smokey, que estaba sentado en la ventana y fingía no oírme. Al final, un enorme autobús de color amarillo se detuvo delante de la casa y el chico, Chelsea y un montón de chicos del vecindario bajaron de él. Inmediatamente, puesto que yo continuaba en el patio, apoyé las patas contra la valla y el chico corrió hasta mí, riendo.

Después de ese día, no iba mucho a la caseta; solo cuando Mamá y Papá se gritaban. En esas ocasiones, Ethan también venía al garaje y se metía en la caseta conmigo; me abrazaba y yo me quedaba sentado, completamente quieto, todo el tiempo que fuera necesario. Decidí que, como perro, esa era mi razón en la vida: consolar al chico siempre que él lo necesitara.

A veces, alguna familia se iba del vecindario y llegaba una nueva. Así que cuando Drake y Todd se trasladaron a una casa que quedaba a poca distancia de la nuestra, me lo tomé como una buena noticia. Y eso no solamente porque me cayeron un par de deliciosas galletas de las que Mamá hizo para dar la bienvenida a los recién llegados, sino porque la llegada de chicos nuevos significaba que habría más niños con quienes jugar.

Drake era mayor y más grande que Ethan, pero Todd tenía la misma edad, así que se hizo amigo de Ethan rápidamente. Todd y Drake tenían una hermana llamada Linda que era más joven que ellos; ella siempre me daba dulces cuando nadie miraba.

Todd era diferente de Ethan. Le gustaba jugar en el arroyo con cerillas y quemar juguetes de plástico, como las muñecas de Linda. Ethan también participaba en esos juegos, pero no se reía tanto como Todd: acostumbraba a observar cómo Todd quemaba esas cosas.

Un día, Todd anunció que tenía petardos. Ethan parecía emocionado. Yo nunca había visto nada parecido a un petardo, y me asusté bastante con el destello de fuego y el ruido, y también por el olor de humo de la muñeca (más bien dicho, del trozo de muñeca que encontré más tarde). Todd le pidió a Ethan que entrara en casa un momento y volvió a salir con uno de los juguetes que había construido con su padre. Entonces colocaron un petardo en el interior, lo lanzaron al aire y el juguete explotó.

—¡Guay! —gritó Todd.

Pero Ethan se quedó en silencio, mirando con el ceño

fruncido los restos de plástico que se alejaban flotando en el aire en dirección al arroyo. Percibí un montón de emociones confusas en él. Luego, Todd tiró unos petardos al aire y uno de ellos cayó cerca de mí y explotó a mi lado. Corrí hasta el chico buscando un poco de protección. Ethan me abrazó y me llevó a casa.

Tener un acceso tan fácil al patio conllevaba algunas ventajas. Ethan pocas veces prestaba atención a la valla, lo cual significaba que yo podía salir a pasear por el vecindario. Salía para visitar a la perra marrón y blanca que se llamaba Marshmallow y que vivía en una jaula de alambre al lado de nuestra casa. Marcaba sus árboles siempre, y a veces notaba un olor que me resultaba familiar y extraño a la vez. En esas ocasiones me alejaba con el hocico al aire y vagabundeaba lejos de casa en busca de aventuras. Durante esos paseos, a menudo me olvidaba del chico por completo. Entonces me venía a la cabeza cuando nos sacaron del patio y nos llevaron a esa habitación fresca de aquella amable señora; recordaba que el asiento delantero tenía un olor parecido al que en esos momentos me impulsaba a rastrearlo.

Pero normalmente acababa perdiendo la pista del olor y entonces volvía a recordar quién era y regresaba a casa. Los días que el autobús traía a Ethan a casa, yo iba con él al hogar de Chelsea y de Marshmallow; la madre de Chelsea le daba la merienda a Ethan, que él siempre compartía conmigo. Otros días, Ethan llegaba a casa en el coche de Mamá. ¡Y había otros días en que nadie se levantaba por la mañana para ir a la escuela y yo tenía que ladrar para despertarlos a todos!

Era bueno que ya no quisieran que durmiera en el garaje. ¡Sería una pena que se quedaran durmiendo y se perdieran esas mañanas!

Un día me alejé de la casa más de lo habitual, así que cuando decidí volver ya era última hora de la tarde. Me sentía ansioso porque mi reloj interno me decía que me había perdido la llegada de Ethan en el autobús.

Tomé un atajo por el arroyo que me llevó más allá del patio de Todd. Este estaba jugando en el fango, a orillas del agua. Al verme me llamó.

—Eh, Bailey. Ven aquí, Bailey —dijo, alargando la mano hacia mí.

Lo miré con clara desconfianza. Todd tenía algo diferente, había algo en él que no me generaba confianza.

—Vamos, chico —insistió, dándose una palmada en la pierna.

Me di la vuelta y caminé hacia él.

¿Qué otra cosa podía hacer? Sentía el impulso de hacer lo que las personas me decían que hiciera. Bajé la cabeza y fui.

8

*T*odd me llevó al interior de su casa por la puerta trasera y la cerró tras él sin hacer ruido. Algunas de las ventanas tenían los postigos cerrados, así que el interior estaba oscuro y un tanto sombrío. Todd me condujo más allá de la cocina, donde se encontraba su madre viendo la televisión. Por su comportamiento, supe que debía permanecer en silencio, pero no pude evitar menear un poco la cola al oler a su madre, pues desprendía un fuerte olor químico parecido al del hombre que me había encontrado en la carretera y que me había llamado Chico.

La madre de Todd no nos vio, pero Linda sí. Cuando pasamos por delante del salón, la vi sentada, muy tiesa. También estaba viendo la televisión, pero se levantó del sofá y nos siguió por el pasillo.

—No —le susurró Todd.

Por supuesto, yo conocía esa palabra. Y me encogí con cierto miedo al notar el tono de amenaza de Todd.

Linda extendió una mano y se la lamí, pero Todd se la apartó.

—Déjame en paz.

Abrió una puerta y entré, olisqueando un montón de ropa que había en el suelo. Era una habitación pequeña con una cama en el interior. Todd cerró la puerta.

Encontré un trozo de pan y me apresuré a comérmelo, solo para poner un poco de orden. Todd se metió las manos en los bolsillos.

—Vale —dijo—. Vale, ahora…, ahora…

Se sentó en su escritorio y abrió un cajón. Olí los petardos que había en el interior: ese olor era inconfundible.

—No sé dónde está Bailey —decía en voz baja—. No he visto a Bailey.

Meneé la cola al oír mi nombre; luego bostecé y me dejé caer encima de un mullido montón de ropa. Estaba cansado después de mi larga aventura.

Oímos que alguien llamaba a la puerta con suavidad. Todd se puso en pie, nervioso. Yo hice lo mismo y me coloqué detrás de él mientras, enojado, él le susurraba algo a Linda, a quien yo podía oler más que ver en ese oscuro pasillo. Linda parecía asustada y preocupada por algún motivo, lo cual me hizo sentir ansioso. Empecé a jadear un poco y bostecé, inquieto. Me sentía demasiado tenso para tumbarme.

La conversación terminó cuando Todd cerró la puerta dando un portazo y volvió a pasar el pestillo. Lo observé ir hasta su escritorio, rebuscar algo en él y sacar un pequeño tubo. Parecía terriblemente excitado. Quitó la parte superior del tubo y lo olió con precaución. Al instante, la habitación se llenó de un potente olor químico. Reconocí ese olor, era el mismo de cuando el chico y Papá se sentaban a la mesa y jugaban con sus aviones de juguete.

Todd me acercó el tubo, pero yo supe al instante que no quería que eso estuviera cerca de mi nariz, así que aparté la cara. Percibí una rabia instantánea en Todd: eso me asustó. Entonces él cogió una pieza de ropa del suelo y la mojó con un montón del líquido del tubo, doblando y arrugando bien la tela para empaparla por todas partes.

Justo en ese momento oí a Ethan, que llamaba a gritos desde el exterior de la ventana.

—¡Bayleeeeeeey! —gritaba.

Corrí hasta la ventana y salté, pero estaba demasiado alta y no llegaba, así que ladré con frustración.

De repente noté un agudo dolor en la oreja: Todd me había golpeado con la mano.

—¡No! ¡Perro malo! ¡No ladres!

Volví a percibir esa rabia en él. Esta vez era tan fuerte como el olor químico que se desprendía de la pieza de ropa que tenía en la mano.

—¿Todd? —oímos que llamaba una mujer desde algún lugar de la casa.

Él me miró con expresión irascible.

—Quieto aquí. Quieto —amenazó.

Salió de la habitación y cerró la puerta.

Los ojos me lloraban a causa de los vapores que todavía inundaban la habitación, y empecé a dar vueltas, asustado. El chico me estaba llamando. No podía comprender que Todd pudiera tenerme allí encerrado, como si estuviera en el garaje.

Entonces oí un pequeño ruido que me puso en alerta: Linda estaba abriendo la puerta y me ofrecía una galleta.

—Aquí, Bailey —susurró—. Buen perro.

Lo que yo quería era salir de ahí, pero tampoco era un idiota: me comí la galleta. Linda aguantó la puerta abierta.

—Vamos —me animó, y eso fue lo único que necesité.

Corrí por el pasillo tras ella, bajamos unas escaleras y llegamos a la puerta delantera de la casa. Linda la abrió de un empujón y el aire frío me limpió la cabeza de todos esos horribles vapores.

El coche de mamá estaba al final de la calle. El chico sacaba la cabeza por la ventanilla gritando:

—¡Bailey!

Salí disparado a toda velocidad. Las luces de los frenos del coche se encendieron y Ethan bajó y se echó a correr hacia mí.

—Oh, Bailey, ¿dónde estabas? —dijo, apretando la cara contra mi pelaje—. Eres un perro malo, muy malo.

Yo sabía que ser un perro malo estaba mal, pero el amor que emanaba del chico era tan fuerte que no pude evitar sentir que, en ese caso, ser un mal perro era algo bueno.

No había pasado mucho tiempo desde mi aventura en la casa de Todd cuando me llevaron en coche a ver a un hombre en una habitación limpia y fresca. Me di cuenta de que ya había estado en un lugar parecido antes. Papá nos llevó en coche a Ethan y a mí hasta ese lugar. Por la actitud de Papá, tuve la sensación de que, de alguna manera, yo estaba recibiendo un castigo (lo cual no me pareció muy justo). En mi opinión, si alguien tenía que ir a esa habitación fresca era Todd, no yo. Él se portaba mal con Linda y había querido separarme de mi chico: no era culpa mía haber sido un mal perro. De todas maneras, meneé la cola y permanecí muy quieto mientras me pinchaban con una aguja detrás de la oreja.

Cuando me desperté, todavía estaba entumecido. Me picaba todo y noté un dolor familiar en la parte baja de la barriga. Y también llevaba puesto ese estúpido collar, así que tenía la cara pegada al fondo del embudo otra vez. A Smokey la situación también le pareció muy hilarante, así que hice todo lo que pude por ignorarlo. En realidad, nada me pareció mejor que tumbarme en el frío cemento del garaje durante unos cuantos días, con las patas traseras estiradas.

Cuando me quitaron el collar y volví a ser el mismo de siempre, me di cuenta de que sentía menos interés en perseguir esos exóticos olores del otro lado de la valla, aunque, si encontraba la puerta abierta, siempre me gustaba explorar el vecindario y ver en qué andaban los demás perros. Me mantenía alejado de la casa de Todd, que estaba al otro extremo de la calle. Y si alguna vez lo veía a él o a su hermano, Drake, jugando en el arroyo, me ocultaba entre las sombras tal como mi primera madre me había enseñado a hacer.

Aprendía palabras nuevas cada día. Además de ser un buen perro —y a veces un mal perro—, cada vez me decían más que era un «perro grande», lo cual, para mí, significaba que cada vez me costaba más encontrar una postura cómoda en la cama del chico. Y aprendí que «nieve» significaba que el mundo estaba cubierto de un manto frío y blanco. A veces salíamos a deslizarnos con el trineo por la larga pendiente de la calle, y yo me esforzaba por permanecer encima del trineo al lado de Ethan hasta que este se estrellaba contra algo. Y aprendí que «primavera» quería decir tiempo cálido y días más largos, días en que Mamá se ocupaba de hacer agujeros en el patio y plantaba flores: el olor a tierra era maravilloso, así que un día, cuando todo el mundo se fue a la escuela, yo me puse a desenterrar las flores y a comerme los agridulces capullos por un puro sentimiento de lealtad hacia Mamá, aunque al final tuve que escupirlos.

Ese día fui —por algún motivo— un mal perro otra vez, e incluso tuve que pasar la noche en el garaje en lugar de tumbado a los pies de Ethan mientras él hacía cosas con sus libros.

Otro día, los chicos del autobús amarillo gritaban tanto que los oí cinco minutos antes de que esa cosa se parara delante de casa. El chico estaba exultante cuando salió y corrió hacia mí. Estaba de tan buen humor que yo me puse a correr en círculos una y otra vez y a ladrar de manera extravagante. Fuimos a casa de Chelsea y estuve jugando con Marshmallow. Mamá también estaba contenta cuando regresamos a casa. Y, a partir de ese momento, el chico no fue a la escuela y yo pude quedarme en la cama en lugar de levantarme para desayunar con Papá. ¡La vida, por fin, había vuelto a la normalidad!

Me sentía feliz.

En cierta ocasión, fuimos a dar un largo, largo paseo en coche. Cuando terminamos, estábamos en la «granja», un lugar totalmente nuevo donde había animales y olores que yo nunca antes había conocido.

Dos personas mayores salieron de una casa blanca y grande en cuanto detuvimos el coche en el camino. Ethan los llamó Abuela y Abuelo. Y Mamá también los llamó de ese modo, aunque más tarde oí que los llamaba Mamá y Papá. Pero pensé que se trataba de una simple confusión por su parte.

En la granja había tantas cosas que hacer que el chico y yo nos pasamos los primeros días corriendo de un lado a otro. Me acerqué a una yegua enorme, que me miró desde encima de una valla y que no quiso jugar ni hacer nada conmigo. Me continuó mirando, impávida, incluso cuando me metí por debajo de la valla y le ladré. En lugar de arroyo, allí había un estanque. Era tan profundo y tan grande que Ethan y yo podíamos nadar en él. A su orilla vivía una familia de patos. Cada vez que yo me acercaba se volvían locos y se metían en el agua, alejándose frenéticamente. Pero luego, cuando yo me cansaba de ladrar, la madre pato volvía hacia mí, así que yo me ponía a ladrar otra vez.

En mi mapa, coloqué a los patos justo debajo de Smokey, el gato, en cuanto a qué cosas tenían más valor para el chico y para mí.

Papá estuvo fuera unos cuantos días, pero Mamá se quedó con nosotros en la granja todo el verano. Era feliz. Ethan dormía en el porche, una sala que había delante de la casa. Yo dormía con él y nadie quiso cambiar esa situación en ningún momento. A Abuelo le gustaba sentarse en una silla y rascarme las orejas. Por su parte, Mamá siempre me estaba dando chuches. El amor que me llegaba de ellos me hacía sentir muy feliz.

Allí no había patio, solo había campo y una valla diseñada para dejarme salir y entrar en cualquier momento que me apeteciera: como si fuera la puerta para perros más larga del mundo... y sin trampilla. La yegua, que se llamaba Flare, se quedaba detrás de la valla y se pasaba el día comiendo hierba, aunque nunca la vi vomitar. Los montones de heces que dejaba en el suelo olían de una manera que hacía pensar que debían de tener buen sabor, pero eran secas y blandas, así que solamente me comí un par.

Disponer de ese lugar significaba que podía explorar el bosque que había al otro lado de la valla, o bajar corriendo al estanque para jugar, o hacer cualquier cosa que me apeteciera. Pero casi siempre me quedaba cerca de la casa, porque Abuela estaba cocinando cosas deliciosas cada minuto del día y yo debía estar cerca de ella para catar sus experimentos y asegurarme de que eran aceptables. Me encantaba ser de ayuda.

Al chico le gustaba ponerme en la parte delantera del bote. Entonces nos adentrábamos en el estanque. Luego él tiraba un gusano al agua y sacaba un pequeño pez que se retorcía mientras yo le ladraba. Y luego lo soltaba otra vez.

—Es demasiado pequeño, Bailey —decía siempre—, pero un día de estos pescaremos uno grande, ya lo verás.

Al final descubrí (para disgusto mío) que en la granja había un gato, un gato negro que vivía en un edificio viejo y a punto de desmoronarse que llamaban granero. Me observaba, allí agazapado en la oscuridad, siempre que se me metía en la cabeza entrar ahí dentro para sacarlo fuera. Ese gato parecía tenerme miedo: eso significaba una mejora significativa con respecto a Smokey, igual que todo en ese lugar.

Un día me pareció ver al gato negro en el bosque y salí disparado tras él. Pero el gato caminaba muy despacio. Al acercarme, me di cuenta de que se trataba de otra cosa completamente distinta: era un animal totalmente nuevo para mí, con rayas blancas sobre el pelaje negro. Encantado, le ladré. Él se giró y me dirigió una mirada solemne con la cola negra y esponjosa levantada. No corría, cosa que interpreté como que quería jugar, pero cuando salté sobre él para darle un manotazo, el animal hizo una cosa muy extraña: se puso de espaldas a mí con la cola muy levantada.

Al cabo de un momento, una nube de un olor horrible me envolvió; los ojos y los labios empezaron a picarme. Sin ver nada, lloriqueando, me retiré sin comprender qué demonios había pasado.

—¡Una mofeta! —anunció Abuelo cuando yo me puse a rascar la puerta para que me dejaran entrar—. Oh, no vas a entrar aquí, Bailey.

—Bailey, ¿te has encontrado con una mofeta? —me preguntó Mamá desde el otro lado de la puerta—. Puaj, y tanto que sí.

No conocía la palabra «mofeta», pero sabía que había sucedido una cosa muy rara allí en el bosque y que eso provocaba otra cosa más rara todavía: el chico, arrugando la nariz al verme, me llevó al patio y me empapó con el agua de la manguera. Luego me sujetó la cabeza y Abuela apareció con una canasta llena de tomates del jardín y me frotó con ellos todo el pelaje hasta que quedé de color rojo.

No podía comprender de qué manera aquello podía solucionar nada, en especial porque luego me vi sometido a un proceso indigno que Ethan llamó «baño». Me frotaron con un jabón perfumado hasta que convirtieron mi olor en una mezcla del de Abuela y el de los tomates.

Nunca en mi vida me había sentido tan profundamente humillado. Cuando estuve seco me mandaron al porche. Y aunque Ethan durmió allí fuera conmigo, no me dejó subir a la cama.

—Apestas, Bailey —dijo.

Esa fue la guinda al abuso al que me vi sometido. Me tumbé en el suelo e intenté dormir a pesar del montón de olores que había allí. Cuando, por fin, llegó la mañana, corrí al estanque y me revolqué sobre un pez muerto que se había quedado en la orilla. Pero ni siquiera eso me ayudó mucho: continuaba oliendo a perfume.

Ansioso por saber qué era lo que había sucedido, regresé al bosque para ver si podía encontrar a ese animal que se parecía a un gato y obtener una explicación. Ahora que conocía el olor, no me fue difícil localizarlo. Pero justo acababa de empezar a olerlo cuando ese animal hizo exactamente lo mismo que el día anterior: me vi empapado por un chorro cegador que salió, precisamente, de su trasero.

No encontraba la manera de solucionar ese malentendido. Me pregunté si no sería mejor, simplemente, ignorar a ese animalejo y hacerle sufrir toda la ignominia que él me había hecho padecer a mí.

De hecho, eso fue lo que decidí hacer en cuanto regresé a casa y me encontré pasando de nuevo por todo ese humillante proceso de lavado y de jugo de tomate. ¿En qué se había convertido mi vida? ¿En que me embadurnaran con verdura, me frotaran con apestosos jabones por todo el cuerpo y me prohibieran entrar a la parte principal de la casa incluso mientras Abuela cocinaba?

—¡Eres tan idiota, Bailey! —me regañó el chico mientras me frotaba en el patio.

—No digas esa palabra; es una palabra muy fea —dijo Abuela—. Dile… que es un bobo. Eso es lo que me decía mi madre cuando yo era pequeña y hacía algo mal.

El chico me miró muy serio.

—Bailey, eres un perro bobo. Eres un perro bobo bobo.

Y se puso a reír, y Abuela se rio, pero yo me sentía tan abatido que casi no podía ni mover la cola.

Por suerte, más o menos cuando esos olores ya empezaban a desaparecer de mi cuerpo, la familia dejó de comportarse de manera tan extraña y me permitieron estar con ellos de nuevo. El chico, a veces, me llamaba «perro bobo», pero nunca lo hacía con enfado, sino más bien como una alternativa a mi nombre.

—¿Quieres venir a pescar, «perro bobo»? —me preguntaba, y salíamos con el bote a sacar pececillos del agua durante unas cuantas horas.

Un día, al final del verano, hacía más frío de lo normal y estábamos en el estanque con el bote. Ethan llevaba una capucha que le colgaba de la camiseta, a la altura del cuello. Y, de repente, dio un salto.

—¡Tengo uno grande, Bailey, uno grande!

Respondí a su excitación poniéndome en pie y ladrando. El chico estuvo maniobrando con la caña durante más de un minuto, riéndose. Al final lo vi: ¡un pez del tamaño de un gato salió a la superficie justo al lado de nuestro bote! Ethan y yo nos inclinamos para verlo. ¡Y entonces, tras proferir un grito, el chico cayó al agua!

Yo salté al borde del bote y miré hacia el agua, oscura y verde. Vi que el chico desaparecía de mi vista; las burbujas que ascendían hacia la superficie me traían su olor. Pero no parecía que fuera a salir a la superficie otra vez.

Así pues, no lo dudé ni un momento. Me tiré a por él, con los ojos abiertos, mientras me abría camino por el agua para seguir el rastro de las burbujas hacia la fría oscuridad.

$\mathcal{A}$hí abajo no se veía gran cosa. Sentía la presión del agua en los oídos y el descenso se me hacía muy difícil. Estaba desesperado. Pero notaba la presencia del chico, que continuaba hundiéndose delante de mí. Nadé con más y más fuerza. Al final me pareció ver su forma borrosa: era casi como la primera vez que vi a Madre, una imagen difusa envuelta en sombras. Avancé con la boca abierta. Cuando llegué hasta él, atrapé la capucha de su camiseta con los dientes. Levanté la cabeza y, arrastrándolo conmigo, nadé tan deprisa como pude hacia la superficie soleada del estanque y sacamos la cabeza fuera del agua.

—¡Bailey! —gritó el chico, riendo—. ¿Estás intentando salvarme, chico?

Alargó la mano y se agarró al bote. Frenético, intenté subir al bote trepando por su cuerpo. Quería levantarlo y ponerlo a salvo.

Él continuaba riendo.

—¡Bailey, no, perro bobo! ¡Para!

Me apartó y se puso a nadar trazando un pequeño círculo.

—Debo recuperar la caña, Bailey. Se me cayó. ¡Estoy bien! Vamos, estoy bien. ¡Vamos!

El chico señalaba en dirección a la orilla, como si estuviera lanzando una pelota en esa dirección. Parecía querer que yo saliera del estanque, así que, al cabo de un minuto, lo hice y fui nadando hacia una pequeña zona de arena que había cerca del muelle.

—Buen chico, Bailey —me animó.

Miré hacia él y vi que los pies le sobresalían de la superficie del agua y que, al momento, desaparecían en el agua. Solté un chillido de lamento, me di la vuelta y nadé hacia allí tan deprisa como pude, con tanto ímpetu que las patas me salían del agua a cada brazada. Cuando llegué al montón de burbujas, seguí el rastro. Esta vez me costó más hundirme en el agua porque no me había tirado desde el bote. Mientras descendía hacia el fondo, noté que el chico volvía a emerger, así que cambié de dirección.

—¡Bailey! —exclamó él, contento. Tiró la caña al interior del bote y añadió—: Eres un perro muy bueno, Bailey.

Nadé a su lado mientras él arrastraba el bote hacia la arena. Me sentía tan aliviado que, mientras él se inclinaba para tirar de la embarcación hacia la orilla, no pude evitar lamerle toda la cara.

—Has intentado salvarme la vida, chico.

Me senté, jadeando. Él me acarició la cara. El sol y el tacto de su mano me resultaban igual de cálidos.

A la mañana siguiente, el chico llevó al abuelo al muelle. Hacía mucho más calor que el día anterior. Corrí delante de ellos y me aseguré de que la familia de patos se quitara de en medio y se fuera al centro del lago, que era su sitio. El chico llevaba puesta otra camiseta con capucha; los tres avanzamos hacia el extremo del muelle y miramos hacia el agua verde. Los patos se acercaron nadando para ver qué era lo que estábamos mirando.

Por mi parte, fingí que yo sí que lo sabía.

—Mira, se meterá bajo el agua, te lo prometo —dijo el chico.

—Lo creeré cuando lo vea —respondió Abuelo.

Regresamos a la orilla, al lado del muelle. Abuelo me sujetó por el collar y gritó:

—¡Adelante!

El chico salió corriendo. Al cabo de un segundo, Abuelo me soltó para que yo pudiera seguirlo. Ethan saltó desde el extremo del muelle y cayó al agua levantando una gran ola, cosa que provocó que los patos parlotearan entre sí enojados, mientras las olas los zarandeaban. Corrí hasta el extremo del muelle y ladré. Luego miré a Abuelo.

—¡Ve a por él, Bailey! —me animó Abuelo.

Miré hacia abajo, hacia el agua espumosa donde el chico se había sumergido, y luego volví a mirar a Abuelo. Él era viejo y se movía muy despacio, pero no me podía creer que fuera tan tonto como para no hacer nada ante esa nueva situación. Solté unos cuantos ladridos más.

—¡Adelante! —me dijo Abuelo.

De repente, lo comprendí. Lo miré, sin poder creérmelo. ¿Es que era yo quien tenía que hacerlo todo en esa familia? Solté un último ladrido, salté al agua y nadé hacia el fondo, donde percibía que estaba Ethan, inerte. Lo cogí por la capucha con los dientes y salí en busca de aire.

—¿Ves? ¡Me ha salvado! —gritó el chico cuando ambos salimos a la superficie.

Entonces, el chico y Abuelo gritaron al mismo tiempo.

—¡Buen chico, Bailey!

Sus alabanzas me gustaron tanto que volví a lanzarme al agua y nadé hacia los patos, que graznaron estúpidamente y se alejaron nadando. Pero conseguí acercarme tanto que pude arrancar de un mordisco algunas de las plumas de la cola de un par de ellos. Al instante, ambos se pusieron a batir las alas y levantaron un corto vuelo.

En mi opinión, eso solo significaba una cosa: yo había ganado.

Pasamos el resto de la tarde jugando a «rescátame». Mi ansiedad se fue disipando gradualmente, pues aprendí que el chico podía defenderse por sí mismo en ese lago, a pesar de que le gustara tanto que yo fuera a buscarlo y lo sacara a la superficie cada vez. Los patos salían del agua de vez en cuando y se sentaban a la orilla a mirarnos sin comprender nada. Por qué no volaban hasta la copa de los árboles con los demás pájaros era algo que no podía comprender.

Yo no veía ningún motivo para abandonar la granja, pero cuando Papá llegó, al cabo de unos días, y Mamá empezó a ir de una habitación a otra abriendo cajones y sacando cosas, tuve la sensación de que nos mudábamos otra vez. Empecé a sentirme ansioso. Comencé entonces a dar vueltas con inquietud, pensando que iban a dejarme allí solo. Por fin, el chico gritó «¡Al coche!» y me permitieron subir al automóvil y sacar la cabeza por la ventanilla. La yegua, Flare, me miraba con una expresión que me pareció de clara envidia. Y tanto Abuelo como Abuela me abrazaron antes de partir.

Resultó que llegamos a casa de nuevo. Me alegró volver a encontrarme con los chicos y los perros del vecindario, pero no con Smokey. Estuvimos jugando y yo me dediqué a perseguir pelotas y a hacer el tonto con mi amiga Marshmallow. Estaba tan ocupado divirtiéndome que el día en que me despertaron y, sin contemplaciones, me dejaron en el garaje me pilló totalmente desprevenido. De inmediato salí por mi puerta y confirmé que tanto Ethan como Mamá se iban. Ethan se marchó con el resto de los chicos en el autobús amarillo.

Bueno, eso era intolerable. Estuve ladrando un rato y Marshmallow me contestaba desde el otro extremo de la calle, así que estuvimos ladrándonos mutuamente. Pero eso no resultó de tanta ayuda como se podría suponer. Al final regresé al garaje, malhumorado, y me puse a olisquear la caseta con desdén. Decidí que no pensaba pasarme el día ahí, aunque ese era el lugar más mullido de todos.

Vi los pies de Smokey por debajo de la puerta y aplasté el hocico contra la rendija para inhalar su olor. Luego solté un suspiro de frustración. No percibía mucha simpatía en él.

Puesto que yo ya era un perro grande, me resultaba sencillo llegar al picaporte de la puerta. Entonces se me ocurrió que sí podía hacer algo para remediar mi situación. Apoyé las manos en la puerta, agarré el picaporte con los dientes y lo giré.

No sucedió nada, pero continué intentándolo. Al final, ¡la puerta se abrió con un suave crujido!

Smokey había estado sentado al otro de la puerta durante todo el rato, probablemente riéndose de mí. Eso sí, en cuanto me vio, supongo que se le congeló la sonrisa. Las pupilas se le pusieron más oscuras y, dándose la vuelta, se fue corriendo. Yo, naturalmente, lo seguí: giré una esquina derrapando y llegué a la cocina justo cuando él saltaba a la encimera. Solté un ladrido.

Se estaba mucho mejor en casa. La noche anterior, la pizza para cenar había llegado por la puerta principal metida en una caja larga y plana, que todavía estaba encima de la encimera y era, por tanto, accesible. La tiré al suelo y me comí el delicioso cartón, dejando a un lado los trozos menos sabrosos, mientras Smokey me miraba con fingido disgusto. Luego me comí su lata de comida de gato y la lamí a conciencia, dejándola totalmente limpia.

No se me permitía dormir en el sofá, pero en ese momento no encontré ningún motivo para respetar esa regla, puesto que todo había cambiado desde que estaba solo en casa. Así que me instalé y apoyé la cabeza en uno de los cojines para echar una agradable siesta mientras el sol me calentaba la espalda.

Al cabo de un rato me di cuenta de que el sol se había movido, lo cual resultaba muy inconveniente, así que, rezongando, cambié de posición en el sofá.

Al poco de hacerlo, oí el inconfundible sonido de uno de los armarios de la cocina al abrirse y corrí a ver qué era lo que sucedía. Smokey estaba encima de la encimera y había conseguido alcanzar uno de los armarios y abrir la puerta. Me pareció que eso demostraba mucha iniciativa por su parte. Lo observé con atención. Smokey saltó al interior del armario y empezó a olisquear los deliciosos productos que había en el interior. Me miró un momento, calculando algo.

Decidí mordisquearme un rato la base de la cola. Cuando terminé, volví a mirar, intrigado, para saber si Smokey estaría abriendo la bolsa de comida. Le dio un golpe, otro y, al tercero, ¡esa cosa cayó al suelo!

Arranqué el plástico de una dentellada y empecé a masticar unas cosas crujientes y saladas. Me las comí muy deprisa por si Smokey intentaba bajar a reclamar su parte. Él me miró, impasible, desde su posición. Y volvió a tirar otra cosa que estaba llena de unos rollitos dulces.

En ese mismo instante decidí que me había equivocado con Smokey desde el principio. Casi me sentí mal por haberme comido su lata de comida antes, aunque no era mi culpa que él no se hubiera terminado la comida cuando se la habían dado. ¿Qué esperaba que sucediera a continuación?

Yo no podía abrir los armarios; por algún motivo, el mecanismo para hacerlo era algo que se me escapaba. Pero sí conseguí hacerme con un trozo de pan que estaba en la encimera y tirarlo al suelo. Con cuidado, lo saqué del embalaje, que me comí por separado. El cubo de la basura de la cocina no tenía tapa, así que era fácil acceder a él, a pesar de que unas cuantas cosas que había allí —una arena negra y amarga que me manchó la lengua cuando le di un lametón, unas cuantas cáscaras de huevo y unas bolsas de plástico— no eran comestibles. De todas formas, mastiqué el plástico.

Me encontraba fuera, esperando, cuando el autobús llegó. Y a pesar de que tanto Chelsea como Todd salieron de él, no había ni rastro del chico, lo cual significaba que seguramente regresaría a casa con Mamá. Volví a entrar en casa y saqué algunos zapatos del armario de Mamá, pero no los mordisqueé, pues empezaba a sentir un gran letargo a causa de todas esas cosas que me había dado Smokey para comer. Me quedé un rato indeciso en el salón, intentando decidir si tumbarme en el sofá, donde ya no había más sol, o tumbarme en el rectángulo de sol que había sobre la alfombra. Fue una decisión difícil. Al final decidí tumbarme al sol, pero lo hice poco convencido, sin saber si había tomado la decisión correcta.

Cuando oí la puerta del coche de Mamá, fui corriendo hacia el garaje y salí por mi puerta al instante. Me coloqué ante la valla, meneando la cola. Ethan corrió directamente hacia mí y entró en el patio para jugar conmigo mientras Mamá subía por el camino, los tacones de sus zapatos resonando sobre el pavimento a cada paso que daba.

—¡Te he echado de menos, Bailey! ¿Te lo has pasado bien? —me preguntó el chico, rascándome la barbilla.

Nos miramos el uno al otro con amor.

—¡Ethan, ven a ver lo que ha hecho Bailey!

Al oír pronunciar mi nombre en un tono tan severo, bajé las orejas. Nos habían descubierto.

Entré en la casa con Ethan y me acerqué a Mamá con la cola baja para que me perdonara. Ella tenía una de las bolsas rotas en la mano.

—La puerta del garaje estaba abierta. Mira lo que ha hecho —dijo Mamá—. Bailey, eres un perro malo. Un perro malo.

Bajé la cabeza. A pesar de que, técnicamente, yo no había hecho nada malo, me daba cuenta de que Mamá estaba enojada conmigo. Ethan también lo estaba. Y lo estuvo más cuando empezó a recoger los trocitos de plástico del suelo.

—¿Cómo pudo subirse a la encimera? Debe de haber saltado —dijo Mamá.

—Eres un perro malo, un perro malo, malo, Bailey —me volvió a decir Ethan.

Smokey entró en la cocina y saltó, indiferente, a la encimera. Le miré con aire taciturno: era un gato malo, un gato malo, malo.

Lo raro fue que nadie le dijo nada a Smokey acerca de su papel como instigador. ¡En lugar de ello, le dieron una lata de comida! Yo me quedé sentado, a la expectativa, pensando que, por lo menos, me deberían dar una galleta para perros. Pero todo el mundo me miraba con mala cara.

Mamá pasó la fregona por el suelo y el chico sacó una bolsa de basura al garaje.

—Bailey, eso ha estado muy mal —me volvió a decir el chico.

Parecía que a todo el mundo le estaba costando mucho más que a mí superar ese incidente.

De repente, mientras yo todavía estaba en la cocina, oí a Mamá gritar desde el otro extremo de la casa:

—¡Bailey!

Supuse que había encontrado sus zapatos.

10

*D*urante los siguientes uno o dos años, me di cuenta de que, a menudo, cuando los niños jugaban juntos, Todd quedaba excluido. Cada vez que se acercaba, los demás parecían incómodos. Marshmallow y yo notábamos ese cambio en el estado de ánimo con tanta claridad como si lo exclamaran a gritos. Las niñas solían dar la espalda a Todd, y los chicos acababan aceptándolo en sus juegos, pero a regañadientes. Ethan ya no había vuelto a ir a casa de Todd.

El hermano mayor de Todd, Drake, salía muy pocas veces, excepto para meterse en el coche e irse con él. Pero Linda pronto aprendió a montar en bicicleta. Así, casi cada día, iba calle abajo para estar con las niñas de su edad.

Yo imité a Ethan: nunca más me acerqué a Todd. Pero una noche en que nevaba, mientras me encontraba fuera haciendo mis necesidades antes de irme a dormir, olí a Todd, que estaba al otro lado de la valla, detrás de unos árboles. Solté un ladrido de advertencia y me complació darme cuenta de que él se daba la vuelta y se alejaba corriendo.

No me gustaba mucho el tema de la escuela, que era lo que pasaba la mayor parte de las mañanas en casa. Prefería que llegara el verano y que Ethan y Mamá ya no tuvieran colegio y pudiéramos irnos todos a la granja con Abuela y Abuelo.

Siempre que llegábamos allí, salía disparado, corriendo, para ir a ver qué cosas habían cambiado y qué cosas continuaban igual, para marcar mi territorio y para hacerle una visita a Flare, la yegua. También visitaba al misterioso gato negro del granero y a los patos, los cuales —de forma totalmente irresponsable— habían decidido tener un montón de descendencia. Muchas veces olía la presencia de la mofeta en el bosque, pero, consciente de lo desagradable que había sido nuestro último encuentro, decidí no ir a buscarla. Si quería jugar conmigo, ya sabía dónde encontrarme.

Una noche, toda la familia estaba sentada en el salón cuando ya había pasado la hora habitual de irse a dormir. Todos estaban muy excitados, aunque Mamá y Abuela también tenían miedo. Y luego se pusieron a gritar y a vitorear. Abuelo lloró y yo ladré, arrastrado por todas esas emociones. Los humanos son mucho más complicados que los perros, pues tienen una gran diversidad de sentimientos: aunque a veces echaba de menos el patio, sabía que ahora estaba llevando una vida mucho más rica, a pesar de que muchas veces no comprendiera qué era lo que sucedía. Luego, Ethan me llevó fuera y nos quedamos mirando el cielo nocturno.

—Ahora mismo hay un hombre en la luna, Bailey. ¿Ves la luna? Algún día yo también iré allí.

Parecía tan feliz que arranqué a correr y fui a buscar un palo para que me lo pudiera tirar. Ethan rio.

—No te preocupes, Bailey. Cuando me vaya, te llevaré conmigo.

A veces Abuelo se iba en coche al pueblo y yo y el chico lo acompañábamos. No tardé mucho en memorizar un mapa de olores del trayecto: la humedad del ambiente transportaba el inconfundible olor de esos estúpidos patos, de deliciosos peces en descomposición y, al cabo de unos minutos, me llegaba ese acre perfume que llenaba todo el coche.

—Puaj —exclamaba Ethan muy a menudo.

—Es la granja de cabras —respondía siempre Abuelo.

Yo, con la cabeza fuera de la ventanilla, observaba a esas cabras responsables de todos esos fabulosos olores. Me ponía a ladrarles a pesar de que eran tan tontas que ni una vez salieron corriendo: permanecían allí quietas, con la mirada fija, igual que hacía Flare.

Un poco más allá de la granja de cabras, el coche pasó por un gran bache y subió a un puente de madera. Me puse a menear la cola porque me encantaba ir al pueblo en coche y ese ruido de las ruedas sobre la madera significaba que ya casi habíamos llegado.

A Abuelo le gustaba ir a un sitio donde se sentaba en una silla y un hombre se ponía a jugar con su pelo. Como entonces Ethan se aburría, los dos acabábamos caminando por las calles. Mirábamos escaparates y nos encontrábamos con otros perros. Y para mí ese era un buen motivo para ir al pueblo. El mejor lugar para encontrar perros era el parque: una gran zona con el terreno lleno de hierba y donde la gente se sentaba encima de unas mantas en el suelo. Había un lago, pero el chico no quería que nadara ahí.

Yo olía la granja de cabras por todo el pueblo: si alguna vez tuviera la necesidad de orientarme, solo tendría que buscar de dónde procedía el olor con más fuerza y sabría que por ahí se iba a casa.

Un día, mientras estábamos en el parque, un chico mayor que Ethan estaba lanzando un juguete de plástico para que su perra fuera a buscarlo. Era una hembra negra, bajita y muy mandona: cada vez que me acercaba, ella me ignoraba totalmente y solo miraba el juguete de plástico, que era un disco delgado de un color muy vivo. El disco salía volando por el aire y ella corría y saltaba para cogerlo antes de que tocara el suelo. Pensé que podía considerarse una habilidad bastante impresionante, siempre y cuando a uno le interesaran ese tipo de cosas.

—¿Qué te parece, Bailey? ¿Quieres hacer eso, chico? —me preguntó Ethan.

Le brillaban los ojos cuando miraba a esa perrita coger el disco de plástico, así que cuando llegamos a casa se fue directo a su habitación para fabricar lo que llamó un «flip».

—Es una combinación de bumerán, *frisbee* y pelota de béisbol —le contó a Abuelo—. Volará al doble de velocidad porque la pelota le da peso, ¿ves?

Olí ese objeto, que había sido una pelota de béisbol antes de que Ethan la cortara y le pidiera a la Abuela que la volviera a coser.

—¡Vamos, Bailey! —gritó el chico.

Corrimos fuera de la casa.

—¿Cuánto dinero se puede ganar con un invento como este? —le preguntó el chico a su abuelo.

—Veamos primero cómo vuela —repuso este.

—Vale. ¿Listo, Bailey? ¿Preparado?

Supuse que eso significaba que iba a pasar algo, así que permanecí de pie y alerta. El chico echó el brazo hacia atrás y lanzó el flip, que dibujó un raro círculo y cayó al suelo como si hubiera chocado contra algo.

Bajé del porche y me acerqué para olisquearlo.

—¡Trae el flip, Bailey! —gritó el chico.

Cogí esa cosa con cuidado. Recordé a la perrita del parque, que cazaba al vuelo su elegante disco, y sentí una punzada de envidia. Pero llevé esa cosa hasta donde se encontraba el chico y la dejé en el suelo.

—No es aerodinámico —estaba diciendo Abuelo—. Demasiada resistencia.

—Es que debo lanzarlo de la forma adecuada —respondió el chico.

Abuelo regresó al interior de la casa. El chico se dedicó una hora a practicar: lanzaba el flip y yo lo iba a buscar. Notaba que cada vez se sentía más decepcionado, así que una de las veces que lanzó el flip, yo le llevé un palo de vuelta.

—No, Bailey —me dijo con gesto triste—. El flip. Ve a buscar el flip.

Ladré y meneé la cola, intentando que se diera cuenta de lo divertido que podía ser un palo si lo probaba.

—¡Bailey! ¡El flip!

Pero, entonces, alguien dijo:

—Hola.

Era una niña que tenía la misma edad que Ethan. Me acerqué a ella meneando la cola y la chica me acarició la cabeza. En la mano llevaba una cesta tapada que olía a dulces, lo que me llamó mucho la atención. Me senté adoptando una actitud lo más atractiva posible para que me diera aquello que llevaba en la cesta.

—¿Cómo te llamas, pequeña? —me preguntó.

—Es un chico —dijo Ethan—. Se llama Bailey.

Miré al chico, pues había pronunciado mi nombre: se estaba comportando de un modo extraño. Era como si tuviera miedo, pero no era exactamente eso, aunque había dado un paso hacia atrás cuando vio a la chica. Yo la miré y me di cuenta de que me gustaba mucho por el fantástico olor de lo que llevaba en la cesta.

—Vivo al final de la calle. Mi madre ha hecho unas pastas para tu familia. Eh… —dijo la niña, haciendo un gesto hacia su bicicleta.

—Oh —dijo el chico.

Yo estaba concentrado en la cesta.

—Bueno, esto… —dijo la chica.

—Voy a buscar a mi abuela —dijo él.

Se dio la vuelta y entró en casa, pero yo decidí quedarme con la chica y sus galletas.

—Eh, Bailey, ¿eres un perro bueno? Sí, eres un perro bueno —me dijo la chica.

Bueno, parecía que no era tan bueno como para conseguir uno de esos dulces, ni siquiera cuando, al cabo de un minuto, di un golpe a la canasta con el hocico para recordarle que llevaba esos dulces en la mano. La chica tenía el pelo de color claro y se lo estuvo arreglando mientras esperaba a que Ethan regresara. Ella también parecía un tanto temerosa, aunque yo no veía nada por ahí que pudiera poner ansioso a nadie, excepto a un pobre perro muerto de hambre que necesitaba un dulce.

—¡Hannah! —exclamó Abuela al salir de la casa—. Qué alegría verte.

—Hola, señora Morgan.

—Entra, entra. ¿Qué llevas ahí?

—Mi madre ha hecho unos dulces.

—Vaya, qué amable. Ethan, seguramente no te acuerdas, pero tú y Hannah jugabais juntos cuando erais muy pequeños. Ella es poco más de un año más pequeña que tú.

—No me acuerdo —dijo Ethan, que le dio un puntapié a la alfombra.

Ethan se comportaba de un modo extraño, pero yo me sentía obligado a vigilar esa cesta llena de dulces. Abuela la cogió y la puso en una mesa auxiliar. Abuelo estaba sentado en su silla con un libro; alargó la mano hacia la cesta mientras miraba por encima de las gafas.

—¡No comas antes de la cena! —le advirtió Abuela.

Él apartó la mano y los dos nos dirigimos una mirada de frustración.

No pasó gran cosa durante los siguientes minutos. Abuela estuvo hablando casi todo el rato mientras Ethan permanecía de pie con las manos en los bolsillos y Hannah estaba sentada en el sofá sin mirarlo. Finalmente, Ethan le preguntó si quería ver el flip; y al oír esa temida palabra, levanté la cabeza y lo miré, incrédulo. Había pensado que habíamos dado por finiquitado ese capítulo de nuestra vida.

Los tres salimos fuera. Ethan le mostró el flip a Hannah. Sin embargo, en cuanto lo lanzó, el flip cayó al suelo como un pájaro muerto.

—Debo hacerle unas modificaciones —aclaró Ethan.

Me acerqué al flip, pero no lo cogí, con la esperanza de que el chico decidiera dar por finalizada esa vergonzosa situación de una vez por todas.

Hannah se quedó un rato más. Fuimos al lago a ver a los estúpidos patos, a acariciar a Flare en el morro y a hacer un par de lanzamientos más con el flip. Al final, Hannah montó en la bicicleta; mientras se alejaba por el camino, yo troté a su lado. Al final, cuando el chico me silbó, me di la vuelta y regresé corriendo.

Algo me decía que volveríamos a ver a esa niña.

Más adelante, ese mismo verano, pero demasiado pronto para regresar a casa e ir a la escuela, Mamá cargó el coche. Ethan y yo estábamos al lado del coche mientras Abuela y Abuelo se sentaban en el asiento.

—Yo conduzco —dijo Abuelo.

—Te quedarás dormido antes de que salgamos del municipio —repuso Abuela.

—Bueno, Ethan, ya eres mayor. Pórtate bien. Y si hay algún problema, llámame.

Ethan soportó con desgana el abrazo de su madre.

—Lo sé —dijo.

—Estaremos aquí dentro de dos días. Si necesitas cualquier cosa, pídesela al señor Huntley, de la casa de al lado. Te he preparado un guisado.

—¡Ya lo sé! —replicó Ethan.

—Bailey, cuida de Ethan, ¿vale?

Yo meneé la cola, alegre y sin comprender absolutamente nada. ¿Nos íbamos a dar una vuelta en coche o qué?

—Yo me quedé solo cuando tenía su edad —dijo Abuelo—. Le hará bien.

Notaba que Mamá estaba preocupada y que dudaba, pero al final se puso al volante.

—Te quiero, Ethan —dijo Mamá.

Ethan murmuró algo que no entendí y dio una patada al suelo.

El coche se alejó por el camino, mientras Ethan y yo lo observamos.

—¡Vamos, Bailey! —gritó en cuanto lo hubimos perdido de vista.

Y corrimos hasta casa.

De repente, todo fue más divertido. El chico comió un poco y, al terminar, ¡dejó el plato en el suelo para que yo lo lamiera! Luego nos fuimos al granero y él trepó hasta las vigas; yo no dejaba de ladrar. Entonces él saltó a un montón de paja y yo lo seguí, haciéndole un placaje. Percibí una sombra en una de las esquinas que me indicó que el gato estaba presenciando todo eso; sin embargo, cuando me acerqué para investigar, se escabulló sin dejar rastro.

Después Ethan abrió el armario de las armas, cosa que me hizo sentir intranquilo, puesto que él nunca había hecho eso solo sin que Abuelo estuviera ahí. Las armas me ponían nervioso: me recordaban la vez en que Todd me tiró ese petardo que explotó tan cerca que noté el estallido en la piel. Pero él estaba tan excitado que no pude hacer más que dar vueltas alrededor de sus piernas. El chico colocó unas latas encima de la valla, disparó con el arma y las latas salieron volando. No podía comprender cuál era la conexión entre las latas y el potente estallido del arma, pero sabía que todo eso tenía alguna relación. Y, a juzgar por la reacción del chico, era algo tremendamente divertido. Flare resopló y se alejó hasta el otro extremo del patio, poniéndose a distancia de ese escándalo.

Después, el chico se preparó la cena. Calentó un pollo que parecía suculento. Nos sentamos en el salón, encendimos el televisor y se comió lo que había en el plato, que se había puesto en el regazo, dándome algún trozo de piel de vez en cuando. ¡Esa diversión sí que la comprendía!

En ese momento, me hubiera dado igual que Mamá no volviera nunca.

Después de lamer el plato que el chico me dejó en el suelo, decidí comprobar cuáles eran las nuevas reglas, así que subí al sillón de Abuelo. Miré por encima del hombro para saber si iba a oír la habitual orden de «¡baja!». Pero el chico veía la televisión, así que me tumbé para dormir un poco.

Me medio desperté cuando oí el sonido del teléfono. El chico decía «cama», pero cuando colgó no nos fuimos a dormir. En lugar de eso, se sentó en el sofá de nuevo para ver un rato más la televisión.

Yo estaba profundamente dormido cuando, de repente, me despertó la sensación de que algo iba mal. El chico estaba sentado, tenso y mantenía la cabeza ladeada.

—¿Has oído ese ruido? —susurró.

Por un momento pensé que quizá la alarma que percibía en su tono de voz respondía a que yo debía despertarme. Decidí que era necesario darle un poco la sensación de calma, así que volví a apoyar la cabeza en el sillón.

Pero entonces oímos un golpe sordo que procedía de algún lugar de la casa.

—¡Bailey! —susurró el chico.

Vale, eso era importante. Bajé del sillón, me desperecé y lo miré, expectante. Él alargó la mano y me tocó la cabeza. Noté el miedo en su cuerpo.

—¿Hola? —llamó—. ¿Hay alguien ahí?

Se quedó inmóvil. Lo imité, totalmente alerta. No estaba muy seguro de qué era lo que estaba pasando, pero sabía que había una amenaza. Entonces oímos otro golpe y el chico dio un respingo del susto. Me dispuse a enfrentarme a lo que o a quien fuera que provocaba ese problema. Noté que se me erizaba el pelaje de la espalda y solté un gruñido de advertencia.

Al oír mi gruñido, el chico cruzó en silencio la sala. Yo lo seguí sin bajar la guardia y lo observé mientras él abría el armario de las armas por segunda vez ese día.

11

Con el rifle de Abuelo en las manos, el chico subió despacio las escaleras, avanzó por el pasillo y entró en el dormitorio de Mamá. Yo lo seguía pisándole los talones. Ethan miró en el lavabo y debajo de la cama. Luego abrió la puerta del vestidor con un gesto rápido y soltó un grito:

—¡Ah!

Me dio un susto de muerte.

Repitió el registro en su dormitorio, en el de Abuelo y Abuela y en la habitación que tenía el sofá donde dormía Abuela las veces que Abuelo hacía esos fuertes ruidos por la noche. Antes de partir con el coche, Abuela había estado en esa habitación trabajando en el flip, intentando arreglarlo tal como Ethan le había indicado. Aquella era la habitación de coser.

El chico registró toda la casa con el rifle de Abuelo en las manos. Tocó el picaporte de todas las puertas y comprobó todas las ventanas. Cuando pasamos por el salón, entré con la esperanza de subir otra vez al sillón de Abuelo, pero el chico quería explorar más la casa, así que, con un suspiro, lo acompañé a mirar tras las cortinas.

Al final regresamos al dormitorio de Mamá. Tocó el picaporte y luego arrastró el armario hasta delante de la puerta. Dejó el rifle en el suelo, al lado de la cama, y me llamó para que me tumbara a su lado. Entonces se abrazó a mí de una manera que me recordó las veces en que venía conmigo a la caseta del garaje, cuando Mamá y Papá gritaban. Esa noche, percibí el mismo terror en él, la misma soledad. Lo lamí, intentando reconfortarlo. Estábamos juntos: ¿qué podía ir mal?

A la mañana siguiente dormimos hasta tarde. Luego nos tomamos un maravilloso desayuno. Yo comí trozos de tostada y lamí unos huevos revueltos y me terminé la leche. ¡Qué día tan fantástico!

Luego Ethan puso más comida en una bolsa, con una botella que había llenado de agua, y lo metió todo en su mochila. ¿Nos íbamos a pasear? A veces, Ethan y yo nos íbamos a caminar y él se llevaba unos bocadillos que compartíamos. Más adelante, los paseos siempre nos acababan llevando hasta donde vivía esa chica: yo notaba su olor desde la caseta del correo. Al llegar, el chico se quedaba quieto mirando la casa; luego nos dábamos la vuelta y regresábamos a la nuestra.

El miedo de la noche anterior había desaparecido por completo. Silbando, el chico fue a sacar a Flare, que dio unas vueltas y se fue a comer del balde en que le ponían esas sosas semillas o lo que fuera que mascaba cuando no se estaba hinchando de hierba.

Pero me sorprendió ver que el chico iba a buscar una manta y una silla de piel al granero y que las colocaba a la grupa de la yegua. Habíamos hecho eso un par de veces antes. Ethan se sentaba en la grupa de Flare, pero Abuelo siempre había estado allí y siempre con la puerta del recinto de Flare bien cerrada.

Pero esta vez el chico había abierto la puerta y había trepado solo hasta la grupa de la yegua.

—¡Vamos, Bailey! —me dijo.

Lo seguí con mal humor. No me gustaba que Flare estuviera recibiendo toda la atención, ni tampoco ir a tanta distancia del chico, ahora que estaba obligado a caminar detrás de ese enorme animal que, en mi opinión, era tan estúpido como los patos.

Y lo que me disgustó más fue que Flare, haciendo un gesto con la cola, dejó caer en el camino un montón de olorosa caca que no me cayó encima por muy poco. Levanté la pata sobre él porque, ahora, después de todo, me pertenecía, pero estaba completamente seguro de que la yegua había hecho eso para insultarme.

Pronto estuvimos fuera del camino, en el bosque, siguiendo una senda. Yo perseguí a un conejo y lo hubiera atrapado si él no hubiera hecho trampa cambiando repentinamente de dirección. Noté el olor de más de una mofeta y me negué a dar un solo paso en ese sentido. Al final nos detuvimos ante un pequeño charco. Flare y yo nos pusimos a beber. El chico se comió su bocadillo y me dio unos cuantos trozos.

—¿No te parece fantástico esto, Bailey? ¿Te lo estás pasando bien?

Le miré las manos, preguntándome si sus preguntas serían una señal de que me iba a dar más bocadillo.

Aparte del hecho de que Flare estaba con nosotros, la verdad es que me lo estaba pasando bien. Por supuesto, alejarme de ese estúpido flip ya era un motivo de celebración; pero al cabo de unas horas, estábamos tan lejos de casa que yo ya ni siquiera podía olerla.

Me daba cuenta de que Flare empezaba a cansarse, pero por la actitud del chico llegué a la conclusión de que todavía nos quedaba un trecho para llegar a nuestro destino. Al final, dijo:

—¿Vamos por ahí? ¿O por ahí? ¿Te acuerdas, Bailey? ¿Sabes dónde estamos?

Levanté la cabeza y lo miré, expectante: al cabo de un momento, continuamos adelante por un sendero que tenía muchos, muchos olores.

Yo había marcado tanto territorio que ya me dolía la pata de tanto levantarla. Flare se detuvo y soltó un gran chorro de orina, cosa que me pareció un comportamiento totalmente inadecuado, puesto que su olor era más fuerte que el mío... y yo era el perro. Me alejé un poco por delante para quitarme ese olor del hocico.

Llegué arriba de una pequeña subida y entonces fue cuando vi la serpiente. Estaba enroscada en el suelo, en una zona de sol: sacaba la lengua rítmicamente. Yo me quedé inmóvil, fascinado. Nunca antes había visto una serpiente.

Ladré, pero eso no provocó ningún tipo de reacción. Regresé trotando junto al chico, que había vuelto a poner en marcha a Flare.

—¿Qué sucede, Bailey? ¿Qué has encontrado?

Decidí que, fuera lo que fuera lo que el chico estuviera diciendo, yo no iba a morder a la serpiente. Me coloqué al lado de Flare, que avanzaba sin expresión ninguna, y me pregunté cómo reaccionaría cuando viera a la serpiente enroscada delante de ella.

Al principio no la vio, pero luego, cuando se acercó un poco más, la serpiente se echó hacia atrás de repente y levantó la cabeza. Fue entonces cuando Flare relinchó. Levantó las patas delanteras del suelo y giró, dando patadas en el aire: el chico salió disparado por el aire. Yo corrí hacia él enseguida, por supuesto, pero se encontraba bien. Volvió a ponerse en pie.

—¡Flare! —exclamó.

Vi, con disgusto, que la yegua se alejaba a galope tendido. Y cuando el chico se puso a correr también, me di cuenta de que aquello era lo que había que hacer: salí corriendo tras ellos. Pero la yegua no se detenía y, pronto, la distancia entre el chico y yo era demasiado grande, así que me di la vuelta para ir con él.

—¡Oh, no! —oí que estaba diciendo, pero ese «no» no iba dirigido a mí—. Oh, Dios. ¿Qué vamos a hacer, Bailey?

Y, para mi desconsuelo, vi que el chico se ponía a llorar. Puesto que ya era mayor, cada vez lloraba menos. Por tal motivo, que lo hiciera en ese momento resultaba más inquietante. Yo sentía su profundo abatimiento: apoyé la cabeza en sus manos en un intento de consolarlo. Decidí que lo mejor que podíamos hacer era regresar a casa y comer un poco de pollo.

Al final, el chico dejó de lloriquear y miró hacia el bosque.

—Estamos perdidos, Bailey. —Dio un sorbo de agua—. Bueno, vale. Vamos.

Parecía que el paseo no había terminado, porque empezamos a caminar en una dirección totalmente distinta a por donde habíamos venido.

Caminamos mucho por el bosque. En un momento dado, volvimos a encontrarnos con nuestro propio olor, pero el chico continuó adelante. Yo empezaba a estar tan cansado que cuando una ardilla salió disparada delante de mí ni siquiera me molesté en perseguirla. Solo seguía al chico, que también estaba cansado. Cuando la luz del cielo empezó a apagarse, nos sentamos sobre un tronco, se comió el último bocadillo y me dio un trozo a mí.

—Lo siento mucho, Bailey.

Justo antes de que anocheciera, el chico empezó a interesarse en unos palos. Empezó a arrastrar palos hasta un árbol caído y los apoyó contra un muro de fango y de retorcidas raíces. Luego hizo un montón de agujas de pino debajo de los palos y colocó más palos encima. Yo miraba con curiosidad lo que hacía, dispuesto a salir corriendo —a pesar del cansancio— si él decidía lanzar uno de esos palos. Pero él continuaba concentrado en su tarea.

Cuando se hizo demasiado oscuro para poder ver nada, el chico se metió en el montón de hojas.

—¡Aquí, Bailey! ¡Ven aquí!

Entré y me puse a su lado. Me recordaba un poco a la caseta. Y recordé con cierto arrepentimiento el sillón de Abuelo, preguntándome por qué no podíamos, simplemente, irnos a casa y dormir allí. Pero el chico empezó a temblar, así que puse la cabeza sobre él y pegué la barriga a su espalda, tal como acostumbraba a dormir con mis hermanos y hermanas cuando hacía frío.

—Buen perro, Bailey —me dijo.

Muy pronto, su respiración se hizo más profunda y dejó de temblar. Aunque yo no estaba exactamente cómodo, me quedé en esa posición para mantenerlo tan caliente como fuera posible durante la noche.

Cuando los pájaros empezaron a cantar, nosotros ya estábamos en pie. Y antes de que se hubiera hecho claro del todo, ya estábamos en marcha. Yo iba olisqueando la bolsa, engañado por los olores que desprendía, pero el chico me dejó meter la cabeza dentro y me di cuenta de que no había nada para comer.

—La guardaremos por si necesitamos hacer un fuego —me dijo.

Y yo entendí que decía «necesitamos más bocadillos», así que meneé la cola para manifestar que estaba de acuerdo con él.

Ese día, la naturaleza de nuestra aventura cambió. El hambre que sentía en el estómago aumentó hasta convertirse en un agudo dolor. Por su parte, el chico estuvo llorando otra vez durante una hora más o menos. Yo notaba su ansiedad, seguida por una apatía y un letargo que me parecieron igual de alarmantes. Al final, se sentó y me miró con ojos llorosos. Le lamí toda la cara.

Estaba preocupado por mi chico. Teníamos que ir a casa, ya.

Llegamos a un pequeño arroyo. Él se tumbó en el suelo y los dos bebimos con ganas. El agua nos proporcionó algo de energía y determinación a ambos; cuando nos pusimos en marcha de nuevo, lo hicimos siguiendo el curso del arroyo, que se metía dibujando curvas entre los árboles. Al cabo de poco, llegamos a un prado lleno de bichos que zumbaban. El chico levantó la cara hacia el sol y aminoró un poco el paso. Noté que había cierta esperanza en él. Sin embargo, al cabo de una hora, más o menos, cuando el arroyo se metió de nuevo en el oscuro bosque, volvía a tener los hombros caídos.

Pasamos la noche el uno encima del otro, igual que la anterior. Olí que por allí cerca había un cadáver en descomposición, algo ya viejo pero que probablemente fuera comestible. Sin embargo, no abandoné al chico. Él necesitaba mi calor más que nunca. Su fuerza empezaba a abandonarlo. Y yo notaba cómo la iba perdiendo.

Nunca había sentido tanto miedo.

Al día siguiente, el chico tropezó unas cuantas veces mientras avanzábamos. En un momento dado, noté el olor de sangre. Se había arañado el rostro con una rama. Cuando fui a olerlo, me gritó:

—¡Fuera, Bailey!

Noté su rabia y su dolor, pero no me aparté, me quedé allí mismo, y supe que había hecho lo correcto cuando hundió la cara en mi cuello y se puso a llorar de nuevo.

—Estamos perdidos, Bailey. Lo siento tanto —susurraba.

Meneé la cola al oír mi nombre.

El arroyuelo se internaba en una zona pantanosa y su curso ya no era definido. El chico se hundía hasta los tobillos; sus pies hacían un ruido de succión cada vez que daba un paso. Los bichos nos acribillaban y se nos metían en los ojos y en los oídos.

Cuando estábamos a mitad de esa zona pantanosa, el chico se detuvo con los ojos y la cabeza caídos. Soltó todo el aire de los pulmones con un largo suspiro. Inquieto, avancé hacia él por el suelo resbaladizo y le puse una pata en la pierna.

Estaba a punto de abandonar. Un enorme sentimiento de derrota empezaba a invadirlo: se rendía. Poco a poco, perdía la voluntad de vivir. Estaba como mi hermano Hungry cuando se tumbó por última vez en el conducto y no volvió a levantarse nunca más.

Ladré y los dos nos asustamos: el chico y yo. Me miró un momento y parpadeó. Volví a ladrar.

—Vale —dijo.

Levantó un pie del barro y lo volvió a meter en él.

Tardamos más de medio día en cruzar ese pantano. Cuando retomamos el arroyo al otro lado, este iba más cargado de agua y corría más rápido. Pronto se unió a él otro arroyo, y luego, otro. Así pues, para salvar un árbol caído que nos cortaba el paso, el chico tuvo que coger un poco de carrerilla para saltar el cauce. Cada salto parecía cansarlo más. Al final dormimos una siesta que duró unas cuantas horas. Yo me tumbé con él, aterrorizado por la posibilidad de que el chico ya no se despertara. Pero lo hizo y se levantó despacio.

—Eres un buen perro, Bailey —me dijo con voz ronca.

Ya era última hora de la tarde cuando el arroyo se encontró con un río. El chico se quedó parado mirando el agua oscura durante un largo rato. Luego avanzamos siguiendo la corriente, abriéndonos paso entre la vegetación y los árboles.

Empezaba a caer la noche cuando olí la presencia de hombres. A esas alturas parecía que Ethan caminaba arrastrando los pies, sin objetivo alguno. Y cada vez que se caía, tardaba más y más en volver a ponerse en pie. Ni siquiera se dio cuenta de que yo avanzaba más deprisa y pegaba el morro al suelo.

—Oye, Bailey —dijo—. ¿Adónde vas?

Creo que ni siquiera lo notó cuando nos cruzamos con las huellas. Tenía los ojos entrecerrados a causa de la falta de luz e intentaba no tropezar con nada. Creo que no se dio cuenta de que la hierba del suelo se había convertido en un sendero bien cuidado. Yo olía a varios hombres: todos eran olores viejos, pero tan claros para mí como el rastro que dejaban los niños por toda la calle. Entonces, de repente, el chico se puso tenso y aguantó la respiración.

—¡Eh! —dijo en voz baja y fijando la vista en el camino.

Ahora que ya tenía una idea clara de hacia dónde íbamos, avancé unos cuantos metros. Mi fatiga aumentaba igual que crecía la excitación del chico. Tanto el sendero como el arroyo dibujaban una curva hacia la derecha, en paralelo. Yo mantenía el hocico pegado el suelo, pues notaba que el olor a hombre se hacía cada vez más fuerte y parecía más reciente. Alguien había estado ahí hacía muy poco.

Ethan se detuvo, así que regresé con él. Estaba de pie, mirando algo con la boca abierta.

—Vaya —exclamó.

Vi que un puente cruzaba el río. Mientras lo observaba, una figura apareció en la penumbra y avanzó por él, mirando el agua. Los latidos del corazón de Ethan se aceleraron: podía oírlos. Pero su excitación se transformó en miedo y retrocedió un poco. Me recordó a la reacción que había tenido mi primera madre cuando nos encontramos con esos hombres mientras cazábamos.

—Bailey, no hagas ruido —susurró.

Yo no sabía qué era lo que estaba pasando, pero percibía su estado de ánimo: era lo mismo que había sucedido en casa, la noche en que había ido a por el arma y en que miró en todos los rincones. Lo miré, alerta.

—¡Eh! —gritó el hombre del puente.

Noté que el chico se ponía tenso, preparado para salir corriendo.

—¡Eh! —volvió a gritar el hombre—. ¿Eres tú, Ethan?

12

*E*l hombre del puente nos llevó en coche.

—He recorrido todo el estado de Michigan buscándote, hijo —dijo.

Ethan bajó la mirada: noté su tristeza, su vergüenza y también un poco de temor. Llegamos hasta un edificio grande. En cuanto nos detuvimos, Papá abrió la puerta del coche, y él y Mamá abrazaron a Ethan. Abuelo y Abuela también estaban allí. Todo el mundo estaba contento, aunque no había dulces de ninguna clase. El chico se sentó en una silla que tenía ruedas y un hombre lo empujó hacia el edificio. Antes de entrar, el chico se giró y me hizo una señal; pensé que seguramente todo iría bien, aunque me sentía bastante nervioso por tener que separarme de él. Abuelo me sujetaba con firmeza del collar, así que no podía hacer nada.

Me llevó en coche, en el asiento delantero. Fuimos a un sitio donde le dieron, por la ventanilla, una bolsa que desprendía un delicioso olor, y me dio de comer justo allí, en el coche. Iba desenvolviendo unos bocadillos calientes y me los daba de uno en uno. Él también se comió uno.

—No le digas nada a la abuela de esto —me dijo.

Cuando llegamos a casa, me sorprendió ver que Flare estaba en su lugar habitual, en su recinto: me miraba con expresión vacía. Le estuve ladrando desde la ventanilla del coche hasta que Abuelo me dijo que parara.

El chico solo estuvo una noche fuera de casa, pero era la primera vez —desde que estábamos juntos— que yo pasaba una noche sin él, así que no dejaba de caminar de un extremo a otro del pasillo.

—¡Túmbate, Bailey! —gritó finalmente Papá.

Así que me enrosqué en la cama de Ethan y me quedé dormido con la cabeza sobre la almohada, que era donde más se notaba su olor.

Al día siguiente, Mamá trajo a Ethan a casa. Yo estaba exultante, pero el chico tenía un humor sombrío. Papá le dijo que era un chico malo. Abuelo estuvo hablando con él delante del armario de las armas. Todo el mundo estaba tenso, pero nadie mencionó el nombre de Flare. ¡Y había sido Flare la causante de todo aquello! Me di cuenta de que, puesto que nadie había estado allí, no sabían qué era lo que había sucedido en realidad: por eso estaban enfadados con el chico en lugar de estarlo con la yegua.

Yo estaba tan enojado que tenía ganas de salir a darle un mordisco a esa yegua, pero, por supuesto, no lo hice, porque se habría montado un gran escándalo.

La chica vino a ver al chico; los dos se sentaron en el porche. No hablaban mucho: solo decían alguna cosa ininteligible y evitaban mirarse.

—¿Tenías miedo? —le preguntó ella.

—No —respondió él.

—Yo hubiera tenido miedo.

—Bueno, yo no lo tuve.

—¿Pasaste frío por la noche? —insistió ella.

—Sí, bastante.

—Oh.

—Sí

Yo seguía ese diálogo con atención, atento por si oía palabras como «Bailey», «viaje en coche» o «premio». Puesto que no oí ninguna de ellas, bajé la cabeza y suspiré. La chica alargó la mano y me acarició, así que me tumbé de espaldas para que también me acariciara la barriga.

Decidí que me gustaba esa chica: ojalá viniera a visitarnos más a menudo y trajera más dulces de aquellos y me diera algunos.

Más adelante, de improviso, Mamá empaquetó las cosas e hicimos el largo trayecto en coche que significaba que se acercaba el tiempo de la escuela. Cuando nos detuvimos en la calle de casa, varios niños vinieron corriendo. Marshmallow y yo nos reencontramos en el césped y retomamos nuestro juego habitual.

Había otros perros en el vecindario, pero a mí la que me gustaba más era Marshmallow, probablemente porque la veía cada día cuando el chico iba a casa de la madre de Chelsea, después del colegio. Marshmallow también estaba allí y me acompañaba mientras yo inspeccionaba las basuras de las demás personas.

Por eso me alarmé cuando, un día, oí que Chelsea gritaba desde el coche de su madre:

—¡Marshmallow! ¡Marshy! ¡Ven aquí, Marshmallow!

Chelsea se acercó y habló con Ethan un momento. Al cabo de un instante, todos los niños del barrio se pusieron a gritar el nombre de Marshmallow. Estaba claro que Marshmallow había sido una perra mala y que se había ido en busca de aventuras.

Su olor parecía más reciente en la zona del riachuelo, pero allí había tantos niños y tantos perros que no podía detectar en qué dirección se había ido. Chelsea estaba triste y lloraba. Me sentí mal por ella y le puse la cabeza en el regazo. Ella me abrazó.

Todd era uno de los niños que estaba buscando a Marshmallow, pero, curiosamente, tenía su olor en el pantalón. Lo olisqueé con detenimiento. Él frunció el ceño y me apartó. Tenía los zapatos llenos de barro y olían a Marshmallow. También había el olor de otras cosas que no pude identificar.

—Vamos, Bailey —dijo Ethan, al ver cómo reaccionaba Todd ante mi inspección.

Marshmallow nunca regresó a casa. Recordé a mi primera madre, que salió al mundo por esa puerta sin mirar hacia atrás. Algunos perros, lo único que quieren es ser libres para vagabundear porque no tienen a un chico que los quiera.

Al final, el olor de Marshmallow desapareció en el viento, pero yo nunca dejé de olisquear en su búsqueda. Cada vez que recordaba mis juegos con Marshmallow, también pensaba en Coco allí, en el patio. Me hubiera encantado verla otra vez, igual que a Marshmallow, pero empezaba a comprender que la vida era mucho más complicada de lo que me había parecido en el patio, y que las encargadas de ella eran las personas, no los perros. Lo importante no era lo que yo quisiera; lo importante era que yo había estado allí en el bosque, cuando Ethan tenía frío y hambre, y que lo mantuve caliente por las noches, que fui su compañero.

Ese invierno, más o menos cuando Papá colocó el árbol en el salón para la Navidad, Chelsea tuvo un nuevo cachorro. Le pusieron Duchess. No dejaba de jugar ni un minuto, hasta el punto de que me enojaba sentir todo el tiempo sus afilados dientes en mis orejas y acababa gruñéndole para hacer que parara. Entonces ella me miraba con inocencia, parpadeando, y se alejaba un poco; pero al cabo de un momento decidía que mi advertencia no debía de haber ido en serio y regresaba a por mí. Resultaba muy irritante.

En primavera, la palabra «kart» empezó a oírse en el vecindario: los niños de la calle se pusieron a serrar y a cortar madera sin hacer caso ninguno a sus perros. Papá iba cada noche al garaje a hablar con el chico mientras este estaba ocupado en lo que fuera que estuviera haciendo. Incluso llegué a ir al armario del chico a buscar el detestable flip, pensando que con eso lo podría tentar, pero Ethan continuó totalmente concentrado en su juego de piezas de madera. En ningún momento me lo lanzó para que fuera a buscarlo.

—¿Ves mi kart, Bailey? ¡Es muy rápido!

Por fin, un día el chico abrió la puerta del garaje, se sentó en el kart y lo condujo como si fuera un trineo por el caminito de la casa. Yo troté a su lado, pensando que habíamos pasado por demasiadas cosas para obtener ese absurdo resultado, ¡pero cuando el kart llegó al final del caminito, el chico lo volvió a llevar al garaje y continuó jugando con él!

Con el flip, por lo menos, había algo que mordisquear.

Un soleado día en que no había escuela, los chicos del vecindario llevaron sus karts hasta una larga calle en pendiente que había a unas cuantas manzanas de distancia. Duchess era demasiado joven para acompañar al grupo, pero yo fui con mi chico, a pesar de que no sentía ningún entusiasmo por su idea de que fuera él quien se sentara en el kart y que fuera yo quien tirara de él por la calle, atado a una correa.

No estaba en absoluto preparado para lo que sucedió entonces: alguien gritó «¡Ya!» y todos los karts arrancaron y bajaron por la pendiente, cada vez a mayor velocidad. Drake iba justo detrás de Todd y le dio un buen empujón a su kart, que sufrió un buen impulso hacia delante.

—¡Trampa! —gritó Chelsea.

Su kart se movía muy despacio, pero el de Ethan ganaba velocidad y pronto tuve que correr para seguirle el ritmo. Cada vez quedaban menos karts. Al cabo de poco tiempo, solo quedaba el de Ethan, que se iba acercando rápidamente al de Todd.

Me lancé a la carrera con un sentimiento de exuberante libertad, galopando calle abajo con mi chico. Al llegar al final, vi que había un niño llamado Billy de pie, con una bandera en

un palo. Ethan iba totalmente encorvado y con la cabeza gacha: eso era tan divertido que decidí que quería ir en el kart
con él. Aumenté la velocidad y salté en el aire, aterricé en la
parte posterior del kart y estuve a punto de volcarlo.

La fuerza de mi impacto nos impulsó hacia delante, ¡de
tal manera que ya estábamos pasando a Todd! Billy hizo
ondear la bandera y oí gritos y vítores detrás de nosotros.
El kart, que ya había llegado al final de la bajada, se detuvo.

—Buen perro, Bailey —me dijo el chico, riendo.

Los otros karts llegaron donde estábamos nosotros, seguidos por el resto de los niños, que no dejaban de gritar y de
reír. Billy se acercó y levantó la mano de Ethan en el aire
mientras dejaba caer el palo con la bandera. Yo lo cogí y salí
corriendo con él, retándoles a que intentaran quitármelo
para divertirnos de verdad durante un rato.

—¡No es justo! ¡No es justo! —gritó Todd.

Los niños se callaron. Todd estaba tremendamente furioso; se puso delante de Ethan.

—Ese maldito perro saltó al kart: por eso has ganado. Estás descalificado —dijo Drake, que se puso detrás de su hermano.

—¡Bueno, y tú empujaste a tu hermano! —gritó Chelsea.

—¿Y qué?

—Te hubiera dado alcance igualmente —dijo Ethan.

—¡Los que crean que Todd tiene razón que digan «sí»!
—gritó Billy.

Todd y su hermano gritaron:

—¡Sí!

—Los que crean que Ethan ha ganado, que digan «no».

—¡No! —gritaron todos los demás chicos.

Aquellos gritos me asustaron tanto que el palo se me
cayó de la boca.

Todd dio un paso hacia delante y le dio un puñetazo a Ethan. Este se agachó y se lanzó contra él. Ambos cayeron al suelo.

—¡Pelea! —gritó Billy.

Yo iba a lanzarme a proteger a mi chico, pero Chelsea me sujetó con fuerza por el collar.

—No, Bailey. Quieto.

Los chicos rodaron por el suelo, enzarzados en una furiosa pelea. Yo me revolvía, intentando soltarme del collar, pero Chelsea me sujetaba con firmeza. Frustrado, me puse a ladrar.

Pronto, Ethan se sentó encima de Todd. Los dos estaban jadeando.

—¿Te rindes? —preguntó Ethan.

Todd apartó la mirada con los ojos muy entrecerrados. En él pude ver sentimientos de humillación y de odio. Finalmente, asintió con la cabeza. Los chicos se pusieron en pie, desconfiados; se sacudieron la tierra de las ropas.

Percibí la súbita rabia de Drake en el mismo momento en que este se lanzaba contra Ethan y le pegaba con las dos manos. Ethan trastabilló un poco, pero no se cayó.

—Vamos, Ethan. Vamos —lo desafiaba Drake.

Se hizo un largo silencio. Ethan permaneció en pie, mirando a ese chico, que era mayor que él. Entonces Billy dio un paso hacia delante y dijo:

—No.

—No —añadió Chelsea.

—No —dijeron algunos de los otros niños—. No.

Drake nos miró a todos. Luego escupió al suelo y cogió el kart. Sin decir palabra, los dos hermanos se alejaron.

—Bueno, hoy hemos hecho una buena demostración, ¿no, Bailey? —me dijo Ethan.

Los chicos arrastraron los karts hasta la cima de la cuesta. Estuvieron todo el día rodando cuesta abajo y volviendo a subir. Ethan dejó que Chelsea condujera su kart, ya que ella había perdido una rueda del suyo, y ella me dejó ir en el kart cada vez.

Esa noche, a la hora de cenar, Ethan estaba muy excitado. Hablaba muy deprisa con Mamá y Papá, que sonreían mientras lo escuchaban. Luego le costó un buen rato quedarse dormido; cuando lo hizo, tuvo un sueño tan inquieto que yo bajé de la cama y me tumbé en el suelo. Así pues, todavía no me había dormido del todo cuando oí un fuerte estrépito procedente del piso de abajo.

—¿Qué ha sido eso? —me preguntó el chico, que se había despertado de repente y estaba sentado en la cama.

Saltó al suelo en el mismo instante en que se encendía la luz del pasillo.

—Ethan, quédate en tu cuarto —le dijo Papá.

Estaba tenso, enojado. Incluso parecía tener miedo.

—Bailey, ven.

Obediente, lo seguí por las escaleras. Papá avanzaba con precaución y encendió las luces del salón.

—¿Quién anda ahí? —preguntó en voz alta.

El viento hacía ondear las cortinas de la ventana, pero esa ventana no se abría nunca.

—¡No bajes descalza! —gritó Papá.

—¿Qué sucede? —preguntó Mamá.

—Alguien ha tirado una piedra contra la ventana. No te acerques, Bailey.

Noté que Papá estaba preocupado; olisqueé todos los cristales que había esparcidos por el salón. En el suelo también estaba la piedra, que todavía tenía incrustados unos cuantos trozos de cristal. Al acercar la nariz a ella, reconocí el olor.

Todd.

13

Aproximadamente al cabo de un año, Smokey, el gato, se puso enfermo. Se tumbaba en cualquier parte y no protestaba cuando yo le ponía el hocico en la cara para investigar ese nuevo comportamiento. Mamá estaba muy preocupada y se lo llevó a dar una vuelta en coche. Cuando regresó, estaba triste, probablemente porque no es nada divertido llevar un gato en el coche.

Al cabo de una semana, más o menos, Smokey murió. Después de cenar, la familia salió al patio trasero, donde Ethan había cavado un gran agujero. Envolvieron el cuerpo en una manta, lo dejaron en el agujero y lo cubrieron con tierra. Ethan clavó un trozo de madera en la tierra y él y Mamá estuvieron un rato llorando. Yo les di unos golpes con el hocico para recordarles que no había ninguna necesidad de estar triste, puesto que yo me encontraba bien y era mucho mejor mascota que Smokey.

Al día siguiente, después de que Mamá y el chico se fueran a la escuela, salí al patio y desenterré a Smokey. Pensé que debía de haber sido una equivocación por su parte el haber enterrado a un gato muerto en perfecto estado.

Ese verano no fuimos a la granja. Ethan y algunos de sus amigos del vecindario se levantaban por la mañana e iban a casa de otra gente a cortar el césped con el cortacésped. El chico me llevaba con él, pero siempre me ataba a un árbol. A mí me encantaba el olor del césped recién cortado, pero no me gustaba el cortacésped en general y me parecía que esa actividad tenía algo que ver con el hecho de que no hubiéramos ido a la granja. Abuelo y Abuela vinieron en coche y pasaron una semana con nosotros, pero eso no fue tan divertido, en especial porque Papá y Abuelo se dirigieron unas palabras desagradables un día, mientras estaban solos en el patio de atrás pelando maíz. Percibí el enfado en ambos y me pregunté si no sería una reacción al hecho de que el maíz fuera incomible, cosa que yo había constatado después de haberlo olido e intentado morder. Al día siguiente, Papá y Abuelo se sentían muy incómodos el uno en presencia del otro.

Cuando la escuela empezó de nuevo, varias cosas cambiaron. El chico ya no iba a la casa de Chelsea cuando llegaba a casa; de hecho, normalmente era el último en llegar; cuando lo hacía, aparecía corriendo después de que un coche lo dejara en la calle, y olía a suciedad, a hierba y a sudor. Y algunas noches íbamos en coche a un lugar que luego supe que era un partido de fútbol. Allí, me hacían sentar, atado, al final de un gran campo, al lado de Mamá y de otras personas que gritaban sin ningún motivo. Los chicos jugaban y se lanzaban una pelota los unos a los otros. A veces se acercaban mucho a la zona donde yo estaba, pero otras veces se pasaban un rato jugando al otro extremo del gran campo.

De vez en cuando, me llegaba el olor de Ethan procedente del grupo de chicos. Resultaba un poco frustrante tener que estar allí sentado sin poder unirme al juego: en casa, yo había aprendido a jugar bastante bien al fútbol. Un día, estaba jugando con el chico y mordí la pelota con demasiada fuerza. La pelota se convirtió en un trozo de piel muy plano; después de eso, Ethan no quiso que mordiera más pelotas de fútbol. Aun así me continuó permitiendo jugar con ellos siempre y cuando tuviera cuidado. Pero Mamá no sabía nada de todo eso y me sujetaba firmemente con la correa. Yo sabía que si ella me dejara ir a jugar al fútbol, los chicos se lo pasarían mucho mejor persiguiéndome a mí que persiguiéndose entre sí, puesto que yo era más rápido que cualquiera de ellos.

Duchess, el cachorro de Chelsea, y yo nos hicimos buenos amigos una vez que le hube enseñado cómo debía comportarse cuando estaba conmigo. Un día en que la puerta de la valla estaba abierta, me acerqué a verla: Duchess llevaba puesto el embudo de plástico alrededor del cuello y parecía que no se encontraba muy bien. Al verme, meneó un poco la cola, pero no se molestó en levantarse. Verla así me hizo sentir intranquilo: deseé que nadie estuviera pensando en ponerme una de esas cosas a mí.

Cuando nevó, Ethan y yo jugamos con los trineos. Y cuando la nieve se deshizo, jugamos con pelotas. El chico sacó el flip del armario un par de veces, pero yo miré hacia otro lugar, aterrorizado. Él lo sostuvo un rato y lo examinó, calculando su peso; luego volvió a dejarlo dentro soltando un suspiro.

Ese verano tampoco fuimos a la granja; de nuevo, el chico estuvo cortando césped con sus amigos. Había imaginado que ya se habría quitado de encima ese hábito, pero parecía que continuaba pasándoselo bien con eso. Ese año, Papá se fue durante varios días; mientras estuvo fuera, Abuelo y Abuela vinieron a visitarnos. Su coche olía a Flare y a heno y al lago. Yo lo estuve oliendo un rato y luego levanté la pata ante las ruedas.

—¡Vaya, vaya, qué mayor estás! —le dijo Abuela a Ethan.

Hubo más fútbol cuando los días se hicieron fríos. Y también tuvimos una maravillosa sorpresa. ¡Ethan ya podía conducir e irse a dar un paseo en coche! Esto lo cambió todo, porque ahora yo iba casi a todas partes con él, sacando el hocico por la ventana y sentado en el asiento delantero, ayudándole a conducir. Resultó que el motivo por el cual estaba fuera hasta tan tarde era que iba a jugar al fútbol después de la escuela, cada día, y me dejaba atado a una valla con un plato de agua al lado. Era aburrido, pero por lo menos estaba con el chico.

A veces, Ethan se iba a dar un paseo y se olvidaba de mí. Así que yo me quedaba sentado en el patio y lloriqueaba para que regresara. A veces, mientras eso sucedía, Mamá salía a verme.

—¿Quieres ir a dar un paseo, Bailey? —empezaba a preguntarme, hasta que yo me emocionaba tanto que me ponía a correr en círculos a su alrededor.

Entonces ella ataba la correa a mi collar y salíamos a hacer la ronda por las calles, deteniéndonos a cada poco para que yo pudiera marcar el territorio. A menudo pasábamos por delante de unos grupos de chicos que estaban jugando; me preguntaba por qué Ethan ya no hacía eso tan a menudo como antes. A veces, Mamá soltaba la correa y me dejaba correr un rato con los niños.

Cuando la escuela terminó, ese verano, Ethan y Mamá nos llevaron en coche a la granja. Me sentía feliz de regresar. Flare fingió no conocerme. Y, por otra parte, no estaba muy seguro de si los patos que había eran los mismos de antes o de si eran otros. Pero todo lo demás parecía estar exactamente igual.

Casi cada día, Ethan trabajaba con Abuelo y con algunos hombres, serrando y golpeando unos tablones de madera. Al principio pensé que el chico estaba construyendo otro kart, pero, al cabo de un mes o así, quedó claro que estaban construyendo un granero nuevo justo al lado del viejo, con un gran agujero en el techo.

Υ

Yo fui el primero en ver a la mujer acercarse por el camino; corrí para ofrecer un refuerzo de seguridad, en caso de que fuera necesario. Cuando me acerqué lo suficiente para poder olerla, me di cuenta de que era la chica, que ya se había hecho mayor. Ella también me recordaba y se alegró mucho de verme. Acariciándome las orejas, me dijo:

—Hola, Bailey. ¿Me has echado de menos? Buen perro, Bailey.

Los hombres, al ver a la chica, dejaron de trabajar. En ese momento, Ethan salía del granero y se detuvo en seco ante la sorpresa.

—Oh. Hola. ¿Hannah?

—Hola.

Apartaron la vista el uno del otro. Hannah dejó de acariciarme y yo le di un suave golpe con el hocico para que continuara haciéndolo.

—Ven a casa —dijo Ethan.

Durante todo ese verano, cada vez que iba a pasear en coche notaba que olía a la chica, como si ella se hubiera sentado en mi asiento. A veces, Hannah venía y cenaba con nosotros; luego ella y Ethan se sentaban en el porche y hablaban, mientras yo me tumbaba a sus pies para que tuvieran algo interesante de que hablar.

En cierta ocasión, me desperté de un buen merecido sueño con la sensación de alarma que procedía de ellos dos. Estaban sentados en el sofá y tenían la cara muy cerca el uno del otro; sus corazones latían con fuerza. Yo notaba miedo y excitación. Hacían un ruido como si estuvieran comiendo, pero no olí que hubiera nada de comida por allí. Sin saber bien qué estaba ocurriendo, subí al sofá y metí el hocico en el sitio donde ellos habían juntado las caras. Entonces los dos se echaron a reír.

El día en que Mamá y Ethan llegaron en coche de la escuela, se olía la pintura del nuevo granero por todas partes; la chica también vino: ella y Ethan se fueron al embarcadero y se sentaron a hablar con los pies dentro del agua. La chica lloró y los dos se dieron muchos abrazos, pero no lanzaron palos ni hicieron nada de lo que la gente acostumbra a hacer en un lago, así que yo no estaba muy seguro de qué era lo que estaba pasando. En el coche se continuaron abrazando; luego nos fuimos, después de que Ethan tocara el claxon.

Las cosas fueron distintas en casa. Para empezar, Papá tenía su propia habitación ahora, con una cama nueva. Compartía el baño con Ethan y, francamente, no me gustaba entrar después de que él hubiera estado allí. Luego, si Ethan no estaba jugando al fútbol con sus amigos, se pasaba un montón de tiempo en su habitación hablando por teléfono. Durante esas llamadas pronunciaba el nombre de Hannah muy a menudo.

Las hojas ya caían de los árboles el día en que Ethan me llevó a dar un paseo en coche hasta un sitio en que había unos enormes autobuses escolares plateados y llenos de gente. ¡Y allí, bajando de uno de ellos, vi a la chica! No sé quién estuvo más contento de verla, si yo o el chico. Yo quería jugar con ella, pero lo único que él quería hacer era abrazarla. Por mi parte, me sentía tan excitado que no me importó tener que ir en el asiento trasero durante el trayecto a casa.

—El entrenador dice que habrá cazatalentos de la universidad y del estado de Michigan esta noche para verme, Hannah —apuntó el chico.

Entendí la palabra «Hannah», por supuesto, pero también detecté un sentimiento de excitación y de miedo en él. Hannah, en cambio, emanaba felicidad y orgullo. Miré por la ventana para ver si podía comprender qué era lo que sucedía, pero no vi nada fuera de lo habitual.

Esa noche me sentí muy orgulloso de quedarme al lado

de Hannah mientras Ethan jugaba al fútbol con sus amigos. Estaba seguro de que ella nunca había estado en un lugar tan bonito como ese gran campo, así que la conduje hasta el lugar al que Mamá me llevaba habitualmente y le enseñé dónde debía sentarse.

No llevábamos más de un rato allí cuando llegó Todd. Últimamente no le había visto mucho, pero su hermana, Linda, continuaba pasando por la calle en bicicleta bastante a menudo.

—Hola, Bailey —me dijo en un tono realmente amistoso.

Pero seguía habiendo algo en él que estaba mal, así que me limité a lamerle la mano cuando me la acercó.

—Somos viejos amigos, ¿no es verdad, chico? Buen perro.

No necesitaba que alguien como Todd me llamara «buen perro».

—Tú no vas a la escuela de aquí. ¿Vas a la del este?

—No. Solo estoy de visita en casa de la familia de Ethan.

—¿Eres una prima o algo así?

La gente del público empezó a gritar. Levanté la cabeza y miré a mi alrededor, pero lo único que pasaba era que los chicos estaban jugando. Cada vez que la gente hacía eso, me engañaba.

—No, solo soy… una amiga.

—¿Te apetece venir a una fiesta? —le preguntó Todd.

—¿Perdón?

—¿Quieres venir a una fiesta? Nos vamos a reunir con unos amigos. Este juego no va a ninguna parte.

—No, yo…, mejor espero a Ethan.

Ladeé la cabeza al oír a la chica. Me daba cuenta de que, por algún motivo, se ponía ansiosa; además, percibí que un sentimiento de rabia empezaba a invadir a Todd, como ya era habitual.

—¡Ethan! —Todd escupió sobre la hierba—. ¿Así que ahora sois pareja o qué?

—Bueno…

—Pues deberías saber que él está saliendo con Michele Underwood.

—¿Qué?

—Sí. Todo el mundo lo sabe.

—Oh.

—Sí. Así que si estás pensando en…, ya sabes, en tú y él, eso no va a ser posible.

Todd se acercó más a la chica. Ella se puso tensa y me di cuenta de que él le había puesto una mano en el hombro. Notar la tensión en la chica hizo que me pusiera en pie. Todd bajó los ojos hacia mí y nuestras miradas se encontraron. Automáticamente noté que se me erizaba el pelaje de la nuca: casi de forma involuntaria, solté un gruñido muy grave.

—¡Bailey! —La chica se puso en pie de un salto—. ¿Qué pasa?

—Sí, Bailey, soy yo, tu amigo —dijo él. Entonces, dirigiéndose a la chica, añadió—: Me llamo Todd, por cierto.

—Yo, Hannah.

—¿Por qué no atas al perro y vienes conmigo? Será divertido.

—Eh…, no…, no, no. No puedo hacerlo.

—¿Por qué no? Vamos.

—No, debo cuidar de Bailey.

Todd se encogió de hombros y la miró.

—Ya. Bueno, como quieras.

La rabia en él era tan fuerte que volví a gruñir; esta vez la chica no me dijo nada.

—De acuerdo —dijo Todd—. Pregúntale a Ethan lo de Michele. ¿Vale?

—Sí, vale.

—Pregúntaselo.

Todd se metió las manos en los bolsillos y se alejó.

Al cabo de una hora más o menos, Ethan corrió hasta nosotros con gran alegría y excitación.

—Estado de Michigan, ahí vamos. ¡Espartanos! —gritó.

Meneé la cola y ladré, pero su felicidad desapareció rápidamente.

—¿Qué sucede, Hannah?

—¿Quién es Michele?

Puse la pata encima de la pierna de Ethan para hacerle saber que yo estaba listo para jugar al fútbol, si él quería.

—¿Michele? ¿Qué quieres decir?

Ethan se rio, pero dejó de hacerlo al momento, como si se hubiera quedado sin respiración.

—¿Qué sucede?

Me llevaron a caminar en círculos por el enorme campo mientras hablaban. Estaban tan concentrados en la conversación que no se dieron cuenta de que me había comido la mitad de un perrito caliente y unas cuantas palomitas, además de unos trozos de bocadillo de atún. Al cabo de un rato casi todo el mundo se había marchado, pero ellos continuaban caminando y caminando.

—No conozco a esa chica —repetía Ethan—. ¿Con quién has hablado?

—No recuerdo como se llama. Pero conoce a Bailey.

Me quedé inmóvil al oír mi nombre, preguntándome si iba a tener algún problema a causa del envoltorio de caramelo que me estaba comiendo.

—Todo el mundo conoce a Bailey; viene a todos los partidos.

Me lo tragué rápidamente, pero resultó que no me había metido en ningún problema. Después de dar otra vuelta al enorme campo, en el que ya no encontré nada interesante, pues ya me había comido todo lo comestible que pudiera haber allí, el chico y la chica se detuvieron y se abrazaron. Solían hacerlo.

—Estás sudando —dijo la chica, riendo y apartándolo de un empujón.

—¿Quieres ir a dar una vuelta en coche, Bailey? —preguntó el chico.

¡Por supuesto que quería! Fuimos a casa. Allí hablaron un poco más en voz baja. Luego me dieron de comer y yo me quedé dormido en el salón mientras la chica y el chico jugaban en silencio en el sofá.

Ahora teníamos una nueva puerta para perros, una que daba directamente al patio trasero; ya nadie insinuaba que yo debía pasar la noche en el garaje. Me alegré de haberles quitado esa costumbre. Salí para aliviarme: mientras estaba por allí, vi con gran sorpresa que en la hierba, al lado de la valla, había un trozo de carne.

Lo curioso era que no olía del todo bien. El olor tenía una nota punzante, un aroma extraño y amargo. Y lo que todavía era más extraño era que estaba lleno del olor de Todd.

Cogí el trozo de carne y lo llevé al patio. Lo dejé en el suelo y el amargo sabor me hizo babear. Me senté y lo observé. Tenía un sabor bastante malo, pero la verdad es que era un buen trozo de carne. Si lo masticaba deprisa, probablemente pudiera tragármelo sin tener que saborearlo.

Le di un golpe con el hocico. ¿Por qué olía tanto a Todd?

14

$\mathcal{A}$l día siguiente, cuando Mamá salió fuera y me vio, automáticamente bajé la cabeza y meneé un poco la cola. Sin saber por qué y a pesar de que pensaba que no había hecho nada malo, me sentía muy culpable.

—Buenos días, Bailey —me saludó. Y, entonces, vio la carne—: ¿Qué es eso?

Se agachó para echar un vistazo a la carne; yo me tumbé de espaldas para que me acariciara la barriga. Me parecía haber pasado la noche entera mirando ese trozo de carne. Además, me sentía tan cansado que necesitaba que me confirmaran que había hecho lo adecuado, aunque no comprendiera por qué. Había algo que no estaba bien y que me había impedido aprovechar ese pedazo de carne de regalo.

—¿De dónde ha salido esto, Bailey? —Mamá me acarició la barriga con suavidad y luego alargó la mano y cogió la carne—. Puaj —exclamó.

Me senté, en alerta. Si iba a darme ese trozo de carne, eso significaba que estaba bien. Pero ella se dio la vuelta y se lo llevó a casa. Me apoyé un momento sobre las patas traseras: ahora que se lo llevaba, ¡acababa de cambiar de opinión y quería comérmelo!

—Puaj, Bailey, mejor que no te comas esto, sea lo que sea —dijo Mamá.

Y tiró la carne a la basura.

Hannah se sentó en mi asiento durante el trayecto en coche hasta esos enormes autobuses escolares plateados. Luego me quedé solo un buen rato en el coche mientras Ethan y Hannah se abrazaban, fuera. Cuando el chico regresó al coche, noté que se sentía triste y solo, así que apoyé la cabeza en su regazo en lugar de sacar el hocico por la ventanilla.

La chica volvió a visitarnos al día siguiente de que la familia se sentara alrededor del árbol de la sala e hiciera trizas todos esos papeles, por Navidad. Me sentía de mal humor porque Ethan le había dado a Mamá un nuevo gatito blanco y negro que se llamaba Felix. Este no tenía la más mínima educación y se dedicó a atacar mi cola mientras yo estaba sentado; además, saltaba encima de mí desde detrás del sofá y empezaba a golpearme con sus diminutas patas. Si yo intentaba jugar con él, se agarraba a mi hocico y me mordía con sus afilados dientes. Hannah, al principio, le dedicó una gran atención al gatito, pero yo hacía más tiempo que conocía a la chica y era, evidentemente, su mascota preferida. Los perros tenemos trabajos importantes, como el de ladrar cuando suena el timbre, mientras que los gatos no tienen ningún tipo de función en una casa.

Una cosa que el gatito no podía hacer era salir fuera. El suelo estaba cubierto por una gruesa capa de nieve; la única vez que Felix se aventuró a poner una pata encima de esa cosa, se dio la vuelta y corrió de regreso a la casa como si se hubiera quemado. Así pues, cuando Ethan y Hannah construyeron una enorme montaña de nieve en la parte delantera de la casa y pusieron un sombrero encima de ella, yo estaba con ellos. Al chico le gustaba luchar conmigo y arrastrarme por encima de esa cosa blanca. Yo permití que me atrapara por la pura alegría de sentir sus brazos a mi alrededor, igual a como jugaba conmigo cuando era más joven.

Si salíamos con el trineo, Hannah se sentaba detrás y yo corría al lado, ladrando e intentando quitarle los guantes al chico.

Una tarde en que no había sol y en que el aire era tan frío y limpio que yo lo podía notar incluso en la garganta, todos los niños del vecindario se encontraban en la pendiente de los trineos. Hannah y Ethan pasaron tanto tiempo empujando a los más jóvenes como montando en el trineo. Pronto me cansé de correr arriba y abajo de la pendiente. Por eso me encontraba abajo cuando Todd apareció con su coche.

Me miró en cuanto salió de él, pero no me dijo nada ni alargó la mano. Por mi parte, mantuve las distancias.

—¡Linda! ¡Vamos, es hora de ir a casa! —gritó, y una nube de vaho se formó entre sus labios.

La chica estaba en la pendiente con tres de sus amigos pequeños y bajaba a un kilómetro y medio por hora en un trineo que tenía forma de platillo. Ethan y Hannah pasaron como un rayo por su lado, riendo:

—¡No quiero! —gritó Linda.

—¡Ahora! ¡Lo ha dicho mamá!

Ethan y Hannah se detuvieron al final de la bajada y se cayeron del trineo. Se quedaron el uno encima del otro, riendo.

Todd los miró.

Y entonces, algo en él se hizo evidente. No era exactamente rabia, sino algo peor: era una cosa oscura, una emoción que yo jamás había percibido en nadie. Lo noté por la manera, totalmente inexpresiva, en que les miraba, a Ethan y a Hannah.

Ethan y la chica se pusieron en pie, se sacudieron la nieve de encima el uno del otro y se acercaron a Todd con los brazos entrelazados. Emanaban tal amor y alegría que eran incapaces de detectar la corriente de odio que surgía de Todd.

—Eh, Todd.

—Eh.

—Esta es Hannah. Hannah, te presento a Todd: vive al final de la calle.

Hannah alargó la mano, sonriendo:

—Me alegro de conocerte —le dijo.

Todd se puso un poco tenso.

—En realidad, ya nos conocemos.

Hannah ladeó un poco la cabeza, quitándose unos mechones de pelo de los ojos.

—¿Ah, sí?

—¿Cuándo os conocisteis? —preguntó Ethan.

—En el partido de fútbol —respondió Todd. Y entonces se rio con una breve carcajada.

Ethan negaba con la cabeza, sin recordar, pero Hannah asintió.

—Oh. Oh, sí, es verdad —dijo, repentinamente abatida.

—¿Qué? —preguntó Ethan.

—Debo llevarme a mi hermana. ¡Linda! —gritó Todd, que se puso las manos a ambos lados de la boca—. ¡Ven a casa, ahora!

Linda se separó de su grupo de amigos y se acercó a Todd con un gesto de desánimo.

—Él es... de quien te hablé —le dijo Hannah a Ethan.

Hannah mostraba cierta preocupación. Yo la miré con curiosidad. Y entonces noté que a Ethan lo invadía la rabia.

—Un momento. ¿Qué? Todd, ¿fuiste tú quien le dijo a Hannah que yo había estado con Michele? No conozco a ninguna Michele.

—Tengo que irme —farfulló Todd—. Sube al coche, Linda —le dijo a su hermana.

—No, un momento —dijo Ethan.

Alargó la mano hacia Todd, pero este se apartó.

—Ethan —murmuró Hannah, poniéndole una mano enguantada en el brazo.

—¿Por qué lo hiciste, Todd? ¿Por qué mentiste? ¿Qué es lo que te pasa, tío?

Las emociones y los conflictos que bullían en el interior de Todd hubieran podido deshacer toda la nieve que teníamos bajo los pies, pero se quedó quieto, mirando a Ethan sin decir palabra.

—Por eso no tienes amigos, Todd. ¿Por qué no puedes ser normal? Siempre estás haciendo cosas estúpidas como esta —soltó Ethan—. Das asco.

La rabia iba desapareciendo en él, pero ahora podía notar lo molesto que estaba.

—Ethan —insistió Hannah.

Todd se metió en el coche sin decir palabra y dio un portazo. Miró a Ethan y a Hannah, totalmente inexpresivo.

—Eso ha estado mal —dijo Hannah.

—Oh, tú no lo conoces.

—Me da igual —repuso ella—. No deberías haberle dicho que no tiene amigos.

—Bueno, pues no los tiene. Siempre está haciendo cosas así, como cuando dijo que ese chico le había robado el transistor. Todo era mentira.

—Él no…, hay algo diferente en él, ¿verdad? ¿Está recibiendo educación especial?

—Oh, no, es muy listo. No es eso. Él es así, eso es todo. Siempre ha sido retorcido… ¿No sé si me entiendes? Lo cierto es que antes éramos amigos, cuando niños. Pero tenía unas ideas muy raras sobre qué era divertido, como tirarles huevos a los preescolares cuando esperaban el autobús para ir a la escuela de verano. Yo le dije que no quería hacerlo: su propia hermana estaba entre esos niños. Quiero decir que, venga… Bueno, la cosa es que acabó por aplastar la caja de huevos que había traído. Dejó asqueroso el camino del jardín, que tuve que limpiar con la manguera antes de que papá regresara. Pero, eso sí, Bailey se lo pasó bien.

Meneé la cola al oír mi nombre, contento de pensar que quizás estuvieran hablando de mí.

—Seguro que sí —dijo Hannah, riendo y alargando la mano para acariciarme.

Unos días después de que Hannah se fuera, cayó mucha nieve y el viento sopló con tanta fuerza que todos nos quedamos en casa todo el día, sentados delante de la estufa. (Por lo menos, eso es lo que hice yo.) Esa noche dormí debajo del edredón de Ethan y me quedé ahí, a pesar de que al final tenía tanto calor que no me quedaba otra que jadear, simplemente porque era maravilloso estar apretado contra él como cuando era un cachorro.

Al día siguiente, por fin, dejó de nevar. Ethan y yo salimos fuera: estuvimos horas excavando en la nieve. Avanzar en esa gruesa capa de nieve era difícil. Y yo solo podía dar unos cuantos saltos por delante de Ethan antes de pararme para descansar.

La luna salió justo cuando terminamos de cenar. Brillaba tanto que se veía muy bien; el aire iba cargado con la fragancia de la chimenea. Ethan estaba cansado, así que se fue pronto a la cama. Pero yo salí por la puerta para perros y me quedé en el jardín, oliendo la brisa, embrujado por la exótica luz y el limpio aire nocturno.

Entonces descubrí que la nieve se había acumulado formando un montón contra la valla: me divertí subiendo hasta arriba y dejándome caer por el otro lado. Era una noche perfecta para una aventura. Fui hasta la casa de Chelsea a ver si Duchess estaba por ahí, pero no había ni rastro de ella, excepto por un trozo de nieve recientemente empapada de orín. Por consideración, levanté la pata sobre ese trozo de nieve para que supiera que yo había estado pensando en ella.

Normalmente, las veces que salía a explorar un poco por la noche, me aventuraba por el arroyo. Me recordaba los tiempos de caza con Sister y Fast, cuando era un cachorro salvaje y los olores siempre resultaban excitantes. Pero ahora me veía obligado a seguir los caminos y a girar por calles sin tránsito para oler las grietas entre las puertas de los garajes y el pavimento. Algunas personas ya habían sacado los árboles de Navidad fuera, pero el de la casa de Ethan todavía estaba delante de la ventana, repleto de luces y de objetos colgantes dispuestos a sufrir el ataque de Felix. Cada vez que me encontraba con un árbol en alguna calle, lo marcaba con mi olor, así que fue esa interminable sucesión de árboles por marcar lo que me mantuvo fuera hasta tan tarde. De no haber sido por el olor de más y más árboles fuera de sitio que me impulsaba a seguir, hubiera regresado a casa, quizás, a tiempo de evitar que sucediera lo que sucedió.

Finalmente, los faros de un coche me dieron de lleno y el coche aminoró la velocidad al pasar por mi lado. El olor que desprendía me recordó al coche de Mamá cuando ella y Ethan habían ido a buscarme después de que yo hubiera pasado demasiado tiempo de aventura por ahí. Me sentí un poco culpable. Bajé la cabeza y me fui a casa.

Cuando tomé el camino del jardín, me sorprendieron varias cosas a la vez. Y ninguna de ellas era buena.

La puerta delantera estaba abierta y el olor del interior de la casa se escapaba al exterior en grandes ráfagas impulsadas en el helado aire nocturno por la fuerza del fuego de la chimenea. El olor arrastraba consigo una nota de algo químico que me resultaba familiar. Lo notaba siempre que íbamos en coche y nos deteníamos en el lugar donde a Ethan le gustaba apoyar una gruesa manguera negra en la parte posterior del coche. Y vi que alguien se alejaba de la casa caminando de espaldas. Al principio creí que se trataba del chico, pero entonces se giró para echar esa cosa líquida sobre los matorrales de la entrada y capté su olor.

Era Todd. Dio tres pasos hacia atrás, se sacó un papel del bolsillo y lo encendió. Las llamas iluminaron su rostro pétreo. Entonces lanzó el papel encendido sobre los matorrales y se formó una gran llama azul, cuyo crepitar se hizo claramente audible.

Todd no me vio porque estaba mirando el fuego. Y yo no ladré ni gruñí. Corrí por el camino con una furia silenciosa. Le salté encima como si me hubiera pasado la vida atacando hombres. Sentía un gran poder en todo mi cuerpo, como si yo fuera el jefe de la manada.

Cualquier reticencia en atacar a un ser humano que yo pudiera haber tenido hasta ese momento se borró al percibir lo que Todd estaba haciendo. Estaba causando un daño al chico y a la familia que yo debía proteger. En la vida, no había más razón que esa.

Todd soltó un grito, cayó al suelo y quiso darme una patada en la cara. Agarré con los dientes la pierna con que me quería golpear y la mordí con fuerza. Todd gritaba. Se le rompió el pantalón y perdió el zapato. Noté el sabor de la sangre. Me golpeó con los puños, pero yo no solté su tobillo. Empecé a agitar la cabeza y noté que hincaba más profundamente en la carne. Estaba furioso y no presté ninguna atención al sabor a sangre y piel humanas.

De repente, un sonido agudo me distrajo. Todd consiguió soltarse en cuanto me giré para mirar hacia la casa. El árbol del interior estaba en llamas: un humo denso y negro salía por la puerta delantera. El pitido electrónico era muy agudo y fuerte; me aparté de él por instinto.

Todd se puso en pie y se alejó cojeando tan deprisa como pudo. Vi su huida por el rabillo del ojo, pero no me importaba. Empecé a dar la voz de alarma, ladrando, en un intento por llamar la atención sobre las llamas, que ya empezaban a expandirse por la casa y subían por las escaleras en dirección al dormitorio del chico.

Corrí hacia la parte trasera de la casa, pero sentí una gran frustración al ver que el montón de nieve que me había ayudado a escapar se encontraba al otro lado de la valla. Mientras estaba allí, ladrando, la puerta del patio se abrió y aparecieron Papá y Mamá. Ella tosía.

—¡Ethan! —gritó.

El humo negro también salía por la puerta del patio. Mamá y Papá corrieron hasta la puerta de la valla y yo fui a su encuentro. Pero pasaron de largo y corrieron por la nieve hasta la parte delantera de la casa. Allí, se pararon y miraron hacia arriba, hacia la ventana del dormitorio de Ethan.

—¡Ethan! —gritaban—. ¡Ethan!

Me separé de ellos y corrí hacia la puerta trasera de la valla, ahora abierta. La crucé como un rayo. Felix estaba fuera, en el patio, escondido debajo de un banco; maulló al verme, pero yo no me detuve. Me colé por la puerta del patio y sentí el humo en los ojos y la nariz. Incapaz de ver nada, avancé a ciegas hacia las escaleras.

El crepitar de las llamas era tan fuerte como el viento que entraba por las ventanillas del coche cuando íbamos de paseo. El humo resultaba sofocante, pero fue el calor lo que me cortó el paso. La intensidad del fuego me quemaba la nariz y los oídos; frustrado, bajé la cabeza y salí por la puerta trasera. El aire frío me alivió el dolor de inmediato.

Mamá y Papá continuaban gritando. Vi unas luces en la calle y en la casa de al lado; uno de los vecinos miró por la ventana mientras hablaba por teléfono.

No había ni rastro del chico.

—¡Ethan! —gritaban Mamá y Papá—. ¡Ethan!

15

$\mathcal{N}$unca había percibido un miedo como el que emanaba de Mamá y de Papá mientras gritaban bajo la ventana del chico. Ella estaba sollozando; él tenía un tono de voz tenso. Cuando empecé a ladrar otra vez con frenesí, ninguno de los dos hizo nada para que me callara.

Mi oído captó el agudo sonido de una sirena, pero lo que más oía eran mis propios ladridos, los gritos de Mamá y Papá llamando a Ethan y, por encima de todo ello, el rugido del fuego, que era tan fuerte que lo sentía como una vibración en todo mi cuerpo. Los arbustos que teníamos delante continuaban ardiendo; al derretirse, la nieve desprendía unas grandes nubes de vapor.

—¡Ethan! ¡Por favor! —gritaba Papá con la voz rota.

Justo en ese momento, algo atravesó la ventana de Ethan y unos trozos de vidrio cayeron en la nieve. ¡Era el flip!

Frenético, lo cogí para enseñarle a Ethan que sí, que lo tenía.

Entonces la cabeza de Ethan apareció por el agujero que el flip había hecho en la ventana.

—¡Mamá! —gritó, tosiendo.

—¡Tienes que salir de ahí, Ethan! —gritó Papá.

—No puedo abrir la ventana. ¡Está atascada!

LA RAZÓN DE ESTAR CONTIGO

—¡Salta! —repuso Papá.

—¡Debes saltar, cariño! —le gritó Mamá.

La cabeza del chico volvió a desaparecer.

—El humo va a matarlo. ¿Qué está haciendo? —dijo Papá.

—¡Ethan! —chilló Mamá.

Entonces la silla del escritorio salió volando por la ventana, destrozándola; al cabo de un segundo, el chico saltó. Pero pareció que se enganchaba en los restos de madera y vidrio: en lugar de pasar por encima de los arbustos en llamas, cayó encima de ellos.

—¡Ethan! —gritó Mamá.

Yo ladré con frenesí. Había olvidado el flip por completo. Papá alargó los brazos hacia los matorrales en llamas, agarró a Ethan y lo sacó. Lo tumbó sobre la nieve y lo hizo rodar sobre ella.

—Oh, Dios. Oh, Dios —sollozaba Mamá.

Ethan estaba tumbado de espaldas sobre la nieve con los ojos cerrados.

—¿Estás bien, hijo? ¿Estás bien? —preguntaba Papá.

—La pierna —respondió el chico, tosiendo.

Notaba el olor a carne quemada. Ethan tenía la cara negra. Me apreté contra él con el flip en la boca, pues era consciente del increíble dolor que estaba sintiendo y quería ayudarlo.

—Apártate, Bailey —dijo Papá.

El chico abrió los ojos y me dirigió una débil sonrisa.

—No, no pasa nada. Buen perro, Bailey, has atrapado el flip. Buen perro.

Meneé la cola. El chico alargó la mano y me acarició la cabeza. Yo solté el flip, que, a decir verdad, no tenía muy buen sabor. Ethan tenía la otra mano cerrada contra el pecho y unas gotas de sangre le caían de ella.

Empezaron a llegar camiones y coches con las luces encendidas. Unos hombres corrieron hasta la casa y empezaron a rociarla con unas largas mangueras. Algunas personas trajeron una camilla y pusieron al chico encima de ella. Luego la levantaron y la llevaron hasta la parte posterior de uno de los camiones. Yo intenté subir con él, pero el hombre que había a las puertas traseras del camión me lo impidió.

—No, lo siento —dijo.

—Quédate aquí, Bailey; todo va bien —dijo el chico.

Yo lo sabía todo sobre «quédate aquí»: era mi orden menos favorita. El chico todavía sentía dolor, y yo quería estar con él.

—¿Puedo ir yo? —preguntó Mamá.

—Por supuesto. Deje que la ayude —repuso el hombre.

Mamá subió a la parte trasera del camión.

—Todo va bien, Bailey.

La madre de Chelsea se había acercado a nosotros y Mamá la miró.

—¿Laura? ¿Puedes vigilar a Bailey?

—Claro.

La mujer me sujetó por el collar. Sus manos olían igual que Duchess. La mano de Papá, sin embargo, olía a fuego, y yo sabía que también sentía dolor. Se subió al camión con Mamá y con el chico.

Casi todo el vecindario había salido a la calle, pero no los perros. El camión se alejó y yo solté un único ladrido de dolor. ¿Ahora cómo sabría que el chico estaba bien? ¡Me necesitaba a su lado!

Chelsea se apartó a un lado de la calle, todavía sujetándome. Me daba cuenta de que no estaba muy segura de qué hacer; casi todo el vecindario se había reunido en la calle, pero ella había estado cerca de la casa y todos se comportaban como si esperaran que se quedara allí en lugar de ir con sus amigos.

—No hay duda de que ha sido un incendio provocado —dijo uno de los hombres, hablando con una mujer que llevaba un arma en el cinturón. Yo había aprendido que las personas que vestían como ella se llamaban policías—. Los matorrales, el árbol, todo se encendió a la vez. Múltiples puntos de inicio del fuego, un montón de combustible. La familia ha tenido suerte de salir con vida.

—¡Teniente, mire esto! —gritó otro de los hombres.

Este último también llevaba un arma. Los tipos que llevaban el abrigo de plástico no: continuaban rociando la casa con las mangueras.

La madre de Chelsea se acercó despacio para ver qué era lo que todos estaban mirando. Era el zapato de Todd. Yo miré hacia otra parte, sintiéndome culpable y deseando que nadie se fijara en mí.

—He encontrado esta zapatilla deportiva. Parece que tiene sangre —comentó el hombre mientras iluminaba la nieve con una linterna.

—El chico se enganchó con los restos de la ventana —dijo otra persona.

—Sí, pero eso fue allí arriba, no aquí. Aquí lo único que hay son huellas de perro y este zapato.

Me encogí de miedo al oír la palabra «perro». La mujer que llevaba el arma sacó una linterna y la dirigió hacia la nieve.

—¿Qué te parece? —dijo.

—Eso es sangre —dijo alguien más.

—Vale, vosotros dos, veis adónde conduce el rastro, ¿verdad? Vamos a precintar esto. ¿Sargento?

—Sí, señora —repuso un hombre mientras se acercaba al grupo.

—Tenemos un rastro de sangre. Quiero que acordonéis la zona a dos metros y medio de distancia. Cortad el tráfico de la calle y haced que esa gente se aparte.

La mujer seguía en pie, pero la madre de Chelsea se agachó, prestándome atención de repente.

—¿Estás bien, Bailey? —me preguntó mientras me acariciaba.

Meneé la cola.

De repente dejó de acariciarme y se miró la mano.

—Señora, ¿vive usted aquí? —le preguntó la policía con el arma a la madre de Chelsea.

—No, pero el perro sí.

—¿Puedo pedirle que…, bueno, espere, es usted una vecina?

—Vivo dos casas más abajo.

—¿Ha visto a alguien esta noche?

—No, estaba durmiendo.

—De acuerdo. ¿Le puedo pedir que vaya con los demás, allí? O, si tiene frío, por favor, denos su información de contacto y puede irse a casa.

—Sí, pero… —empezó la madre de Chelsea.

—¿Sí?

—¿Podría alguien ocuparse de Bailey? Me parece que está sangrando.

Yo meneé la cola.

—Claro —repuso la mujer—. ¿Es tranquilo?

—Oh, sí.

La mujer se agachó.

—¿Estás herido, chico? ¿Cómo te has hecho daño? —me preguntó con tono cariñoso.

Sacó una linterna y la dirigió hacia mi espalda. Yo le lamí la cara y ella se rio.

—Vale, sí, es tranquilo. Pero no creo que eso sea sangre. Señora, tendremos que quedarnos el perro un rato. ¿Le parece bien?

—Puedo quedarme, si me necesitan.

—No, no es necesario —repuso la mujer.

Me llevaron hasta uno de los coches. Allí un hombre muy amable sacó unas tijeras y me cortó un poco de pelo. Luego lo puso dentro de una bolsa de plástico.

—¿Qué te apuestas a que es el mismo tipo de sangre que

la del zapato? Diría que este amiguito estaba realizando la ronda canina esta noche y se encontró con el pirómano. Si tenemos algún sospechoso, la sangre nos ayudará a descartarlo —le dijo la mujer al hombre que me estaba cortando el pelo.

—Teniente —dijo entonces un hombre que se acercó a nosotros—, yo puedo decirles dónde vive nuestro pirómano.

—Oh, hágalo —repuso la mujer.

—Le vi dirigirse a su casa en línea recta, sangrando, a unas cuatro casas de distancia. Su sangre se puede ver en la nieve de la acera. Llega hasta una puerta trasera.

—Creo que eso es suficiente para conseguir una orden de registro —dijo la mujer—. Y apuesto a que alguien que vive por aquí tiene un par de dientes marcados en la pierna.

Durante los días siguientes viví en casa de Chelsea. Duchess parecía creer que yo debía ser su compañero de juego las veinticuatro horas del día, pero yo no podía quitarme de encima la tensión nerviosa; no dejaba de ir de un lado a otro, esperando a que Ethan regresara a casa.

Mamá apareció al segundo día. Me dijo que era un buen perro y noté el olor del chico en sus ropas, así que me animé un poco y estuve jugando al juego favorito de Chelsea, a tirar del calcetín, durante una hora o así. Mientras, la madre de Chelsea sirvió un café que olía muy fuerte.

—¿Qué diantres quería hacer ese chico? ¿Por qué querría incendiar la casa? Hubierais podido morir todos.

—No lo sé. Todd y Ethan eran amigos, antes.

Me di la vuelta al oír el nombre de Ethan; Duchess aprovechó la oportunidad para arrancarme el calcetín de los dientes.

—¿Es seguro que ha sido Todd? Creí que la policía había dicho que el análisis de sangre tardaría un poco más de tiempo.

—Lo confesó todo cuando se lo llevaron para interrogarlo —respondió Mamá.

—¿Y explicó por qué lo hizo?

Duchess me estaba aplastando el calcetín contra el cuerpo, provocándome para que se lo quitara. Aparté la mirada.

—Dijo que no sabía por qué lo había hecho.

—Vaya, por Dios. ¿Sabes?, siempre pensé que ese chico era raro. ¿Recuerdas cuando empujó a Chelsea contra los arbustos sin motivo? A mi marido casi le da un ataque. Bajó a hablar con el padre de Todd y creí que los dos iban a pelearse.

—No, no me enteré de eso. ¿La empujó?

—Y Susy Hurst dice que un día lo pilló intentando mirar por la ventana de su dormitorio.

—Creí que ella no estaba segura de quién había sido.

—Bueno, pues ahora dice que fue Todd.

Con un gesto repentino, cogí el calcetín. Duchess clavó los dientes y gruñó. Yo la arrastré por toda la habitación, pero ella no lo soltaba.

—Ahora Bailey es todo un héroe. Tuvieron que ponerle ocho puntos en la pierna a Todd.

Al oír mi nombre, tanto Duchess como yo nos quedamos quietos. ¿Unas galletitas, quizá? El calcetín quedó colgando entre los dos.

—Quieren una foto suya para el periódico —dijo Mamá.

—Qué bien que bañé a Bailey —repuso la madre de Chelsea.

¿Qué? ¿Otro baño? ¡Si me acababa de bañar! Escupí el calcetín y Duchess se puso a temblar de alegría y empezó a dar vueltas por la habitación con actitud victoriosa.

—¿Cómo está Ethan?

Mamá dejó la taza de café en la mesa. Oír el nombre del chico y percibir la preocupación en ella me impulsó a acercarme y a apoyar la cabeza en su regazo. Ella alargó la mano y la acarició.

—Han tenido que ponerle un clavo en la pierna y le quedarán… cicatrices.

Mamá hizo un gesto señalándose la cara y luego se apretó los ojos con las manos.

—Lo siento mucho —dijo la madre de Chelsea.

Mamá lloraba. Le puse una pata sobre la pierna para consolarla.

—Buen perro, Bailey —dijo ella.

Duchess puso su cara de tonta delante de mí; llevaba el calcetín colgando de la boca. Le dirigí un gruñido. Duchess se apartó, asustada.

—Sed buenos, chicos, por favor —dijo la madre de Chelsea.

Al cabo de un rato, la madre de Chelsea le dio un trozo de pastel a Mamá, pero no nos pasó nada a nosotros, los perros. Duchess estaba tumbada de espaldas y sostenía el calcetín entre las patas, justo encima de la boca, tal como yo acostumbraba a jugar con Coco en el patio, hacía una eternidad.

Llegaron algunas personas que se sentaron con Mamá en el salón y hubo unos destellos brillantes, como si fueran unos rayos, pero sin truenos. Luego fuimos a casa, que ahora estaba rodeada por unos plásticos que ondeaban al viento; hubo más destellos.

Una semana después, Mamá me llevó en coche y nos trasladamos al «apartamento». Era una pequeña casa construida dentro de un edificio grande lleno de casas; había un montón de perros por todas partes. La mayoría eran muy pequeños. Por la tarde, Mamá me llevaba a verlos a un gran campo de cemento. Ella se sentaba en un banco y charlaba con gente mientras yo corría por ahí, haciendo amigos y marcando el territorio.

No me gustaba el apartamento. Y a Papá tampoco. Allí le gritaba mucho más a Mamá que en la casa. Era un lugar pequeño y, lo que es peor, el chico no estaba con nosotros. Tanto Papá como Mamá olían a menudo igual que Ethan, pero él no vivía con nosotros. Eso me hacía sentir muy triste.

Por la noche no dejaba de dar vueltas por la casa, sin poder descansar, hasta que Papá me ordenaba a gritos que me tumbara. La cena, que siempre había sido el mejor momento del día, ya no me interesaba ahora que era Mamá quien me la daba: simplemente, no tenía hambre. De hecho, a veces, ni siquiera me la terminaba.

¿Dónde estaba mi chico?

16

*T*odavía vivíamos en el apartamento el día en que el chico regresó a casa. Yo estaba tumbado en el suelo, y Felix, el gatito, dormía conmigo. Había desistido de echarlo de mi lado: era evidente que creía que yo era su madre, lo cual resultaba insultante, pero era un gato y —por tanto y en mi opinión— un ser absolutamente descerebrado.

Yo había aprendido a identificar nuestros coches por el ruido de los motores cuando se detenían en el aparcamiento, así que me puse en pie en cuanto oí el de Mamá. Felix me miró, sorprendido, pero yo fui hasta la ventana y apoyé las patas contra el marco para ver a Mamá subir las escaleras.

Pero lo que vi en el aparcamiento hizo que se me acelerara el corazón: era el chico, que salía del coche con cierto esfuerzo. Mamá lo estaba ayudando; él tardó unos cuantos segundos en poder ponerse de pie fuera del coche.

No pude evitarlo: empecé a ladrar y a girar en círculos, a correr desde la ventana hasta la puerta para que me dejaran salir, y luego de vuelta a la ventana para verlo. Felix entró en pánico y se escondió debajo del sofá, desde donde me observaba.

Cuando las llaves tintinearon al otro lado de la puerta, yo

ya estaba allí, temblando. Mamá abrió un poco la puerta y una corriente de aire trajo el olor del chico al interior del apartamento.

—Bueno, Bailey, apártate. Abajo, Bailey, no saltes. Siéntate.

Bueno, yo no podía hacerlo. Rocé el suelo con el trasero y volví a saltar. Mamá metió la mano por la rendija, me cogió por el collar y me obligó a bajar mientras acababa de abrir la puerta.

—Eh, Bailey. Hola, chico —dijo Ethan.

Mamá me sujetaba a cierta distancia del chico mientras él entraba cojeando, apoyándose en unas cosas que luego supe que se llamaban muletas. Avanzó hasta el sofá y se sentó. Yo no dejaba de retorcerme y de sollozar. Cuando Mamá, finalmente, me soltó, crucé la habitación de un salto, aterricé en el regazo del chico y me puse a lamerle la cara.

—¡Bailey! —dijo Mamá con severidad.

—No, no pasa nada. Bailey, eres un perro bobo —me dijo el chico—. ¿Cómo estás, eh? Yo también te he echado de menos.

Cada vez que pronunciaba mi nombre, sentía un escalofrío de placer en todo el cuerpo. No me cansaba de sentir sus manos acariciándome el pelaje.

El chico había regresado.

Poco a poco, durante los dos días siguientes, fui comprendiendo que las cosas no iban bien con él. Sufría dolores que le eran desconocidos y caminar le resultaba difícil e incómodo. Una gran tristeza se desprendía de él, así como una oscura rabia que se hacía evidente algunas veces mientras estaba allí, sentado, sin hacer nada más que mirar por la ventana.

Durante las primeras dos semanas, se iba cada día en coche con Mamá; cuando regresaban a casa, estaba cansado y sudoroso. De hecho, a menudo se iba directamente a dormir un rato. El tiempo se hizo más cálido y salieron hojas nuevas. Mamá tenía que ir a trabajar, así que el chico y yo nos quedábamos solos en el apartamento con Felix, que se pasaba todo el tiempo intentando encontrar la manera de escapar por la puerta. No tengo ni idea de qué era lo que esperaba conseguir ahí fuera, pero el chico tenía la regla de que el gato no saliera, así que no había nada que hacer. Aunque Felix no seguía las reglas, lo que a mí me volvía loco. Muchas veces se ponía a rascar un poste que había en el salón, pero la única vez que yo decidí levantar la pata en ese poste todo el mundo se puso a chillar. Felix nunca se terminaba la cena, pero, a pesar de ello, nadie me agradecía nunca que yo limpiara su plato: en realidad esa era otra de las cosas por las que me gritaban. En parte, deseaba que él consiguiera llevar a cabo sus planes de escaparse, porque así no tendría que soportarlo más. Pero, por otro lado, él siempre estaba dispuesto a jugar un rato (siempre y cuando yo no fuera demasiado bruto). Incluso jugaba a perseguir la pelota que Ethan me tiraba por el pasillo; normalmente se apartaba en el último instante para que yo pudiera cogerla y llevársela al chico, cosa que me parecía de un gran espíritu deportivo por su parte. Es verdad que no tenía otra alternativa, puesto que, después de todo, yo era el perro y mandaba.

No era tan divertido como en la granja; ni siquiera era tan divertido como en casa, pero yo era feliz en el apartamento porque el chico estaba allí todo el tiempo.

—Creo que ha llegado el momento de que vuelvas a la escuela —dijo Mamá un día mientras cenábamos.

Yo conocía la palabra «escuela», así que miré al chico. Él se cruzó de brazos y noté que sentía una rabia teñida de tristeza.

—Todavía no estoy preparado —repuso el chico. Y, tocándose una cicatriz morada que tenía en la cara, añadió—: No hasta que pueda caminar mejor.

Me senté. ¿Caminar? ¿Nos íbamos a pasear?

—Ethan, no hay motivo…

—¡No quiero hablar de eso, Mamá! —gritó Ethan.

Nunca le gritaba a Mamá; me di cuenta de que se había arrepentido de inmediato. Pero ninguno de los dos dijo nada más.

Al cabo de unos días, oí que llamaban a la puerta; cuando Ethan respondió, el apartamento se llenó de chicos. Reconocí algunos de los olores y supe que pertenecían a los chicos que jugaban al fútbol en esos grandes campos. Algunos de ellos me llamaron por mi nombre. Miré a Felix para saber cómo encajaba esas demostraciones de mi estatus especial, pero él fingía no estar celoso en absoluto.

Los chicos reían y gritaban; se quedaron una hora más o menos. Noté que Ethan se animaba un poco. Verlo feliz me hacía sentir también feliz, así que fui a buscar una pelota y la llevé en la boca por todo el salón. Uno de los chicos la cogió y la hizo rodar por el pasillo, así que estuvimos jugando un poco.

Unos días después de que esos chicos vinieran de visita, Ethan se levantó temprano y se fue con Mamá.

La escuela.

Por el apartamento, el chico caminaba apoyándose en un pulido palo llamado «bastón». Ese bastón era muy especial: el chico nunca lo lanzaba. Instintivamente, supe que no debía mordisquearlo, ni siquiera un poco.

No sabía adónde nos íbamos el día en que lo cargaron todo en el coche, pero igualmente me sentía muy excitado. Los paseos en coche siempre resultaban interesantes, sin importar adónde fuéramos.

Y me emocioné mucho al percibir los familiares olores del riachuelo y de la calle. Así pues, en cuanto me dejaron salir del coche me fui disparado al interior de la casa. A pesar de que todavía se notaba el olor a humo, el aire también transportaba el olor de maderas y alfombras nuevas, y las ventanas del salón eran más grandes. Felix parecía muy desconfiado en ese entorno, pero al cabo de unos segundos de haber llegado, yo ya había salido por la puerta para perros hacia el patio trasero. Ladré de pura alegría e, inmediatamente, Duchess me respondió desde el otro extremo de la calle. ¡Casa!

Casi no habíamos terminado de instalarnos cuando nos fuimos en coche a la granja. La vida, por fin, volvía a ponerse en su sitio, a pesar de que el chico ya no corría, sino que caminaba apoyándose en el bastón.

Uno de los primeros lugares a los que fuimos fue a la casa de Hannah. Yo me conocía muy bien el camino y trotaba delante, así que fui el primero en verla.

—¡Bailey! ¡Hola, Bailey! —me llamó ella.

Corrí hasta la chica para recibir sus caricias; luego el chico subió por el camino, todavía jadeando un poco. Ella bajó las escaleras y se detuvo al sol, esperándolo.

—Hola —dijo el chico.

Parecía un tanto inseguro.

—Hola —respondió la chica.

Yo bostecé y me rasqué el cuello.

—Bueno, ¿no vas a darme un beso o qué? —preguntó la chica.

Ethan se acercó y le dio un fuerte abrazo.

El bastón cayó al suelo.

Algunas cosas fueron diferentes ese verano. Ethan empezó a levantarse antes de que saliera el sol y se iba con el camión de Abuelo por los caminos dejando unos papeles en los buzones de la gente. Eran los mismos papeles que una vez esparció por la alfombra en casa. Pero, por algún motivo, me pareció que no les gustaría mucho que me orinara sobre ellos, por mucho que antes, de cachorro, siempre recibiera felicitaciones cuando lo hacía sobre los papeles.

Hannah y el chico pasaban muchas horas juntos, sentados tranquilamente ellos solos. A veces no hablaban, solo jugaban. A veces ella también iba con él en esos paseos por la mañana, pero normalmente solo íbamos el chico y yo. Bailey, el perro del asiento delantero.

—Hay que ganar un poco de dinero, Bailey —me decía a veces el chico. Yo meneaba la cola al oír mi nombre—. Ahora no habrá ninguna beca para fútbol, eso seguro. Nunca podré volver a jugar.

Cuando notaba esa tristeza en él, siempre metía el hocico bajo su mano.

—El sueño de mi vida. Ahora se ha desvanecido, por culpa de Todd.

Por algún motivo, Ethan había llevado el flip a la granja; a veces se dedicaba a cortarlo y lo volvía a coser: normalmente lo dejaba peor de lo que había estado antes. Pero lo que más me gustaba era cuando íbamos a nadar juntos al lago. Parecía que era el único rato en que la pierna no le dolía. Incluso jugábamos al juego del rescate, el juego al que habíamos jugado tantos años. Pero ahora él era mucho más pesado, por lo que resultaba mucho más difícil sacarlo del agua. Cada vez que lo alcanzaba me sentía tan feliz que no quería que ese juego terminara nunca.

Pero sabía que terminaría. Me di cuenta de que las noches se hacían más largas; eso significaba que pronto regresaríamos a casa.

Una noche, estaba tumbado bajo la mesa mientras Mamá y Abuela charlaban. Ethan se había ido a pasear en coche con Hannah; no me habían llevado con ellos, así que supuse que iban a hacer algo que no era muy divertido.

—Quiero hablar contigo de una cosa —le dijo Abuela a Mamá.

—Mamá —dijo Mamá.

—No, escucha. Ese chico ha cambiado por completo

desde que llegó. Es feliz, está sano, tiene una chica… ¿Por qué llevarlo de nuevo a la ciudad? Puede terminar el instituto aquí.

—Hablas como si viviéramos en un gueto —comentó Mamá riendo.

—No respondes porque…, bueno, las dos sabemos por qué. Sé que tu esposo se opondrá. Pero Gary se pasa casi todo el tiempo viajando, ahora, y dijiste que tu trabajo en la escuela te estaba matando. El chico necesita a la familia a su alrededor mientras se recupera.

—Sí, Gary viaja, pero quiere ver a Ethan cuando está en casa. Y yo no puedo dejar mi trabajo.

—No estoy diciendo que lo hagas. Ya sabes que puedes venir cada vez que quieras. ¿Y por qué no puede Gary volar hasta nuestro pequeño aeropuerto los fines de semana? Oh, y ten en cuenta que solo quiero lo mejor para vosotros. ¿No sería bueno que vosotros dos estuvierais solos durante un tiempo? Si tú y Gary vais a resolver vuestros problemas, necesitaréis hacerlo en algún lugar y no delante de Ethan.

Levanté las orejas al oír el nombre del chico. ¿Estaba en casa? Ladeé la cabeza, pero no oía su coche.

Cuando las noches se hicieron frías y las crías de pato ya eran tan grandes como su madre, Mamá cargó el coche. Yo daba vueltas, nervioso, temeroso de que me dejaran allí, así que cuando llegó el momento, salté directamente al asiento de atrás. Por algún motivo, todo el mundo se puso a reír. Me senté en el coche y miré a Mamá abrazar a Abuela y a Abuelo; luego, curiosamente, a Ethan, que se acercó al coche y abrió la puerta.

—¿Bailey? ¿Quieres ir con Mamá o quedarte aquí conmigo?

No comprendí ni una de las palabras de esa pregunta, así que me limité a mirarlo.

—Vamos, perro bobo. ¡Bailey! ¡Ven aquí!

Reticente, bajé del coche. ¿No nos íbamos de paseo?

Mamá se fue. Ethan, Abuela y Abuelo le decían adiós con la mano. Aunque eso no tenía ningún sentido, ¡el chico y yo nos quedábamos en la granja!

A mí ya me parecía bien. Empezábamos cada día dando un largo paseo en coche en la oscuridad, conduciendo de una casa a otra para dejar los papeles. Cuando regresábamos, Abuela ya estaba preparando el desayuno, y Abuelo siempre me daba algo por debajo de la mesa: panceta, jamón, un trozo de tostada. Aprendí a masticar en silencio para que Abuela no dijera: «¿Ya le estás dando comida al perro otra vez?». El tono de su voz cuando pronunciaba la palabra «perro» sugería que Abuelo y yo debíamos mantener esa maniobra en secreto.

La palabra «escuela» había vuelto a aparecer, pero esta vez no había ningún autobús. Ethan se iba en coche, aunque a veces venía la chica: entonces se iban en el de ella. Comprendí que no había motivo de alarma y que Ethan regresaría al final del día y que Hannah se quedaría a cenar la mayor parte de las veces.

Mamá venía mucho de visita. De hecho, Mamá y Papá estuvieron con nosotros durante la Navidad. Las manos de Mamá olían a Felix, el gatito, cada vez que me acariciaba, pero a mí no me importaba.

Pensé que el chico y yo habíamos decidido quedarnos en la granja para siempre, pero hacia el final de ese verano me di cuenta de que iba a haber otro cambio. El chico empezó a poner cosas dentro de unas cajas: eso era una clara señal de que pronto íbamos a regresar a casa. Hannah estaba ahí casi todo el tiempo; parecía un poco triste y temerosa. Cuando se abrazaron, había tanto amor entre ellos que no pude evitar meterme entre los dos, cosa que siempre los hacía reír.

Una mañana supe que había llegado el momento. Abuelo cargó las cajas en el coche; Abuela y Mamá hablaron; Ethan y Hannah se abrazaron. Yo daba vueltas buscando una forma de pasar, pero Abuelo me impedía el paso todo el tiempo, por lo que no conseguía meterme en el coche.

El chico se acercó a mí y se arrodilló a mi lado. Me di cuenta de que estaba un poco triste.

—Debes ser un buen perro, Bailey —me dijo.

Meneé la cola para demostrarle que comprendía que yo era un buen perro y que ya era hora de meternos en el coche para ir a casa.

—Regresaré por Acción de Gracias, ¿de acuerdo? Voy a echarte de menos, perro bobo.

Me dio un largo y amoroso abrazo. Entrecerré los ojos: no había sensación mejor que la de sentirme abrazado por mi chico.

—Será mejor que lo sujetes; no lo va a comprender —dijo Ethan.

La chica se acercó y me cogió del collar. Percibía una gran tristeza en ella, que estaba llorando. Me sentía dividido entre el deseo de consolarla y la necesidad de subir al coche. Al final, me senté a sus pies, esperando a que terminara ese extraño drama para que pudiera sentarme en el coche y sacar el hocico por la ventanilla.

—¡Escríbeme cada día! —dijo Hannah.

—¡Lo haré! —respondió Ethan.

Sin poder creerlo, vi que Mamá y él subían al coche y cerraban las puertas. Me puse a tirar de Hannah, ¡pero ella no comprendía que yo debía irme con ellos! Me sujetó con fuerza.

—No, Bailey. Toda va bien. Tú te quedas aquí.

¿Te quedas aquí? ¿Te quedas aquí? Se oyó el claxon y el coche se alejó por el camino. Abuelo y Abuela decían adiós con la mano. ¿Es que nadie se daba cuenta de que yo todavía estaba allí?

—Estará bien. Ferris es una buena universidad —dijo Abuelo—. Big Rapids es una ciudad agradable.

Se alejaron del camino y Hannah aflojó su mano lo suficiente para que yo me soltara del todo.

—¡Bailey! —gritó.

Aunque el coche ya no estaba a la vista, su rastro todavía se percibía en el aire, así que salí tras mi chico.

$\mathcal{L}$os coches corren mucho.

Yo no lo sabía. En casa, antes de que Marshmallow se fuera, ella acostumbraba a correr arriba y abajo de la calle ladrando a los coches que, a menudo, se paraban o, por lo menos, aminoraban la velocidad para que ella pudiera alcanzarlos, a pesar de que lo único que hacía, en ese momento, era alejarse y fingir que no había tenido ninguna intención de atacarlos.

Corrí tras el automóvil del chico. Tenía la sensación de que cada vez se alejaba más y más de mí. El olor de polvo y del tubo de escape se hizo más tenue, pero conseguí percibir que habían girado hacia la derecha en el punto en que el camino llegaba al pavimento de la carretera. Pero después de eso, ya no estaba seguro de si continuaba sintiendo su olor. A pesar de ello, no podía abandonar, así que olvidé todo pánico y continué mi persecución.

Oí el profundo rugido de un tren que pasaba, traqueteando, delante de mí. Al llegar al final de una subida, por fin me llegó el débil olor del chico. Su coche estaba detenido, con las ventanillas bajadas, ante el cruce de la vía del tren.

Estaba agotado. Nunca en la vida había corrido tanto, pero todavía corrí más deprisa al ver que se abría una puerta del coche y el chico salía.

—Oh, Bailey —dijo.

Aunque me invadía el deseo de tirarme encima de él y de recibir sus caricias, no iba a perder esa oportunidad: en el último instante, me desvié y salté al interior del coche.

—¡Bailey! —rio Mamá.

Los lamí a ambos y los perdoné por haberse olvidado de mí. Cuando el tren hubo pasado, Mamá puso el coche en marcha y dio la vuelta; luego se detuvo porque Abuelo apareció con el camión. ¡Quizá él también iba a venir con nosotros esta vez!

—Como un cohete —dijo Abuelo—. Cuesta creer que haya llegado tan lejos.

—¿Cómo hubieras llegado, eh, Bailey? Perro bobo —me dijo Ethan, con afecto.

Subí al camión de Abuelo con gran desconfianza. Y ese sentimiento encontró su justificación porque, mientras Ethan y Mamá continuaban hacia delante, Abuelo dio media vuelta y me llevó de regreso a la granja.

En general, Abuelo me gustaba. De vez en cuando, se iba a hacer «faena». Entonces marchábamos al granero nuevo, hacia la parte trasera de la casa. Allí, en una gran montaña de heno amontonado, echábamos una siesta. En los días fríos, Abuelo se llevaba un par de pesadas mantas y nos tapábamos con ellas. Pero durante los días siguientes a la partida del chico, me mostré hosco con él. Quería castigarlo por haberme llevado de regreso a la granja. Al ver que eso no funcionaba, lo único que se me ocurrió fue mordisquear un par de zapatos de Abuela, pero tampoco conseguí que el chico regresara.

No podía superar aquella traición. Sabía que lejos, en alguna parte, probablemente en casa, el chico me necesitaba. Lo más probable es que no supiera dónde estaba.

Todos se mostraban irritantemente tranquilos, al parecer indiferentes al catastrófico cambio que había sacudido ese hogar. Yo acabé sintiéndome tan frenético que rebusqué en el armario del chico y saqué el flip, empecé a correr con él y se lo dejé a Abuela en el regazo.

—¿Qué diantre es esto? —exclamó.

—Es el invento de Ethan —dijo Abuelo.

Yo ladré. ¡Sí! ¡Ethan!

—¿Quieres salir fuera a jugar, Bailey? —me preguntó Abuela—. ¿Por qué no te lo llevas a dar un paseo?

¿Paseo? ¿Un paseo para ir a ver al chico?

—Pensaba quedarme un rato a ver el partido aquí —respondió Abuelo.

—Por Dios —dijo Abuela.

Se fue a la puerta y lanzó el flip al patio, que no llegó más allá de cuatro metros. Yo salí, lo cogí y me quedé totalmente desconcertado al ver que ella cerraba la puerta y me dejaba fuera.

Vale, de acuerdo, pues. Solté el flip y pasé por delante de Flare en dirección al camino. Fui a la casa de la chica, cosa que ya había hecho varias veces desde que Ethan se había ido. Notaba su olor por todas partes, pero el olor del chico ya estaba desapareciendo. Entonces un coche se detuvo en el camino y Hannah bajó de él.

—¡Adiós! —dijo. Se dio la vuelta y me miró—: ¡Vaya, hola, Bailey!

Corría hacia ella meneando la cola. Noté el olor de varias personas en su ropa, pero ni rastro del de Ethan. Hannah dio un paseo conmigo hasta casa; cuando llamó a la puerta, Abuela la dejó entrar y le dio un poco de tarta, pero a mí no me dio nada.

Yo soñaba a menudo con el chico. Soñaba que él saltaba al lago y que yo me sumergía cada vez más hondo para ir a jugar al rescate. Soñaba que él corría con el kart y que se sentía muy feliz. Y a veces soñaba que él saltaba por la ventana y que emitía un agudo grito de dolor al caer sobre los matorrales en llamas. Detestaba esos sueños.

Una noche en que me acababa de despertar de uno de ellos, vi al chico de pie delante de mí.

—¡Hola, Bailey! —susurró, exudando su olor. ¡Había regresado a la granja! Yo me puse en pie de un salto y apoyé las patas sobre su pecho para lamerle la cara—. Chis —me hizo—. Es tarde. Acabo de llegar. Todo el mundo duerme.

Fue un Acción de Gracias muy alegre, donde la vida volvió a la normalidad. Mamá estaba ahí, pero Papá no. Hannah venía cada día.

El chico parecía feliz, pero yo también me daba cuenta de que estaba distraído. Se pasaba mucho rato mirando papeles en lugar de jugar conmigo, aunque yo le llevara ese estúpido flip para intentar sacarlo de allí.

No me sorprendió que se fuera otra vez. Me di cuenta de que esa era mi nueva vida. Ahora vivía en la granja con Abuelo y Abuela; Ethan solo venía de visita. Eso no era lo que yo quería, pero siempre y cuando el chico regresara, ya me costaba menos verlo partir.

Durante una de esas visitas, cuando el aire ya era cálido y las hojas acababan de salir, Ethan y yo fuimos a ver a Hannah correr por un enorme campo. Su olor llegaba hasta mí, así como el de otros chicos y chicas, pues el viento venía desde el campo y ellos sudaban al correr. Parecía divertido, pero me quedé al lado de Ethan porque me pareció que, desde que estábamos allí, el dolor de su pierna se había hecho más agudo y le irradiaba por todo el cuerpo. Unas emociones extrañas y oscuras inundaban su cuerpo mientras la miraba a ella y a los demás correr.

—¡Eh! —Hannah vino hasta donde estábamos nosotros. Le lamí la pierna, que tenía el sabor salado del sudor—. Qué agradable sorpresa. ¡Hola, Bailey! —dijo.

—Hola.

—Mi tiempo disminuye mucho en los cuatrocientos —dijo la chica.

—¿Quién es ese chico? —preguntó Ethan.

—Oh… ¿Quién? ¿A quién te refieres?

—Al chico con el que hablabas y con quien te abrazabas. Parecéis muy amigos —dijo Ethan.

Su voz era tensa. Miré a mi alrededor, pero no detecté ningún peligro.

—Es solo un amigo, Ethan —dijo la chica en tono seco.

Por la manera en que había pronunciado su nombre, parecía que había sido malo.

—¿Se trata de ese chico…, cómo se llamaba, Brett? La verdad es que es muy rápido.

Ethan dio un golpe en el suelo con el bastón; me llegó el olor de la tierra que había levantado con el golpe.

—Bueno, ¿y qué se supone que significa eso? —preguntó Hannah poniéndose las manos en la cintura.

—Regresa. Tu entrenador está mirando hacia aquí —dijo Ethan.

Hannah miró por encima de su hombro y luego volvió a mirar a Ethan.

—Debo…, debo regresar… —dijo en tono inseguro.

—Vale —respondió Ethan.

Y se dio la vuelta y se alejó cojeando.

—¡Ethan! —lo llamó Hannah.

Yo la miré, pero el chico continuó caminando. Esa oscura y confusa mezcla de tristeza y de rabia continuaba allí. Parecía que había algo en ese lugar que hacía sentir mal a Ethan, pues nunca más regresamos.

Con el verano llegaron nuevos cambios. Mamá vino a la granja. Esta vez la seguía un camión por el camino: unos hombres descargaron unas cajas y las llevaron hasta su dormitorio. Abuela y Mamá pasaban mucho tiempo hablando en voz baja. A veces, Mamá lloraba, cosa que hacía sentir incómodo a Abuelo, que prefería irse a hacer faena.

Ethan debía irse siempre a «trabajar». En cierto modo,

era como la escuela, pues yo no podía acompañarlo. Pero cuando regresaba a casa traía con él un delicioso olor a carne y a grasa. Me recordaba esa vez, después que Flare nos abandonara en el bosque, en que Abuelo me dio de comer de una bolsa en el asiento delantero de su camión.

Pero el mayor cambio en nuestras vidas fue que la chica ya no venía a vernos. A veces el chico me llevaba de paseo en coche; cuando pasábamos por delante de su casa, notaba el olor de Hannah y sabía que ella estaba allí. Pero el chico nunca se detenía ni entraba por el camino de su casa. Me di cuenta de que la echaba de menos: ella me quería y tenía un olor maravilloso.

El chico también la añoraba. Cada vez que pasaba con el coche por delante de la casa de Hannah, siempre miraba hacia la ventana, siempre reducía la velocidad un poco, y yo percibía su anhelo. No comprendía por qué no podía tomar el camino de su casa y ver si tenía algunas galletas, pero él no lo hacía nunca.

Ese verano, Mamá bajó al estanque y se sentó en el embarcadero, muy triste. Intenté hacer que se sintiera mejor ladrándoles a los patos, pero no hubo forma de animarla. Finalmente, se quitó una cosa del dedo: algo que no era comida, estaba hecha de metal, una cosa redonda y pequeña, y la tiró al agua, donde se sumergió con un leve plof.

Pensé que quizás ella querría que yo fuera a por él; la miré, dispuesto a intentarlo, a pesar de saber que era inútil. Pero ella me dijo que viniera y regresamos a casa.

Después de aquel verano, la vida retomó un ritmo cómodo. Mamá empezó a trabajar también. Siempre llegaba a casa con un olor a aceites fragantes y dulces. A veces iba con ella hasta más allá de la granja de cabras y cruzábamos por encima del traqueteante puente; pasábamos el día en una gran habitación llena de ropas, de unas velas de cera y de unos aburridos objetos metálicos que la gente venía a ver. En ciertas ocasiones, las metía en bolsas junto con otras cosas. El chico vino por Acción de Gracias y por Navidad, así como por las vacaciones de primavera y de verano.

Yo ya había casi superado mi resentimiento con Flare, que no hacía nada más que estar de pie y mirar el viento todo el día. Pero entonces Abuelo apareció con un animal que se movía como un bebé de caballo y que olía de una manera desconocida para mí. Se llamaba Jasper, el burro. A Abuelo le gustaba reírse mientras lo veía resbalar por el patio. Abuela decía: «No sé por qué dices que necesitamos un burro», y volvía a entrar en casa.

Jasper no me tenía el más mínimo miedo, a pesar de mi posición como el mayor depredador de la granja. Yo jugaba con él un poco, pero me pareció que —puesto que me sentía tan cansado todo el tiempo— no valía la pena invertir tanta energía en alguien que ni siquiera sabía coger una pelota.

Un día, un hombre llamado Rick vino a cenar. Mamá se sentía contenta e incómoda al mismo tiempo. Abuelo se mostraba desconfiado, mientras que Abuela estaba eufórica. Rick y Mamá se sentaron en el porche igual que antes hacían Hannah y Ethan, pero no jugaron. Después de eso, empecé a ver cada vez más a Rick, que era un hombre grande con unas manos que olían a madera. De todos ellos, era el que más veces me lanzaba la pelota, así que me caía muy bien, aunque no tanto como el chico.

Mi momento del día favorito era cuando Abuelo se iba a hacer faena. A veces, cuando no hacía faena, me iba a dormir una siesta al granero de todos modos. Últimamente echaba la siesta a menudo y ya no tenía ningún interés en salir en busca de aventuras. Cada vez que Mamá y Rick me llevaban de paseo, al volver me sentía agotado.

Casi lo único que me excitaba era que el chico viniera a la granja a visitarnos. Cuando llegaba, todavía saltaba, daba vueltas a su alrededor y lloriqueaba un poco; luego jugaba en el lago o caminaba por el bosque o hacía cualquier cosa que a él le apeteciera. Incluso hubiera ido a buscar el flip, aunque —por suerte— parecía que el chico había olvidado dónde estaba. A veces nos íbamos a la ciudad, al parque de los perros. Allí yo siempre me alegraba de ver a otros perros, aunque los más jóvenes eran muy alborotadores y no dejaban de jugar y de pelear.

Luego, una noche, pasó una cosa muy extraña. Abuelo me dejó la cena en el suelo, pero yo no tuve ganas de comer. Tenía la boca llena de baba, bebí un poco de agua y me fui a tumbar. Al cabo de poco noté un fuerte dolor en todo el cuerpo que me hacía difícil respirar.

Me quedé toda la noche allí en el suelo, cerca de mi cuenco de comida. A la mañana siguiente, Abuela me vio y llamó a Abuelo.

—¡A Bailey le pasa alguna cosa! —dijo.

Percibí el tono de alarma en su voz al decir mi nombre; meneé la cola para que supiera que estaba bien.

Abuelo se acercó y me tocó.

—¿Estás bien, Bailey? ¿Qué te pasa?

Después de hablar un poco, Mamá y Abuelo me llevaron hasta el camión y nos fuimos a una habitación limpia y fresca donde había un hombre amable, el mismo que nos había visitado tantas veces durante los últimos años. Me examinó todo el cuerpo y yo meneé un poco la cola, pero no me sentía muy bien, así que no intenté sentarme.

Mamá entró: lloraba. Abuela y Abuelo estaban allí. Incluso vino Rick. Intenté hacerles saber que apreciaba toda su atención, pero el dolor había aumentado y lo único que podía hacer era mirarlos.

Entonces, el hombre amable se acercó con una aguja. Tenía un fuerte olor que me era familiar. Sentí un débil pinchazo. Al cabo de unos minutos el dolor disminuyó, pero empecé a tener tanto sueño que lo único que quería era quedarme allí tumbado y hacer la siesta. Mis últimos pensamientos, mientras perdía la consciencia, fueron, como siempre, para el chico.

Al despertar, supe que me estaba muriendo. Tenía una sensación interior de una oscuridad creciente. Ya había pasado por eso antes, cuando me llamaba Toby y me encontraba en esa calurosa habitación con Spike y con otros perros que no dejaban de ladrar.

No lo había pensado nunca, aunque supongo que, en mi interior, sabía que algún día yo acabaría igual que Smokey, el gato. Recordé que el chico había llorado el día en que enterraron a Smokey en el patio. Ojalá no llorara por mi muerte. Mi propósito, toda mi vida, había consistido en amarlo y en estar con él, en hacerlo feliz. No quería provocarle ninguna clase de infelicidad ahora, así que en ese sentido pensé que era mejor que él no estuviera allí para verlo, aunque lo echaba mucho de menos y la nostalgia era tan fuerte como el dolor que sentía en la barriga.

El hombre amable entró en la habitación.

—¿Estás despierto, Bailey? ¿Estás despierto, colega? Pobre colega.

«No me llamo Colega», quise decir.

El hombre amable se inclinó encima de mí.

—Puedes irte, Bailey. Has hecho un buen trabajo, has cuidado al chico. Ese era tu trabajo, Bailey, y has hecho un buen trabajo. Eres un perro muy, muy bueno.

Tuve la sensación de que el hombre amable estaba hablando de la muerte, pues irradiaba un sentimiento de amabilidad y de tranquilidad. Entonces Mamá, Abuela, Abuelo y Rick entraron. Me abrazaron y me dijeron que me querían, que era un buen perro.

Pero percibía una tensión en Mamá, percibía algo... No era exactamente un peligro pero algo de lo que la tenía que proteger.

Le di un débil lametón en la mano y la oscuridad empezó a engullirme, pero me resistí. Debía permanecer alerta: Mamá me necesitaba.

La tensión pareció aumentar durante una hora más. Primero fue Abuelo el que empezó a sentirse como Mamá, y luego Abuela, e incluso Rick, así que, a pesar de que sentía que me debilitaba, un nuevo sentimiento de determinación de proteger a mi familia de esa amenaza desconocida empezó a darme fuerzas de nuevo.

Y entonces oí al chico.

—¡Bailey! —gritó.

Entró corriendo en la habitación; de repente, la tensión desapareció por completo. Me di cuenta de que era eso lo que todos habían estado esperando. De alguna manera, todos sabían que el chico vendría.

El chico apoyó la cara en mi cuello y lloró. Empleé todas mis fuerzas para levantar la cabeza y lamerlo, para hacerle saber que todo iba bien. Yo no tenía miedo.

Mi respiración se hizo más dificultosa. Todo el mundo se quedó conmigo, acompañándome. Era maravilloso recibir tanta atención, pero de repente sentí un dolor tan agudo en el estómago que no pude reprimir un aullido. El hombre amable volvió a entrar. Vi que llevaba otra aguja.

—Tenemos que hacer esto ahora. Bailey no debería sufrir.

—Vale —dijo el chico, llorando.

Intenté menear la cola al oír mi nombre, pero me di cuenta de que no conseguía ni siquiera moverla un poco. Y noté otro pinchazo en el cuello.

—Bailey, Bailey, Bailey, voy a echarte de menos, perro bobo —me susurró Ethan en el oído.

Su aliento era cálido y maravilloso. Cerré los ojos para sentir el placer que me proporcionaba, el puro placer de recibir el amor del chico, el amor del chico.

Y entonces, de repente, el dolor desapareció. De hecho, volvía a sentirme como un cachorro, lleno de vida y de alegría. Recordé haberme sentido de esa manera la primera vez que vi al chico salir de su casa y correr hacia mí con los brazos abiertos. Eso me hizo pensar en cuando me zambullía para jugar al rescate; recordé cómo se desvanecía la luz a medida que me hundía en el agua. Noté la densidad del agua en todo mi cuerpo, igual que lo estaba sintiendo ahora. Y ahora ya no notaba las manos del chico en mi cuerpo. Solo notaba el agua por todas partes: caliente, suave y oscura.

18

La conciencia me vino mucho después de que hubiera reconocido el olor de mi madre y de que hubiera aprendido a abrirme paso hasta su teta para alimentarme. Ya tenía los ojos abiertos y la vista empezaba a ser lo bastante nítida para distinguir el rostro marrón de mi madre el día en que comprendí, con un sobresalto, que volvía a ser un cachorro.

No, no fue exactamente así. Fue más bien que yo era un cachorro y, de repente, recordé que era yo mismo, otra vez. Volví a tener la sensación de sumirme en un sueño y de notar únicamente el largo largo pasillo del tiempo, sin sueños, sin pensamientos siquiera. Y luego, en un instante, la de volver a ver el mundo a través de los ojos de un perro muy joven. Pero, de alguna manera, recordaba haber sido ese mismo cachorro desde mi nacimiento, un cachorro que trepaba en busca de la leche de mi madre sin tener conciencia de mis vidas anteriores.

Y ahora que recordaba todo lo que había sucedido antes, me sentía muy desconcertado. Me había sentido tan completo que no me parecía que hubiera ningún motivo para continuar. ¿Cómo era posible, pues, que tuviera una misión más importante que amar al chico?

Echaba tanto de menos a Ethan que a veces lloriqueaba,

cosa que mis hermanos siempre interpretaban como una muestra de debilidad: lo aprovechaban para trepar sobre mí en un intento de dominarme. Tenía siete hermanos, todos de un color marrón oscuro con marcas negras. Yo me impacientaba por el hecho de que no reconocieran quién sería el jefe de todos ellos.

Una mujer cuidaba de nosotros casi todo el tiempo, aunque también había un hombre que bajaba al sótano para darnos de comer. Fue él quien nos llevó, en una caja, hasta el patio. Entonces ya teníamos unas semanas de edad. Había un perro macho en una jaula que nos olió en cuanto corrimos a verlo. Instintivamente, comprendí que se trataba de nuestro padre. Nunca había conocido a un padre y sentía curiosidad por saber qué estaba haciendo él allí.

—Parece que no tiene problema con ellos —le dijo el hombre a la mujer.

—¿Todo bien, Bernie? ¿Quieres salir? —Ella abrió la jaula de Padre.

Era evidente que su nombre era Bernie. El perro salió de inmediato, nos olisqueó y luego fue a hacer pipí contra la valla.

Todos corrimos tras él, dándonos de bruces contra el suelo porque nuestras cortas patas casi no podían seguir el ritmo. Bernie bajó la cabeza y uno de mis hermanos saltó y, sin ningún respeto, le dio un mordisco en la oreja; sin embargo, pareció que a Bernie no le molestaba. Incluso estuvo jugando con nosotros un rato a tumbarnos en el suelo. Luego se dirigió a la puerta trasera de la casa para que lo dejaran entrar.

Al cabo de unas semanas, me encontraba en el patio, demostrándole a uno de mis hermanos quién mandaba allí, cuando me agaché para orinar. Y, entonces, de repente, ¡me di cuenta de que era una hembra! Olí mi orina con perplejidad. Mi hermano aprovechó el momento para atacarme. Lo eché de mi lado con un gruñido. ¿Qué hubiera pensado Ethan de eso?

¿Cómo era posible que yo, Bailey, fuera una perra?

Pero yo no era Bailey. Un día, un hombre vino y estuvo jugando con nosotros de una manera distinta. Dio una palmada y a los cachorros que no nos acobardamos ante ese ruido (y yo fui uno de ellos) nos pusieron en el interior de una caja. Luego nos fue sacando de la caja de uno en uno, en el patio. Cuando me llegó el turno, el hombre se dio la vuelta y se alejó de mí caminando como si se hubiera olvidado de que estaba allí. Así pues, lo seguí. Me dijo que era un buen perro solo por haber hecho eso: ese hombre era un pusilánime. Tenía más o menos la edad que tenía Mamá el día que rompió la ventanilla del coche y me dio un poco de agua, el día en que vi por primera vez al chico.

El hombre, luego, me metió en el interior de una camiseta y me llamó:

—Eh, chica, ¿puedes salir de ahí?

Supuse que había cambiado de opinión y que no quería que siguiera metida dentro de la camiseta, así que salté fuera y corrí hasta él para recibir más elogios.

La mujer había salido al patio para vernos.

—La mayoría tarda un minuto en encontrar la manera, pero esta es muy inteligente —comentó el hombre.

Entonces me tumbó de espaldas al suelo y yo me resistí, jugando. Me parecía que era un poco injusto, pues él era mucho más grande que yo.

—No le gusta que le hagas eso, Jacob —dijo la mujer.

—A ninguno le gusta. La cuestión es si dejará de resistirse y dejará que yo sea el jefe o si continuará defendiéndose. Necesito un perro que sepa que yo soy el jefe —dijo el hombre.

Oí la palabra «perro» y no me pareció que la pronunciara con enojo: no me estaba castigando, pero sí me estaba tumbando en el suelo. No entendí bien de qué iba ese juego, así que me relajé y dejé de luchar.

—¡Buena chica! —dijo.

Luego sacó una bola de papel y me la mostró. La estuvo moviendo en el aire hasta que logró captar toda mi atención. Me sentía tonta y torpe mientras intentaba morder esa cosa con mi boca de cachorro a pesar de que la tenía delante de mí, pero no era capaz de mover la cabeza con la velocidad suficiente. Luego, él tiró la bola a unos metros de distancia y yo corrí a cogerla. ¡Ajá! ¡Prueba a quitármela ahora!

En ese momento, recordé a Ethan y su estúpido flip; me acordé de lo feliz que se sentía cada vez que yo le llevaba esa cosa. Así que me di la vuelta y troté hacia el hombre. Al llegar, dejé la bola a sus pies y me senté a esperar que me la lanzara de nuevo.

—Esta —dijo el hombre—. Me llevaré a esta.

Al darme cuenta del tipo de paseo en coche que íbamos a dar, no pude evitar lloriquear un poco. Me metió en la parte trasera del camión, me encerró en una jaula muy parecida a aquella en la que me habían metido el día en que me llevaron a esa habitación con Spike. ¡Pero si yo era un perro de asiento delantero, era algo evidente!

Mi nueva casa me recordaba el apartamento al que fuimos a vivir después del incendio. No era un lugar húmedo como la granja en el que llovía con frecuencia, pero estaba repleto de flores y de matorrales. El aire estaba cargado con el fuerte olor de los automóviles, que se oían tanto cerca como lejos, a todas las horas del día. A veces soplaba un viento caliente y seco que me recordaba el patio, pero otros días el aire era húmedo. Eso nunca pasaba cuando yo era Toby.

El hombre, que se llamaba Jakob, me puso el nombre de Elleya.

—Es «alce» en sueco. Ya no eres un pastor alemán, ahora

eras un pastor sueco. —Meneé la cola sin comprender nada—. Elleya. Elleya. Ven aquí, Ellie, ven aquí.

Las manos le olían a aceite y a coche, a papeles y a gente.

Jakob vestía unas ropas oscuras y llevaba unos objetos metálicos en el cinturón, entre los cuales había una pistola, así que supuse que era un policía. Cuando estaba fuera, durante el día, una mujer muy amable que se llamaba Georgia venía a ratos a jugar conmigo y me llevaba de paseo. Me recordaba un poco a Chelsea, que vivía al final de la calle de Ethan y que tenía una perra que se llamaba Marshmallow, esa que luego tuvo a Duchess. Georgia me llamaba de muchas maneras diferentes; algunas sonaban muy tontas, como Poli-Bellie o Mimo-Momo. Era como cuando me llamaban «perro bobo». Era mi nombre, pero con un buen matiz de afecto.

Yo hacía todo lo que podía para adaptarme a esta nueva vida como Ellie, muy diferente a la que había tenido como Bailey. Jakob me puso un lecho muy similar al que tenía en el garaje, pero esta vez sí que debía dormir en él. Y es que Jakob me echaba cada vez que intentaba meterme debajo del edredón con él, a pesar de que era evidente que tenía un montón de espacio.

Comprendí que lo que se esperaba de mí era que siguiera las nuevas reglas, tal como había aprendido a hacer cuando Ethan se fue a la universidad. Cada vez que pensaba en cuánto echaba de menos al chico sentía un dolor muy agudo, pero eso era algo a lo que debía acostumbrarme: el trabajo de un perro consistía en hacer lo que las personas querían que hiciese.

Pero había una diferencia entre obedecer órdenes y tener un propósito, una razón para vivir. Pensaba que mi propósito consistía en estar con Ethan. Y creí que ya había cumplido ese propósito, pues había estado a su lado mientras él crecía. Si era así, ¿por qué ahora era Ellie? ¿Podía un perro tener más de un propósito en la vida?

Jakob me trataba con tranquilidad y paciencia. Si mi pequeña vejiga me impulsaba, de repente, a soltarlo todo de golpe, él nunca me gritaba ni me sacaba por la puerta como había hecho el chico. Simplemente, cada vez que salía fuera a hacerlo me elogiaba tanto que decidía que controlaría mi cuerpo tan pronto como pudiera. Pero Jakob no mostraba tanto afecto como el chico. Su trato era profesional, parecido al que Ethan tenía con Flare, la yegua. Hasta cierto punto, me gustaba la sensación de tener un objetivo. Pero es verdad que otras veces deseaba volver a sentir las manos del chico en mi pelaje y que me sentía impaciente por que Georgia viniera y me llamara Poli-Ellie o Mimo-Momo.

Con el tiempo me fui dando cuenta de que Jakob tenía algo roto por dentro. No sabía qué era, pero notaba que algo le quitaba energía: como una amargura oscura que me parecía similar a lo que noté en Ethan cuando llegó a casa después del incendio. Fuera lo que fuese, era algo que mantenía sus sentimientos a raya: cada vez que él y yo hacíamos algo juntos, no dejaba de percibir una mirada fría.

—Vamos a trabajar —decía Jakob.

Entonces me cargaba en la camioneta y nos íbamos al parque a jugar. Aprendí «¡échate!», que quería decir que debía tumbarme. Además, enseguida entendí que, para Jakob, «¡quieto!» quería decir «quieto» de verdad. Y que yo debía quedarme en el mismo sitio hasta que él me dijera «¡ven aquí!».

El adiestramiento me ayudaba a pensar menos en Ethan. Pero por la noche solía quedarme dormido pensando en el chico. Recordaba sus manos sobre mi pelaje, su olor mientras dormía, su risa y su voz. Estuviera donde estuviera, y estuviera haciendo lo que estuviera haciendo, deseaba que fuera feliz. Sabía que no volvería a verlo nunca más.

Georgia empezó a venir cada vez menos a medida que yo me hacía mayor, pero me di cuenta de que no la echaba de menos si me concentraba en mi trabajo. Un día fuimos a un bosque y nos encontramos con un hombre que se llamaba Wally. El tipo me acarició y se fue corriendo.

—¿Qué está haciendo, Ellie? ¿Adónde va? —me preguntó Jakob.

Miré a Wally, que me observaba por encima del hombro y, muy excitado, me hacía señales con la mano.

—¡Busca! ¡Busca! —me dijo Jakob.

Di unos pasos, insegura, hacia Wally. ¿De qué iba esto? Wally vio que iba hacia él y se arrodilló en el suelo y se puso a dar palmas. Cuando llegué a su lado, sacó un palo y estuvimos jugando unos minutos. Luego Wally se puso en pie y dijo:

—¡Mira, Ellie! ¿Qué está haciendo? ¡Busca!

Jakob se alejaba y yo corría hacia él.

—¡Buen perro! —exclamó Jakob.

En cuanto a juegos inteligentes, probablemente lo hubiera calificado igual que el juego del flip, pero Wally y Jakob parecían disfrutar con él, así que les seguí la corriente. En especial porque, después, estuvimos jugando a «tirar del palo». Para mí, ese era indeciblemente mejor que «busca a Wally».

Fue en la época en que empecé a aprender «¡busca!» cuando me embargó una extraña sensación. Era como una ansiedad que me impedía relajarme y que iba acompañada de un extraño olor procedente de mis partes traseras. Mamá y Abuela siempre se quejaban cuando yo emitía esos fragantes gases por debajo de la cola, así que en cuanto noté que emitía ese olor, supe que estaba siendo una perra mala. (A Abuelo le molestaba tanto ese olor que decía «¡Oh, Bailey!», incluso cuando era él quien lo había provocado.)

Jakob no notó el olor, pero sí se dio cuenta de que todos los perros levantaban la pata alrededor de nuestro apartamento. Supe, por instinto, que todos esos perros venían por culpa mía.

La reacción de Jakob fue muy curiosa: me puso un pantalón corto, igual que el que él llevaba debajo de su pantalón. La cola me salía por un agujero que había en la parte trasera. Siempre había sentido pena por los perros a los que obligaban a llevar jerséis y otras ropas… Y, mira por dónde, ahora ahí estaba yo, jugando a ir vestida delante de todos esos perros machos. Era más que vergonzoso, en especial porque había algo de la atención que recibía por parte de todos esos machos (tan ocupados en orinar en los arbustos de alrededor de mi casa) que me atraía.

Jakob dijo:

—Es hora de ir a ver al veterinario.

Me llevó de paseo en coche hasta un lugar que me resultó muy familiar. Era una habitación fresca con luces brillantes y una mesa metálica. Me quedé dormida y, por supuesto, cuando me desperté en casa llevaba puesto ese estúpido collar con forma de embudo.

En cuanto me quitaron el embudo, Jakob y yo volvimos a ir al parque casi cada día. Lo hicimos durante unos cuantos meses. Los días se hicieron más cortos, pero no hizo frío ni nevó. Y encontrar a Wally se fue haciendo cada vez más difícil, porque siempre estaban cambiando las reglas del juego. A veces, Wally ni siquiera estaba allí cuando llegábamos, y yo tenía que ir a buscarlo a donde se hubiera ido. A veces lo encontraba tumbado en cualquier sitio, igual que cuando Abuelo hacía faena. Y aprendí otra orden: «¡Llévame!», que quería decir que debía llevar a Jakob hasta el lugar en que había encontrado a Wally haciendo el vago bajo un árbol. De alguna manera, Jakob sabía cuándo yo había encontrado algo, incluso cuando se trataba solamente de uno de los calcetines de Wally en el suelo. Ese hombre era un desastre, siempre perdía las piezas de ropa y nosotros debíamos encontrarlas. Jakob comprendía mi expresión siempre que regresaba corriendo hasta donde estaba él. «¡Llévame!», decía entonces, pero solo lo decía cuando yo había encontrado algo.

También hacíamos otros trabajos. Jakob me enseñó a trepar por una escalera y a bajar por otra. Yo debía bajar de travesaño en travesaño, en lugar de saltar desde arriba, que era lo que prefería. Me enseñó a pasar por el interior de unos estrechos tubos y a saltar por encima de un montón de troncos. Un día me hizo sentar mientras él sacaba la pistola de su cinturón y hacía unas explosiones que me hicieron dar un respingo del susto.

—Buena chica, Ellie. Esto es una pistola. ¿Ves? No debes tener miedo. Hace mucho ruido, pero tú no tienes miedo, ¿verdad, chica?

La olí en cuanto él me la acercó al hocico: me alegré mucho de que no la lanzara para que fuera a buscarla. Esa cosa olía mal y parecía que volaba peor que el flip.

A veces, Jakob se sentaba a una mesa, fuera, con otras personas que también llevaban pistola y bebían de unas botellas. Era en momentos como ese cuando su malestar interno se me hacía más evidente. Todo el mundo en la mesa se reía; a veces Jakob también lo hacía, pero a menudo se cerraba en sí mismo: huraño, triste y solo.

—¿No es cierto, Jakob? —dijo uno de los hombres un día.

Oí el nombre, pero Jakob tenía la mirada perdida y no prestaba atención. Me incorporé y le di un hocicazo en la mano. Él me acarició distraídamente. Ni se daba cuenta de que yo estaba allí.

—He dicho que si no es cierto, Jakob.

Se giró y miró a los demás, que lo observaban a él. Parecía avergonzado.

—¿Qué?

—Si el Y2K es tan duro como dicen que será, necesitaremos todas las unidades K-9 que tengamos. Será como lo de Rodney King otra vez.

—Ellie no es esa clase de perro —repuso Jakob con frialdad.

Me puse en tensión al oír mi nombre. Al hacerlo, me di cuenta de que todos los hombres de la mesa me estaban mirando. Por algún motivo me sentía incómoda, de la misma manera en que algunos hombres se sentían incómodos bajo la mirada de Jakob. Cuando se pusieron a hablar otra vez, lo hicieron entre ellos, ignorando a Jakob. Yo le di otro hocicazo en la mano: esta vez él respondió rascándome las orejas.

—Buen perro, Ellie —dijo.

«Busca a Wally» evolucionó hasta convertirse simplemente en «busca». Jakob y yo nos íbamos a cualquier sitio; a veces me daba algo para que lo oliera (un abrigo viejo, un zapato, un guante) y yo debía encontrar a la persona a quien pertenecía ese objeto. Otras veces no había nada que oler, y yo iba arriba y abajo por una gran zona y daba la alarma cada vez que notaba algún olor interesante. Encontré a muchas personas que no eran Wally. A veces resultaba que ellos no estaban enterados del juego y me decían «aquí, chico» o reaccionaban de cualquier forma cuando me veían. Yo siempre llevaba a Jakob con esa gente; él siempre me alababa, incluso aunque las personas que encontraba no fueran inteligentes y no supieran qué estaba pasando. Me di cuenta de que el objetivo consistía en encontrar personas y en llevar a Jakob con ellas. Después él ya decidiría si eran las personas correctas o no. Ese era mi trabajo.

Llevaba un año con Jakob cuando empezó a llevarme con él al trabajo. Y lo hacía cada día. Allí había muchas personas que vestían como él. Todos eran muy amables conmigo. Pero siempre que Jakob me ordenaba que me quedara junto a él, ellos se apartaban con respeto. Jakob me llevó a una perrera con otros dos perros, Cammie y Gypsy. Cammie era de color negro; Gypsy, de color marrón.

A pesar de que estábamos en la misma jaula, mi relación

con Cammie y con Gypsy era diferente a la que había tenido con otros perros hasta entonces. Estábamos allí para trabajar: no nos sentíamos con libertad para jugar porque siempre debíamos estar listos para servir a nuestros dueños, así que pasábamos casi todo el tiempo sentados y alerta.

Gypsy trabajaba con un policía que se llamaba Paul, y estaba fuera muy a menudo. A veces, los veía trabajar en el patio. Lo hacían todo mal: Gypsy olisqueaba entre las cajas y por los montones de ropa, y daba la alerta sin ningún motivo. Pero Paul siempre la felicitaba, sacaba paquetes de ahí y le decía a Gypsy que era muy buena.

Cammie era mayor y no se molestaba en observar a Gypsy, probablemente porque esa perra le daba vergüenza ajena. Trabajaba para una mujer policía que se llamaba Amy. No salía mucho. Pero, cuando lo hacía, salía muy rápido: Amy venía a buscarlo y ambos se iban corriendo. Nunca supe cuál era el trabajo de Cammie, pero sospechaba que no era tan importante como el de «busca».

—¿Has trabajado esta semana? —le preguntó Amy a Paul una vez.

—Estaremos en el aeropuerto hasta que García regrese de la baja —le dijo Paul—. ¿Qué tal es la vida en la Brigada Antiexplosivos?

—Tranquila. Pero me preocupa Cammie. Su marca ha descendido un poco. Me pregunto si estará perdiendo el olfato.

Al oír su nombre, Cammie levantó la cabeza y yo lo miré.

—¿Cuántos años tiene, diez? —preguntó Paul.

—Más o menos —repuso Amy.

Me puse en pie y me sacudí, porque percibía que Jakob se acercaba. Al cabo de unos segundos, apareció por la esquina. Él y sus amigos estuvieron de pie charlando mientras los perros los mirábamos y nos preguntábamos por qué no nos dejaban salir al patio para estar con ellos.

De repente, noté que Jakob se excitaba. Acercó los labios al hombro y dijo:

—10-4, unidad ocho-kilo-seis respondiendo —dijo, mientras Amy corría hacia la puerta. Cammie se puso en pie—. ¡Ellie! —ordenó Amy—. ¡Ven aquí!

Salimos del patio y me metieron en la camioneta. Me di cuenta de que estaba jadeando, contagiada por la excitación de Jakob.

Algo me decía que, fuera lo que fuera lo que estuviera pasando, se trataba de algo mucho más importante que buscar a Wally.

19

Jakob condujo hasta un edificio grande y bajo, delante del cual se habían reunido varias personas formando un círculo. Tan pronto como detuvo el coche, percibí la tensión que había entre ellos. Jakob vino a la parte trasera de la camioneta y me acarició, pero me dejó allí.

—Buena perra, Ellie —dijo, abstraído.

Me senté y lo observé, ansiosa. Él se acercó al grupo de personas. Varias de ellas estaban hablando a la vez.

—No nos dimos cuenta de que había desaparecido hasta la hora de comer, pero no tenemos ni idea de adónde se ha ido.

—Marilyn tiene alzhéimer.

—No comprendo cómo se ha podido ir sin que nadie se diera cuenta.

Mientras estaba allí sentada, una ardilla bajó por el tronco de un árbol y se puso a buscar comida entre la hierba. La observé, asombrada ante la indiferencia que mostraba por el hecho de que yo —un maligno depredador— me encontrara a tres metros de ella.

Jakob se acercó a la jaula y abrió la puerta.

—¡Junto! —ordenó.

No tuve oportunidad de perseguir a la ardilla. Lo seguí: era hora de trabajar. Jakob me condujo lejos de la gente, hasta una esquina del patio delantero del edificio. Me mostró dos camisas que tenían un olor que me recordaba al de Abuela. Metí el hocico entre las suaves piezas de ropa e inhalé con fuerza.

—¡Busca, Ellie!

Salí disparada y pasé de largo el grupo de gente.

—No se pudo haber ido por ahí —dijo alguien.

—Dejad a Ellie hacer su trabajo —respondió Jakob.

Trabajo. Mantenía el recuerdo del olor de esa prenda mientras levantaba el hocico y olía el aire, corriendo de un lado a otro tal como me habían enseñado a hacer. Había muchos otros olores: olores de perros, olores de coches, pero no conseguía dar con él. Frustrada, volví con Jakob.

Él percibió mi decepción.

—No pasa nada, Ellie. Busca.

Empezó a caminar por la calle; yo iba delante de él, metiéndome por las esquinas y los patios. Giré una y aminoré el paso: ahí estaba, tentador, flotando ante mí… Salí corriendo tras él. A unos doce metros, debajo de unos arbustos, el olor se percibía claramente. Di la vuelta y corrí hasta donde estaba Jakob, con quien se habían reunido varios policías.

—¡Llévame, Ellie!

Lo llevé hasta los arbustos. Jakob se agachó y tocó algo con un palo.

—¿Qué es? —preguntó uno de los policías que llegó detrás de Jakob.

—Un pañuelo de papel. ¡Buena perra, Ellie, buena perra! —Me abrazó y jugó un poco conmigo, pero yo notaba que todavía teníamos trabajo.

—¿Cómo sabemos que es suyo? Lo hubiera podido tirar cualquiera —objetó uno de los policías.

Jakob se agachó sin hacer caso al hombre.

—Vale, Ellie. ¡Busca!

Ahora sí podía seguir el olor. Era débil, pero se podía rastrear. Se dirigía hacia dos edificios; al girar a la derecha, se hizo más fuerte. Al llegar a una calle, se dirigía abruptamente hacia la derecha; lo rastreé a través de la puerta de un parque. Allí estaba, sentada en un columpio, meciéndose lentamente.

—Hola, perrito —me dijo.

Corrí hasta Jakob. Por la excitación que vi en él, me di cuenta de que sabía que la había encontrado ya antes de que yo llegara hasta él, pero esperó a que yo estuviera a su lado para reaccionar.

—Vale. ¡Llévame! —me apremió.

Lo llevé hasta donde estaba la señora del columpio. Noté el alivio de Jakob al ver a la mujer.

—¿Es usted Marilyn? —le preguntó con amabilidad.

Ella lo miró y ladeó la cabeza.

—¿Es usted Warner? —repuso.

Jakob habló por el micrófono que llevaba en el hombro y pronto vino otro policía. Él me llevó a un lado.

—¡Buena perra, Ellie!

Sacó un anillo de goma y lo tiró lejos, haciéndolo rebotar en el suelo. Yo salí tras él y se lo llevé de vuelta pero sin soltarlo, para que él lo cogiera e intentara arrebatármelo. Estuvimos jugando unos cinco minutos, tiempo durante el cual no dejé de menear la cola.

Mientras Jakob volvía a encerrarme en la jaula de la camioneta, percibí su orgullo.

—Buena perra, Ellie. Eres una perra excelente.

Pensé que eso era lo más parecido que Jakob podía sentir a la adoración que Ethan me había profesado. Y en ese momento me di cuenta de que por fin comprendía cuál era mi propósito de vida siendo Ellie: no solo se trataba de buscar personas, sino de salvarlas. La preocupación que sentían esas personas reunidas delante del edificio había sido evidente, igual que lo había sido el alivio que sintieron cuando regresamos. Esa señora había corrido alguna clase de peligro; al encontrarla, Jakob y yo la habíamos salvado. Eso era lo que hacíamos juntos, ese era nuestro trabajo,. Y eso era lo que más nos importaba. Era como el juego con Ethan: el juego del rescate.

Al día siguiente, Jakob me llevó a una tienda y compró unas fragantes flores que dejó en la camioneta mientras trabajábamos un poco. (Wally se había escondido encima de un contendedor de basuras que olía muy fuerte, pero no consiguió despistarme.) Luego Jakob y yo fuimos a dar un largo paseo en coche; tan largo que al final me cansé de mantener el hocico levantado y acabé tumbándome en el suelo.

Cuando Jakob vino para dejarme salir, noté un sentimiento pesado en él: su dolor, fuera lo que fuera, era más fuerte que nunca. Estábamos en un enorme campo lleno de piedras. Obediente, pero sin saber bien qué estábamos haciendo, caminé al lado de Jakob mientras él avanzaba unos metros con las flores. Se arrodilló y las puso al lado de una de las piedras. Su dolor era tan fuerte que le cayeron unas lágrimas por las mejillas. Le di un golpe con el hocico en la mano, preocupado.

—No pasa nada, Ellie. Buena perra. Siéntate.

Me senté, notando el dolor de Jakob.

Él se aclaró la garganta.

—Te echo mucho de menos, cariño. Solo que… a veces creo que no podré soportar un día más sabiendo que no vas a estar ahí cuando regrese a casa —susurró con voz ronca.

Levanté las orejas al oír la palabra «casa».

«Sí —pensé—, vámonos a casa, vámonos de este sitio tan triste.»

—Ahora estoy en la patrulla K-9, búsqueda y rescate. No quieren que siga en la patrulla normal porque sigo tomando antidepresivos. Tengo una perra, se llama Ellie, una pastora alemana de un año.

Meneé la cola.

—Acabamos de obtener el certificado, así que ahora saldremos fuera. Me alegro de alejarme del escritorio; he ganado unos cuatro kilos de pasar tanto tiempo sentado.

Jakob se rio, pero su risa me resultó muy peculiar: triste, torturada, sin ninguna alegría en ella.

Nos quedamos allí, casi sin movernos, durante unos diez minutos. Poco a poco, la emoción de Jakob cambió, se hizo menos aguda y empezó a parecerse a lo que yo percibía cuando Ethan y Hannah se decían adiós al final del verano: algo parecido al miedo.

—Te quiero —susurró Jakob.

Se dio la vuelta y nos alejamos.

A partir de ese día, pasábamos más tiempo lejos de la perrera. A veces íbamos en avión o en helicóptero; las dos cosas vibraban tanto que el ruido me daba sueño.

—¡Eres un perro volador, Ellie! —me decía Jakob siempre.

Un día fuimos a un lago más grande que todos los que yo había visto nunca. Era una enorme extensión de agua, llena de exóticos olores; yo seguí el rastro de una niña pequeña por la arena de la orilla hasta un parque que estaba lleno de niños que empezaron a llamarme en cuanto me vieron.

—¿Quieres jugar en el océano, Ellie? —me preguntó Jakob después de que yo lo llevara hasta donde se encontraba la niña y de que su madre y su padre se la llevaran de paseo en coche.

Fuimos al lago y corrí y me bañé en el agua, que notaba muy salada cada vez que una ola me mojaba el morro.

—¡Esto es el océano, Ellie, el océano! —se rio Jakob.

Mientras jugábamos en el océano me di cuenta de que el fuerte dolor de su corazón se apaciguaba un poco.

Correr por el agua de la orilla me recordó a cuando lo hacía al lado del trineo de Ethan: me costaba mucho esfuerzo avanzar, y debía saltar de la misma manera que en la nieve.

Me di cuenta de que, a pesar de que el ciclo solar sugería que habían pasado un par de años, ya no había nieve. Pero no me preocupé de los niños, porque tenían unos trineos que corrían por encima de las olas. Me quedé mirándolos, sabiendo que Jakob no querría que fuera a perseguirlos. Uno de los críos se parecía un poco a Ethan cuando era joven: me asombró darme cuenta de que podía recordar a mi chico cuando era pequeño y cuando era un hombre. Entonces sentí dolor, una aguda punzada de tristeza que no me abandonó hasta que Jakob silbó para que regresara a su lado.

Casi cada vez que llegaba a la perrera, Cammie estaba allí, pero Gypsy no estaba casi nunca. Uno de esos días, cuando intentaba despertar el interés de Cammie en un fantástico juego llamado «tengo la pelota», Jakob vino a buscarme.

—¡Ellie! —gritó.

Nunca había oído ese tono de urgencia en su voz.

Condujo muy rápido. Las ruedas del coche rechinaban cada vez que tomaba una curva; el rechinar se oía a pesar del sonido de la sirena. Me tumbé en el suelo para no resbalar de un lado a otro de la jaula.

Como era habitual al llegar al lugar de trabajo, había un montón de gente. Uno de ellos, una mujer, tenía tanto miedo que no podía tenerse en pie; dos personas la sujetaban. Jakob pasó por mi lado para ir a hablar con esa gente; la ansiedad que percibí en él era tan intensa que se me erizaron los pelos de la nuca.

Estábamos en un aparcamiento. Unas grandes puertas de cristal se abrían y cerraban a cada momento, cediendo el paso a personas cargadas con bolsas. La mujer que no se podía tener en pie metió la mano en su bolso y sacó un juguete.

—Hemos cerrado el centro comercial —dijo alguien.

Jakob vino hasta la jaula y la abrió. Me dio el juguete para que lo oliera.

—¿Vale, Ellie? ¿Lo tienes? ¡Busca, Ellie!

Salté de la camioneta e intenté esquivar todos los olores para encontrar el del juguete. Estaba tan concentrada que no me di cuenta de que me había puesto delante de un coche que dio una sacudida al frenar.

Ok, lo tenía. Había un olor, un olor que estaba extrañamente asociado a otro, a un fuerte olor a macho. Los rastreé ambos, segura de mí misma.

El olor desaparecía en un coche; mejor dicho, al lado de un coche, lo cual indicaba que las personas que buscábamos se habían ido en un coche diferente al que ahora estaba aparcado allí. Avisé a Jakob. El sentimiento de frustración y decepción que noté en él me hizo encoger.

—Bien, buena chica, Ellie. Buena chica. —Pero lo decía sin sentirlo. Me pareció que había sido mala—. La hemos podido rastrear hasta aquí. Parece que subió a un coche y se fue. ¿Tenemos sistema de vigilancia en el aparcamiento?

—Lo estamos comprobando. Si se trata de lo que creemos, el coche será robado —dijo un hombre que llevaba traje.

—¿Y adónde se la debe haber llevado? Si es él, ¿adónde habrá ido? —preguntó Jakob.

El hombre del traje giró la cabeza y miró las verdes colinas que tenía a la espalda.

—Los últimos dos cuerpos que encontramos estaban en Topanga Canyon. El primero estaba en Will Rogers State Park.

—Iremos hacia allí —dijo Jakob—. A ver si podemos averiguar algo.

Me sorprendió que Jakob me hiciera subir al asiento delantero de la camioneta. ¡Nunca me había permitido ir delante! Todavía estaba tenso. Yo permanecí concentrada y no respondí cuando pasamos al lado de unos perros que me ladraron con unos celos muy mal disimulados. Jakob y yo salimos del aparcamiento. Él me mostró el mismo juguete. Lo volví a oler.

—Vale, chica, sé que te va a parecer raro, pero busca.

Al oír la orden lo miré, asombrada. ¿Buscar? ¿En la camioneta?

Los olores que entraban por la ventanilla me hicieron dirigir el hocico en esa dirección.

—¡Buena chica! —me alabó Jakob—. ¡Busca! ¡Busca a la niña!

Todavía tenía la nariz llena del olor del juguete, y por eso di la alerta en cuanto noté ese mismo olor transportado por una ligera brisa. Seguía asociado al de un hombre.

—¡Buena chica! —dijo Jakob.

Detuvo la camioneta y me miró fijamente. Detrás, unos coches tocaron el claxon.

—¿Lo tienes, chica?

Pero yo ya no la olía.

—Está bien, está bien, Ellie. Buena chica —dijo él.

Ahora lo comprendía: estábamos trabajando desde la camioneta. Él siguió conduciendo y yo saqué el hocico por la ventanilla, concentrada. Fui descartando todos los olores, excepto el del juguete.

Noté la inclinación de la camioneta al tomar una cuesta, así como la creciente decepción de Jakob.

—Creo que la hemos perdido —susurró para sí—. ¿Nada, Ellie?

Al oír mi nombre lo miré y volví a mi trabajo.

—Unidad ocho-kilo-seis, ¿cuál es tu veinte? —se oyó por la radio.

—Ocho-kilo-seis, vamos hacia Amalfi.

—¿Habéis tenido suerte?

—Hemos encontrado algo en Sunset. Nada desde entonces.

—Roger.

Ladré.

Normalmente no ladraba cuando detectaba un olor, pero este era fuerte y constante, transportado por una corriente de aire que había inundado la camioneta.

—Ocho-kilo-seis, tenemos algo: cruce de Amalfi y Umeo.

Jakob aminoró la velocidad y yo permanecí concentrada. Todavía olía a la niña. Por otro lado, el olor del hombre era más fuerte que nunca. Jakob detuvo el coche.

—Vale. ¿Por dónde, Ellie? —preguntó Jakob.

Salté al otro lado del asiento y saqué la cabeza por su ventanilla.

—¡A la izquierda por Capri! —gritó Jakob, emocionado. Al cabo de un momento, la camioneta empezó a traquetear—. ¡Vamos por el cortafuegos!

—10-4, estamos de camino —dijo la radio.

Yo continuaba alerta, concentrada en el camino de delante, mientras Jakob manejaba la camioneta procurando que no se saliera del estrecho camino. De repente, nos detuvimos con una sacudida delante de una verja amarilla.

—Necesitamos al Departamento de Incendios, hay una verja.

—10-4

Salimos del coche. A nuestra derecha y a cierta distancia, había un coche rojo, aparcado. Corrí directamente hacia él, alerta. Jakob sostenía su pistola.

—Tenemos un Toyota Camry rojo, vacío. Ellie dice que pertenece a nuestro hombre. —Jakob me llevó hasta la parte posterior del coche y me observó con atención—. No parece que haya nadie en el maletero.

Jakob se quedó quieto.

—Roger.

El olor del coche era mucho más tenue que el que me llegaba con la corriente de aire que subía desde el barranco, más abajo. El olor del hombre subía con fuerza, mientras que el de la niña era más delicado. Se la había llevado.

—El sospechoso se ha ido por el camino que baja al campo. Va a pie.

—Ocho-kilo-seis, quédese y espere refuerzos.

—Ellie —me dijo Jakob, guardando la pistola en el cinturón—. Vamos a buscar a la niña.

$\mathcal{N}$oté un gran miedo en Jakob mientras bajábamos hacia el barranco. Era tan grande que estuve todo el rato yendo y volviendo a su lado para infundirle confianza. Pero, de repente, el olor de la niña se hizo tan fuerte que me vi obligada a salir corriendo en dirección a un grupo de pequeños edificios.

Vi a la niña sentada, en silencio, en unos escalones que subían hasta un gran porche. El hombre estaba haciendo algo en la puerta de entrada de la casa con alguna especie de herramienta. La niña parecía triste y asustada. Al verme llegar, levantó la cabeza y alargó una pequeña mano hacia mí.

El hombre se dio la vuelta de inmediato y me miró. En cuanto nuestra mirada se cruzó, se me erizaron los pelos de la nuca: al instante percibí la misma oscuridad en él que la que había notado en Todd, pero en él era más fuerte, más maligna. Levantó la cabeza un poco más para mirar hacia el camino por el cual yo había llegado.

Entonces corrí de regreso hasta donde estaba Jakob. Al ver que me alejaba, la niña gritó:

—¡Perrito!

—La has encontrado —dijo Jakob—. Buena chica, Ellie. ¡Llévame!

Lo llevé hasta el edificio. La niña continuaba sentada en el porche, pero al hombre no se lo veía por ninguna parte.

—Ocho-kilo-seis, la víctima está a salvo y no ha sufrido ningún daño. El sospechoso ha huido a pie —dijo Jakob.

—Quédate con la víctima, ocho-kilo-seis.

—Roger.

Al poco rato oí, a lo lejos, el ruido de las hélices de un helicóptero; luego, llegó el sonido de unos pasos por el camino, a nuestras espaldas. Al momento vimos a dos policías sudando.

—¿Cómo estás, Emily? ¿Te han hecho daño? —preguntó uno de ellos.

—No —dijo la niña, quitándose una flor que le había caído sobre el regazo.

—Dios mío, ¿está bien? ¿Estás bien, pequeña? —preguntó otro policía que acababa de llegar corriendo y sin aliento. Era más grande que los otros hombres, tanto en altura como en complexión. El aliento le olía a helado.

—Se llama Emily.

—¿Puedo acariciar al perrito? —preguntó la niña con timidez.

—Sí, claro que sí. Luego tendremos que regresar al trabajo —dijo Jakob con amabilidad.

Levanté las orejas al oír la palabra «trabajo».

—Vale, yo… iré contigo —dijo el policía grande—. Johnson, chicos, os quedáis aquí con la niña. Vigilad que ese hombre no regrese dando un rodeo.

—Si estuviera cerca, Ellie nos lo hubiera dicho —dijo Jakob.

Lo miré. ¿Estábamos ya listos para empezar a trabajar?

—¡Busca! —dijo Jakob.

Los matorrales eran muy espesos y el suelo era arenoso, pero me resultaba fácil seguir el rastro del hombre. Se había dirigido en línea recta colina abajo. Encontré una barra de hierro impregnada con su olor, así que regresé corriendo al lado de Jakob.

—¡Llévame! —me ordenó.

Cuando llegamos donde estaba la herramienta, tuvimos que esperar más de un minuto a que llegara el hombre grande.

—Me he caído… un par de veces —se disculpó, avergonzado.

—Ellie dice que llevaba esta palanca. Parece que ha tirado el arma —observó Jakob.

—Vale, ¿y ahora, qué? —preguntó el policía.

—¡Busca! —ordenó Jakob.

El olor del hombre impregnaba los matorrales y el aire de la zona; no tardé mucho en oírlo avanzar por delante de mí. Me acerqué a él por un sitio en que el aire iba cargado de la humedad de un arroyo cercano y donde los árboles tenían las ramas muy altas, ofreciendo sombra. El hombre, al verme, se agachó detrás de uno de esos árboles, igual que hacía siempre Wally. Regresé corriendo al lado de Jakob.

—¡Llévame! —dijo él.

Permanecí pegado a Jakob mientras entrábamos en el bosque. Sabía que el hombre estaba escondido: podía notar su miedo, su odio y su fétido olor. Conduje a Jakob directamente hasta el árbol. Cuando el hombre salió de detrás del tronco, oí que Jakob gritaba:

—¡Policía! ¡Quieto!

El hombre levantó una mano y se oyó un disparo. Bueno, solo era una pistola: me habían dicho que no pasaba nada con las pistolas. Pero en ese momento percibí el dolor en Jakob, que había caído al suelo después de que un chorro de su sangre tiñera el aire. La pistola de Jakob cayó al suelo.

En ese momento, uní diferentes datos y lo comprendí:

las armas de Abuelo y la manera en que las latas de Ethan salían volando de la verja. Los petardos de Todd y el dolor agudo que noté cuando me tiró uno casi encima. El hombre del árbol estaba utilizando su pistola para hacerle daño a Jakob.

Todavía estaba ahí y nos apuntaba con la pistola. Su miedo y su furia habían dado paso a la euforia.

Lo que me impulsó en ese momento fue la misma emoción primitiva que me empujó a atacar a Todd la noche del incendio. No gruñí: me limité a bajar la cabeza y a lanzarme al ataque. Se oyeron dos disparos. Luego noté la muñeca del hombre en la boca. Su arma cayó al suelo. El hombre gritó, pero yo no lo solté. Empecé a mover la cabeza de un lado a otro. Noté que los dientes se le hincaron más profundamente en la carne y recibí una patada en las costillas.

—¡Suelta! —gritó el hombre.

—¡Policía! ¡Quieto! —advirtió el policía grande, adelantándose.

—¡Quítame el perro de encima!

—Ellie, ya está. ¡Suelta, Ellie, suelta! —me ordenó el hombre.

Solté la muñeca del hombre, que cayó al suelo de rodillas. Me llegaba el olor de su sangre. Me miró a los ojos y le gruñí. Percibía su dolor, pero también su maldad: creía que podría salirse con la suya.

—Ellie, ven aquí —dijo el policía.

—¡Ese perro me ha destrozado el brazo! —gritó el tipo. Hizo una señal hacia algo que había detrás del policía y volvió a gritar—: ¡Estoy aquí!

El policía se giró para ver qué era lo que el hombre miraba. Entonces, el tipo aprovechó para lanzarse hacia delante y coger su pistola. Ladré. El hombre disparó y luego el policía soltó varios disparos que provocaron un fuerte dolor en el hombre y lo hicieron caer al suelo. Noté que se le escapaba la vida rápidamente: esa emoción oscura y rabiosa desaparecía de él y le permitía irse en paz.

—No puedo creer que me haya tragado eso —dijo el policía.

Continuaba apuntando al hombre con la pistola, pero avanzó con cuidado hasta que pudo alejar el arma del hombre de una patada.

—Ellie, ¿estás bien? —preguntó Jakob.

—Está bien, Jakob. ¿Te ha dado?

—En la barriga.

Me tumbé al lado de Jakob, ansiosa, y le di unos golpes en la mano con el hocico. Detectaba que el dolor había invadido todo su cuerpo: el olor a sangre era tan fuerte que indicaba que había perdido mucha.

—Agente caído, sospechoso caído. Estamos… —El policía miró hacia el cielo—. Estamos bajo unos árboles, en el barranco. Necesitamos ayuda médica para el agente. El sospechoso está 10-91.

—Repita, confirme sospechoso 10-91.

El policía se acercó al hombre y le dio una patada.

—Sí, está completamente muerto.

—¿Quién es el agente?

—Ocho-kilo-seis. Necesitamos ayuda ahora.

Yo no sabía qué hacer. Jakob no parecía tener miedo, pero yo sentía tal pavor que temblaba y jadeaba. Me recordaba la noche en que Ethan quedó atrapado en el incendio y yo no podía llegar hasta él: ahora tenía la misma sensación de impotencia. El policía regresó y se arrodilló al lado de Jakob.

—Están de camino, amigo. Solo tienes que aguantar un poco.

Notaba la preocupación del policía en su tono de voz. Y cuando le desabrochó la camisa para ver cómo estaba la herida, el miedo que percibí en él me hizo llorar.

Al cabo de poco tiempo, oí el crujido de pasos y varias personas llegaron corriendo hasta donde estábamos. Se arrodillaron al lado de Jakob, me apartaron y empezaron a ponerle unos productos químicos y a vendarle la herida.

—¿Cómo está Emily? —preguntó Jakob con voz débil.

—¿Quién?

—La niña —explicó el policía—. Está bien, Jakob. No le ha pasado nada. La encontraste antes de que él pudiera hacerle algo.

Entonces llegaron más personas. Al final, se llevaron a Jakob en una camilla. Cuando llegamos a la zona en que estaban aparcados los coches, vi que un helicóptero nos esperaba.

El policía me sujetaba mientras cargaban a Jakob en el helicóptero. Un brazo le colgaba, inerte, de la camilla. Mientras el helicóptero se elevaba en el aire, me solté con un gesto brusco y corrí hacia él, ladrando. Yo era un perro volador, ¿por qué no me dejaban ir? ¡Debía estar al lado de Jakob!

Todos me miraban mientras yo daba vueltas bajo el helicóptero, impotente. No dejaba de dar saltos en el aire.

Al final llegó Amy. Me puso en una jaula de otra camioneta, una camioneta que estaba llena del olor de Cammie. Me llevó de paseo en coche y regresamos a la perrera. Me dejó allí y se llevó a Cammie, que pasó por delante de mí y subió a la camioneta como si estuviera ofendida por que yo hubiera viajado en su coche. A Gypsy no se lo veía por ninguna parte.

—Alguien vendrá a ver cómo estás. Ya pensaremos dónde vas a vivir, Ellie. Tienes que ser buena, tú eres una perra buena —me dijo Amy.

Me tumbé en mi lecho, en la caseta. La cabeza me daba vueltas. No pensaba que había sido una buena perra. Morder a ese hombre que tenía la pistola no formaba parte de «busca». Eso lo tenía claro. ¿Y dónde estaba Jakob? Recordé el olor de su sangre y ese recuerdo me hizo lloriquear de angustia.

Había cumplido mi objetivo y había encontrado a la niña, que ahora estaba a salvo. Pero Jakob estaba herido y se había ido. Y yo estaba pasando la noche en la perrera por primera vez. No podía evitar pensar que, de alguna manera, estaba recibiendo un castigo.

Los siguientes días resultaron angustiantes y confusos para todo el mundo. Yo vivía en la perrera. Solo me dejaban salir al patio un par de veces al día. Siempre me sacaba un policía que se mostraba muy torpe en su inesperado trabajo de cuidador de perros. Amy venía a hablar conmigo y a jugar un poco, pero ella y Cammie estaban casi siempre fuera.

No había ni rastro de Jakob. Poco a poco, su olor fue desapareciendo de los alrededores. Ni siquiera cuando me concentraba podía localizarlo.

Un día, Cammie y yo estábamos juntos en el patio. Lo único que ella quería era dormir, a pesar de que yo le mostraba un hueso de goma que me había dado un policía. No comprendía cuál era el propósito de Cammie, ni por qué alguien querría a un perro que solo dormía.

Amy le traía la comida y se la ponía en el patio; entonces sí se desperezaba. Caminaba hasta donde estaba Amy y se tumbaba a sus pies, pesado, como si cargara un peso que solo se podía aliviar con un mordisco del bocadillo de jamón de Amy. Un día, una mujer salió y se sentó con Amy.

—Hola, Maya —dijo Amy.

Maya tenía el pelo y los ojos oscuros. Para ser una mujer, era bastante alta. Tenía unos brazos fuertes. Su pantalón olía ligeramente a gato. Se sentó, abrió una cajita pequeña y empezó a comer algo muy especiado.

—Hola, Amy. Hola Ellie.

Me di cuenta, con cierta satisfacción, de que la mujer no había saludado a Cammie. Me acerqué a ella, que me acarició con una mano que olía muy bien. Noté un aroma a jabón y a tomates.

—¿Has presentado la solicitud? —preguntó Amy.

—Cruzo los dedos —respondió Maya.

Me tumbé y me puse a mordisquear el hueso de goma para que Maya se diera cuenta de que me lo estaba pasando tan bien que solo si me daba de comer podría prestarle atención.

—Pobre Ellie. Debe de estar muy confundida —dijo Amy.

Levanté la cabeza. ¿Comida?

—¿Estás segura de que quieres hacerlo? —preguntó Amy.

Maya suspiró.

—Sé que es un trabajo duro, pero qué no lo es, ¿no es cierto? Estoy llegando a ese punto, es lo mismo de siempre. Me gustaría probar algo nuevo, algo distinto, durante unos años. Eh, ¿quieres un trozo de tortilla? Mi madre la ha hecho. Está muy buena.

—No, gracias.

Me senté. ¿Tortilla? ¡Yo quería tortilla!

Maya envolvió la comida como si yo ni siquiera estuviera allí.

—Vosotros, los de K-9, estáis en muy buena forma. Perder peso me cuesta tanto… ¿Crees que lo conseguiré?

—¿Qué? ¡No, estás bien! ¿Es que no pasaste la prueba física?

—Claro —dijo Maya.

—Bueno, ¿ves? —repuso Amy—. Quiero decir que, si quieres correr conmigo…, normalmente voy a correr después del trabajo. Pero estoy segura de que te irá muy bien.

Noté que a Maya la invadía cierta ansiedad.

—Eso espero, desde luego —dijo—. No me gustaría de-
cepcionar a Ellie.

Decidí que por muchas veces que pronunciaran mi nombre, esa conversación no iba a proporcionarme nada comestible. Me tumbé al sol, solté un suspiro y me pregunté cuánto
tiempo tardaría Jakob en regresar.

21

*E*l día en que me llevó de paseo con el coche, Maya se sentía feliz y excitada.

—Vamos a trabajar juntas. ¿No es fantástico, Ellie? Ya no tendrás que dormir en la perrera. Te he puesto una camita; podrás dormir en mi habitación.

«Ellie», «perrera», «camita», «habitación». Me removí, inquieta. Para mí, nada de eso tenía ningún sentido, pero me alegraba de poder sacar el hocico por la ventanilla y oler un aroma diferente al que desprendían Cammie y Gypsy.

Maya detuvo el coche en el aparcamiento de una casa pequeña. Allí vivía (en cuanto cruzamos la puerta lo supe). Su olor estaba por todas partes. Además, percibí un decepcionante olor a gato. Inspeccioné la vivienda, que era más pequeña que el apartamento de Jakob. Pronto encontré una gata rubia sentada en una silla, al lado de la mesa. Me miró con ojos fríos; cuando me acerqué a ella meneando la cola, abrió la boca y me soltó un bufido casi inaudible.

—Stella, sé buena. Esta es Stella. Stella, te presento a Ellie. Ahora vive aquí.

Stella bostezó, indiferente. De repente, algo gris y blanco se movió a un lado y llamó mi atención.

—¿Tinker? Esta es Tinkerbell. Es tímida.

¿Otro gato? La seguí hasta el dormitorio. Allí, otro felino, un macho grande y marrón, salió por mi puerta y me olió. Su aliento olía a pescado.

—Y este es Emmet.

Stella, Tinkerbell y Emmet. ¿Por qué puede una mujer querer vivir con tres gatos?

Tinkerbell se había escondido debajo de la cama, creyendo que yo no podría encontrarla allí. Emmet me siguió hasta la cocina y miró con curiosidad el cuenco que Maya me llenaba de comida. Luego levantó la cabeza y se alejó, como si no le importara que yo estuviera comiendo, a pesar de que él no lo hiciera. Stella me miraba sin parpadear desde la silla.

Después de comer, Maya me dejó salir al pequeño patio. No había ni una marca de perro. Hice mis necesidades con dignidad, consciente de que parte de la población felina me estaba observando.

—Buena chica, Ellie —me animó Maya.

Estaba claro que era de las que persuadían con «me encanta que hagas pipí en el patio».

Maya se preparó la cena, que olía muy bien, y llamó la atención de Stella. ¡Entonces, la gata saltó a la mesa y estuvo caminando por encima de ella como un gato malo! Maya no le dijo nada. Seguramente pensaba que los gatos eran unos inútiles y que no era posible adiestrarlos.

Después de cenar, salimos a dar un paseo con correa. Había mucha gente en los jardines. Muchos de ellos eran niños, lo cual me hizo sentir inquieta. Hacía varias semanas que no trabajaba; sentía tensión en los músculos. Quería correr, buscar, salvar personas.

Como si me leyera el pensamiento, Maya empezó a correr.

—¿Quieres correr un poco, chica? —preguntó.

Aceleré el paso sin apartarme de su lado, tal como Jakob me había enseñado a hacer. Al cabo de poco tiempo, Maya empezó a resoplar: estaba sudando. El calor subía desde el pavimento. Yo lo notaba en los pies y las manos. Los perros nos ladraban con envidia a nuestro paso.

De repente, Maya se detuvo en seco.

—¡Buf! —soltó entre jadeos—. Bueno, tendremos que dedicar más tiempo a esto. De eso no cabe duda.

No comprendí qué estaba pasando hasta esa noche. Me encontraba tumbada en la alfombra mientras Maya se daba un baño y se cambiaba de ropa. Entonces me llamó desde su dormitorio.

—Vale, túmbate aquí, Ellie. Buena chica —dijo, dando unas palmadas en el lecho.

Yo me enrosqué en él, obediente, pero estaba perpleja. Parecía que iba a quedarme allí durante un tiempo. ¿Era allí donde viviría a partir de ese momento? ¿Y qué pasaba con Jakob? ¿Y con mi trabajo?

A la mañana siguiente, Maya y yo trabajamos, aunque fue un poco extraño. Wally estaba allí y me saludó como lo hacen los viejos amigos. También había una mujer que venía a veces a jugar al «busca» con nosotros. Se llamaba Belinda: el olor de Wally era perceptible en todo su cuerpo, por lo que sospeché que, cuando nosotras no estábamos, ella y Wally jugaban a «busca» entre ellos.

Wally se quedó con Maya mientras Belinda se iba al bosque. Estuvo hablando con Maya, le enseñó las señales que se hacen con la mano y las órdenes que utilizamos en el trabajo. Entonces Maya dijo:

—¡Ellie, busca!

Salí corriendo. Wally y Maya me siguieron. Belinda estaba sentada dentro de un coche. No había conseguido engañarme con esa treta, así que regresé al lado de Maya.

—Mira, ¿ves su expresión? —dijo Wally—. Ha encontrado a Belinda; se le nota en la expresión.

Yo esperaba con impaciencia a que Maya me dijera «llévame», pero ella y Wally estaban muy ocupados hablando.

—No estoy segura. No se la ve muy diferente que las otras veces que regresa —decía Maya.

—Mírale los ojos, mira cómo aprieta la mandíbula. No saca la lengua. ¿Ves? Está alerta: quiere llevarnos a algún lugar.

Al oír «llevarnos», temblé, indecisa. En realidad, no había sido una orden.

—¿Así que le digo que me lleve? —preguntó Maya.

¡Basta de tomarme el pelo! ¿Nos poníamos a trabajar o no?

—¡Llévame! —dijo Maya por fin.

Tan pronto como llegamos allí, Belinda salió del coche, riendo.

—Eres una perra muy buena, Ellie —me dijo.

—Ahora juega con Ellie. Es importante: es su premio por haber hecho un buen trabajo.

Cuando Maya jugaba conmigo, lo hacía de manera diferente a como lo hacía Jakob. Parecía que ella disfrutaba de verdad jugando; no era solamente algo que debía hacer después de «llévame». Me dio el hueso de goma de la perrera; yo me tumbé en el suelo y lo agarré con los dientes mientras ella intentaba quitármelo.

Maya tenía una vida distinta a la de todas las personas que yo había conocido hasta ese momento. No solo cargaba con demasiados gatos, sino que casi todas las noches se iba a una casa grande donde había un montón de gente y una mujer que olía muy bien y que se llamaba Mamá. Mamá era como Abuela, siempre estaba cocinando; además, había niños pequeños por allí que siempre que íbamos estaban corriendo y jugando. Los niños se me subían encima hasta que Maya les decía que dejaran de hacerlo; los chicos jugaban a la pelota conmigo (cosa que me encantaba); las chicas me ponían sombreros en la cabeza (cosa que toleraba).

Maya tenía un vecino que se llamaba Al. Le encantaba venir y preguntarle a Maya si necesitaba ayuda.

—¿Necesitas ayuda para llevar esas cajas, Maya? —le preguntaba.

—No, no —le decía ella.

—¿Necesitas ayuda para arreglar esa puerta?

—No, no —le decía ella.

Cuando Al venía, Maya siempre estaba ansiosa, le ardía la piel y le sudaban las manos. Pero no tenía miedo de Al. Y cuando se iba, Maya siempre estaba triste.

—¿Tienes un perro nuevo? —le preguntó.

Se inclinó y me rascó detrás de las orejas de una manera que hizo que yo lo quisiera al instante. Olía a papeles, a tinta y a café.

—Sí, es una perra del Departamento de Búsqueda y Rescate.

Sabía que estaban hablando de mí, así que meneé la cola en un gesto amistoso.

—¿Necesitas ayuda para entrenar al perro? —preguntó Al.

—No, no —dijo Maya—. Ellie ya está entrenada. Tenemos que aprender a trabajar en equipo.

Meneé la cola al oír las palabras «Ellie» y «trabajar».

Al se incorporó y dejó de rascarme detrás de las orejas.

—Maya… —empezó a decir. Estaba nervioso.

—Creo que debería irme —respondió ella.

—Llevas el pelo muy bonito, hoy —dijo Al con torpeza.

Se miraron el uno al otro. Los dos estaban ansiosos. Me pareció que corríamos el peligro de sufrir un ataque inminente. Miré a mi alrededor, pero lo más amenazador que vi fue a Emmet, que nos miraba por la ventana.

—Gracias, Al —dijo Maya—. ¿Te gustaría…?

—Ya te dejo marchar —dijo Al.

—Oh —dijo Maya.

—A no ser que… —tartamudeó Al.

—¿A no ser que…? —repitió Maya.

—¿Tú… necesitas ayuda con algo?

—No, no —dijo Maya.

Maya y yo trabajábamos casi cada día. Ella me decía «busca» y yo me internaba en el bosque, a veces en busca de Wally o de Belinda, a veces buscando a alguno de los otros chicos de la casa de Mamá.

Maya era mucho más lenta que Jakob. Empezaba a sudar y a jadear desde el primer momento. A veces percibía que un dolor fuerte la invadía, y aprendí a no mostrarme impaciente cuando regresaba a su lado y lo único que ella podía hacer era quedarse apoyada con las manos en las rodillas durante unos minutos. En ocasiones, la invadía un sentimiento de impotencia y de frustración, y lloraba, pero siempre se limpiaba la cara antes de ir a ver a Wally.

Una tarde, ella y Wally estaban sentados a una mesa de pícnic y tomaban unas bebidas frías. Yo me había tumbado a la sombra de un árbol. Percibía claramente la preocupación de Maya, pero ya me había acostumbrado y no dejaba que eso afectara nuestro trabajo.

—No somos bastante buenas para conseguir el certificado, ¿verdad? —dijo Maya.

—Ellie es el mejor perro que yo he conocido —respondió Wally.

Noté un sentimiento de alarma en él. Parecía hablar con precaución. Lo miré con curiosidad.

—No, si ya sé que soy yo. Siempre he estado gorda.

—¿Qué? No, quiero decir… —dijo Wally. Su alarma aumentó.

Me senté, preguntándome dónde estaba el peligro.

—No pasa nada. La verdad es que he perdido un poco de peso, unos cuatro kilos.

—¿De verdad? ¡Fantástico! Quiero decir, que no estás gorda ni nada —tartamudeó Wally. Olí el sudor que le perlaba la frente—. Mira, no sé, sal a correr alguna vez. Tal vez funcione...

—¡Ya voy a correr!

—¡Claro! ¡Sí! —Wally desprendía miedo auténtico. Bostecé, ansiosa—. Vale, bueno, debería irme.

—No sé, no pensaba que había que correr tanto. Es mucho más duro de lo que imaginaba. Quizá debería renunciar, dejar que otro que esté en mejor forma me releve.

—Eh, ¿por qué no hablas con Belinda de esto? —dijo Wally, desesperado.

Maya suspiró. Él, aliviado, se levantó y se fue. Yo volví a tumbarme. Fuera cual fuera el peligro que nos acechaba, ya había desaparecido.

Al día siguiente, Maya y yo no fuimos a trabajar. Se puso unas zapatillas nuevas, cogió mi correa y me llevó hasta la larga carretera que iba al lado de la arena de aquel enorme lago, el océano. Había perros por todas partes. A pesar de que no estábamos trabajando, percibí una oscura determinación en Maya. Así pues, no hice caso de los perros y corrimos y corrimos por la carretera mientras el sol subía por el cielo. Era la vez que habíamos corrido más tiempo juntas. Hasta que no percibí el dolor y el agotamiento en su cuerpo no dimos la vuelta para regresar. Se detuvo unas cuantas veces para que yo bebiera de unas fuentes que había en el cemento, al lado de unos edificios muy pequeños, pero casi todo el camino de regreso fue igual de decidido, aunque más lento. Cuando llegamos a la camioneta, Maya cojeaba.

—Oh, vaya —dijo Maya.

Ambas jadeábamos con fuerza. Maya bebió agua y se

sentó con la cabeza entre las rodillas. La observé con tristeza mientras vomitaba en el aparcamiento.

—¿Se encuentra bien? —preguntó una joven amablemente.

Maya le hizo un gesto con la mano sin levantar la vista.

Al día siguiente, estuvimos haciendo «busca» con Belinda. El rostro de Maya tenía una expresión de tal rigidez y dolor que yo lo hice todo a la mitad de velocidad. Reducía el ritmo en cuanto me perdían de vista. Regresaba a buscar órdenes más veces de las necesarias solo para ver cómo se encontraba; cuando, por fin, encontré a Belinda debajo de un árbol, esta se había quedado dormida.

—Buena perra, Ellie, eres una perra muy buena —me susurró Maya.

Despertamos a Belinda, que se miró la muñeca y se mostró muy sorprendida.

—Bueno…, nos tomamos un día libre —dijo Maya.

Belinda no respondió.

Esa noche, Maya me llamó mientras estaba en la bañera. Olisqueé con curiosidad las burbujas de la bañera y di un lametón en el agua. Me extrañaba que a alguien pudiera gustarle nadar en un lugar tan pequeño. Desde luego, los gatos no se mostraban interesados. Tinkerbell estaba, como siempre, escondido; Stella examinaba mi lecho sin la autorización necesaria (¡y por el olor me di cuenta de que incluso había intentado dormir sobre él!), y Emmet estaba en el lavabo conmigo, lamiéndose y esperando a que sucediera algo para poder ignorarlo.

Maya estaba triste. Alargó una mano mojada y me acarició la cabeza.

—Lo siento, Ellie. No soy bastante buena. No puedo seguir tu ritmo en el campo. Tú eres muy buena: necesitas a alguien que sepa manejarte.

Me pregunté si no se sentiría más feliz si me metía en la

bañera con ella. Apoyé las manos en el canto de la bañera con intención de probar un poco esa teoría. Emmet dejó de lamerse y me miró sin ningún respeto, levantó la cola y salió de allí como provocándome a perseguirlo y a intentar reducir la población felina de la casa.

—Mañana tengo una sorpresa para ti, Ellie —dijo Maya, triste todavía.

Bueno, vale, ya que había llegado hasta ese punto… Salté a la bañera y me hundí en medio de todas esas burbujas.

—¡Ellie! —exclamó Maya, riendo.

La alegría que sintió borró su tristeza, como si hubieran soplado una vela.

$\mathcal{A}$ la mañana siguiente me sentía muy emocionada porque nos íbamos de paseo en coche… y, bueno… ¡Nos íbamos de paseo en coche! También detectaba que Maya estaba expectante y contenta, así que supe que no íbamos al trabajo, ya que últimamente el trabajo no estaba asociado con una gran alegría. Pero no fue hasta que Maya detuvo el coche y abrió la puerta cuando me di cuenta de dónde estábamos.

Era el apartamento de Jakob.

Corrí por delante de Maya, subí las escaleras y me puse a ladrar ante la puerta. Nunca habría hecho eso mientras vivía con Jakob. Notaba su olor y oí que se acercaba a la puerta. La abrió y le salté encima, lamiéndole y retorciéndome de alegría.

—¡Ellie! ¿Cómo estás, chica? Siéntate —ordenó.

Dejé caer el trasero en el suelo, pero no quería quedarme ahí.

—Hola, Jakob —le saludó Maya desde la puerta.

—Entra, Maya —dijo Jakob.

Estaba tan emocionada de ver a Jakob que me senté a su lado mientras él se instalaba en una silla. Deseaba saltarle al regazo; de haberse tratado de Ethan, lo hubiera hecho. Pero con Jakob no se podían hacer esas tonterías.

Olisqueé todo el apartamento mientras ambos charlaban. Me di cuenta de que mi lecho ya no estaba, pero mi olor todavía se detectaba en el dormitorio. La verdad es que no me hubiera molestado dormir en la alfombra o en la cama de Jakob..., si es que él lo quería así.

Luego regresé al lado de Jakob pasando por delante de Maya. Ella alargó una mano y me acarició la espalda mientras pasaba. Y entonces me asaltó la idea: si regresaba con Jakob, tendría que abandonar a Maya.

Los perros no pueden decidir con quién viven. Las personas decidían nuestro destino. Pero, de igual modo, me sentí internamente dividida, en conflicto.

Jakob era mucho mejor en el trabajo que Maya. Pero ella no tenía esa profunda tristeza en su interior todo el tiempo: era capaz de sentir una alegría auténtica en casa de Mamá, con todos esos niños para jugar. Pero Jakob no tenía ningún gato.

Por otro lado, yo tenía un propósito claro en la vida: encontrar, llevar y salvar. Era una buena perra. Tanto Maya como Jakob estaban completamente dedicados al trabajo. Y eso significaba que jamás podrían amarme con la misma despreocupación que Ethan. Pero Maya me abrazaba con mucho afecto, un afecto que Jakob nunca se permitía sentir.

Empecé a dar vueltas por el apartamento, ansiosa.

—¿Necesitas salir fuera? —me preguntó Maya.

Oí la palabra «fuera», pero no la dijo con ningún entusiasmo, así que no reaccioné.

—No, cuando lo necesita, se sienta delante de la puerta —dijo Jakob.

—Oh. Sí, ya he visto que lo hace —respondió Maya—. Lo que pasa es que casi siempre dejo abierta la puerta de atrás y, claro, ella puede entrar y salir.

Se quedaron callados un momento. Entré en la cocina, pero (tal como era habitual) el suelo estaba impoluto y no había nada comestible en él.

—Me han dicho que has pedido la discapacidad —dijo Maya.

—Sí, bueno, me han disparado dos veces en cinco años; creo que eso sería suficiente para cualquiera —respondió Jakob con una carcajada áspera.

—Te echaremos de menos —observó Maya.

—No me voy de la ciudad. Y me he matriculado en UCLA. A tiempo completo. Solamente me falta un año y medio para sacarme la licenciatura de Derecho.

Se hizo otro silencio. Noté una ligera incomodidad en Maya. Era algo que ya había percibido a veces, cuando otras personas intentaban hablar con Jakob y acababan sentados a su lado sin decir nada. Había algo en él que hacía sentir incómoda a la gente.

—Bueno, ¿y cuándo tendrás el certificado? —preguntó Jakob.

Me coloqué en un sitio neutral, a medio camino de los dos, y me tumbé con un suspiro. Era incapaz de imaginar qué pasaría.

—Dos semanas, pero… —Maya se calló.

—Pero…

—Estoy pensando en darme de baja del programa —confesó precipitadamente—. No puedo seguir el ritmo. No me había dado cuenta… Bueno, seguramente otra persona lo haría mejor.

—No puedes hacer eso —repuso Jacob. Levanté la cabeza y lo miré con curiosidad, preguntándome por qué se habría enfadado—. No puedes hacer que esta perra vaya cambiando de dueño. Ellie es la mejor perra que he conocido nunca. Si la dejas así, la podrías arruinar. Wally dice que os lleváis muy bien.

Meneé un poco la cola al oír que Jakob pronunciaba mi nombre y el de Wally, pero su expresión continuaba siendo muy seria.

—No tengo un físico adecuado para esto, Jakob —dijo

Maya. Me di cuenta de que también se enojaba un poco—. No soy una exmarine. Solo soy una policía hecha polvo que casi no es capaz de pasar las pruebas físicas anuales. Lo he intentado, pero es demasiado duro.

—Demasiado duro. —Jakob la miró hasta que ella se encogió de hombros y miró hacia otro lado. Su enojo se convirtió en vergüenza, así que me acerqué y le di un golpe en la mano con el hocico—. ¿Y qué hay de lo duro que sería para Ellie? ¿Es que eso no importa?

—Por supuesto que importa.

—Estás diciendo que no estás dispuesta a trabajar.

—¡Estoy diciendo que no estoy hecha para esto, Jakob! No tengo lo que se necesita.

—Lo que se necesita.

Maya luchaba con ese sentimiento que a veces la invadía y que le provocaba el llanto. Quería consolarla, así que metí el hocico bajo su mano otra vez. Cuando Jakob volvió a hablar, ya no miraba a Maya. El tono de su voz era mucho más tranquilo.

—Cuando me dispararon por primera vez, tenía el hombro tan destrozado que tuve que empezar a aprender a moverlo de nuevo. Iba cada día a recuperación; había ese pequeño peso de un kilo en un muelle. Dolía… Y mi mujer estaba en la última ronda de quimio. Más de una vez quise abandonar. Era demasiado duro. —Jakob giró la cabeza y miró a Maya—. Pero Susan se estaba muriendo. Y ella no abandonaba, no lo hizo hasta el final. Y si ella podía continuar adelante, supe que yo también sería capaz. Porque es importante. Porque fracasar no es una opción cuando el éxito es solo cuestión de más esfuerzo. Sé que es difícil, Maya. Pero esfuérzate.

El mismo viejo dolor invadía a Jakob en esos momentos. La rabia lo había abandonado como barrida por una corriente de aire. Se recostó en la silla, repentinamente agotado.

De alguna manera, supe que no me quedaría con Jakob. Ya no le interesaba más jugar al «busca».

Maya estaba muy triste, pero también noté que, además, sentía cierta determinación, que empezaba a sentir una fuerza parecida a la que tenía cuando me llevó a correr al lado del océano.

—De acuerdo. Tienes razón —le dijo a Jakob.

Él me acarició la cabeza antes de que nos fuéramos. Se despidió de mí sin lamentarlo. La última imagen que tuve de él fue la de cuando cerraba la puerta: no me estaba mirando. Él y Maya habían decidido mi destino. Ahora era cosa mía hacer lo que deseaban.

Más adelante, Maya y yo fuimos en coche a las colinas. Estuvo corriendo hasta que empezó a tropezar de cansancio. Al día siguiente, después de trabajar, también salimos a correr. Era tremendamente divertido, solo que muchas veces Maya acababa con un sentimiento de desesperación y con mucho dolor.

Al cabo de ciertas noches, cuando llegamos a casa y detuvimos el coche, Maya estaba tan cansada que era incapaz de salir del automóvil. Nos quedamos allí sentadas. Ella tenía el rostro cubierto de sudor, a pesar de que las ventanillas estaban abiertas.

—No lo voy a conseguir, Ellie. Lo siento mucho —dijo, triste.

Me di cuenta de que tanto Emmet como Stella nos miraban desde la ventana. Posiblemente ni siquiera sabían lo que era un coche. Tinkerbell, supuse, se habría asustado con el ruido de nuestra llegada y estaría escondido en alguna parte.

—¿Estás bien, Maya? —preguntó Al, con tono suave.

El viento no jugaba a mi favor, así que no había notado que se acercaba. Saqué la cabeza por la ventanilla para que me acariciara.

—Oh, hola, Al. —Maya bajó del coche—. Sí, solo estaba… pensando.

—Ah. Te he visto llegar.

—Sí.

—Así que he venido a ver si necesitas ayuda para algo.

—No, no, solo estaba corriendo con la perra.

Salté del coche y me puse a hacer mis necesidades en el suelo mientas observaba a Emmet y a Stella. Ambos apartaron la vista con desagrado.

—Vale. —Al inhaló con fuerza—. Has perdido peso, Maya.

—¿Qué? —Ella se lo quedó mirando.

Al se arrepintió, asustado.

—No es que estuvieras gorda. Es solo que me he dado cuenta de que, con pantalón corto, se te ven las piernas muy delgadas. —Al tenía un aspecto desolado y empezaba a retroceder—. Debería irme.

—Gracias, Al. Eso ha sido muy amable —dijo Maya.

Él se detuvo en seco y se quedó quieto.

—En mi opinión, no necesitas hacer más ejercicio: estás perfecta tal como eres.

Maya se rio al oírlo. Al también sonrió. Yo meneé la cola para demostrarles a los gatos que yo había comprendido el chiste y que ellos no.

Al cabo de una semana, aproximadamente, Maya y yo hicimos una de mis cosas preferidas: ir al parque con todos esos perros y jugar con los juguetes. A una orden de Maya, yo me metía en un tubo y subía por un resbaladizo tablón. Bajé despacio por una escalera y demostré que era capaz de estar pacientemente sentada en un estrecho tablón a medio metro del suelo sin hacer caso a los demás perros.

Nuestra búsqueda consistió en encontrar a un hombre que había dejado caer dos calcetines viejos mientras se internaba en el bosque. Maya estaba muy ansiosa, así que corrí a toda velocidad, a pesar de que ella empezó a jadear y a sudar. Supe que el hombre había trepado a un árbol antes de encontrarlo, porque Wally hizo lo mismo una vez. Eso modificaba la forma en que el viento transportaba el olor. Pero Maya se quedó desconcertada al ver que yo estaba dando la alarma al pie de un árbol, ya que era evidente que el hombre no estaba allí. Me senté y miré pacientemente hacia arriba, donde estaba el hombre, hasta que Maya lo comprendió.

Esa noche hubo una gran fiesta en casa de Mamá. Todo el mundo me acariciaba y pronunciaba mi nombre.

—Ahora que has conseguido el certificado, debes comer —le dijo Mamá a Maya.

Sonó el timbre de la puerta, cosa que era muy rara en esa casa: habitualmente la gente entraba directamente sin llamar. Seguí a Mamá hasta la puerta. En cuanto la abrió, me quedé desmoralizado: era Al y le estaba dando unas flores a Mamá. Yo recordaba que Ethan le había dado flores a Hannah. Me sentía confundido, pues había creído que a Al le gustaba Maya, no Mamá. Pero nunca comprenderé a las personas en cosas como esas.

Toda la familia se quedó en silencio cuando Al salió al patio, donde estaban las mesas de pícnic. Maya se acercó a él. Estaban nerviosos mientras él le acercaba un momento los labios a la cara. Luego Maya dijo el nombre de cada uno. Al se dio la mano con los hombres. Todo el mundo se puso a hablar y a reír de nuevo.

Durante los días siguientes, encontramos y salvamos a dos niños que se habían alejado de sus casas; además, seguimos el rastro de un caballo para hallar a una mujer que se había caído y se había hecho daño en la pierna. Recordé que Flare también había tirado a Ethan en el bosque; me pregunté por qué las personas tenían caballos, pues estaba claro que no se podía confiar en ellos. Si la gente tuviera un perro o dos, y a pesar de ello no estuvieran satisfechos, siempre podían tener un burro como Jasper, que, por lo menos, hacía reír a Abuelo.

Maya y yo también encontramos a un hombre en el bosque, pero estaba muerto. Me deprimió oler su cuerpo frío, tumbado en el suelo: eso no era salvar personas. Aunque Maya me alabó, ninguna de las dos tuvimos muchas ganas de jugar con el palo después de encontrarlo.

Fuimos a casa de Al. Él le sirvió un plato de pollo para cenar. Se estuvieron riendo y luego se comieron una pizza que trajo un chico. Olisqueé los trozos de pollo que Al me dejó en el suelo y me los comí, pero más por educación que por otra cosa, pues estaban tan quemados que sabían a carbón.

Más tarde, esa misma noche, me di cuenta de que ella le hablaba sobre el hombre muerto, pues su sentimiento de tristeza era exactamente el mismo. Jakob y yo también habíamos encontrado a algunas personas muertas, pero eso nunca lo ponía triste. En realidad, tampoco encontrar personas y salvarlas parecía alegrarlo de verdad. Él se limitaba a hacer su trabajo, sin sentir gran cosa en un sentido o en otro.

Cuando pensaba en Jakob, me daba cuenta de que su fría dedicación a jugar al «busca» me había ayudado a superar la separación de Ethan: no tenía tiempo para lamentarme porque había demasiado trabajo que hacer. Pero Maya era más complicada; me quería de una manera que me hacía echar de menos a mi chico. Ya no sentía el mismo dolor agudo y lacerante en el pecho, sino que ahora era una tristeza tranquila que me asaltaba cuando me tumbaba por la noche y que me acompañaba en mis sueños.

Un día, Maya y yo fuimos a dar un paseo en avión; luego, un paseo en helicóptero, directamente en dirección sur. Pensé en el día en que se llevaron a Jakob y me puse contento de volver a ser un perro volador. Maya estaba excitada y, a la vez, intranquila durante el vuelo. No fue tan divertido como un paseo en coche porque el ruido me hacía daño en las orejas.

Aterrizamos en un lugar diferente a todos aquellos en los que había estado nunca. Había un montón de perros y de policías. Por todas partes se oía el sonido de las sirenas y olía a humo. Todos los edificios estaban derrumbados. A veces los tejados estaban en el suelo.

Maya parecía aturdida. Yo me apretaba contra ella sin dejar de bostezar de ansiedad. Un hombre se acercó a nosotros. Iba sucio y llevaba un casco de plástico. Alargó las manos hacia mí, que le olían a ceniza, sangre y barro. Le estrechó la mano a Maya.

—Estoy coordinando la actividad de Estados Unidos en este sector. Gracias por venir.

—No tenía ni idea de que sería tan terrible —dijo Maya.

—Oh, esto es solo la punta del iceberg. El Gobierno de El Salvador está totalmente desbordado. Tenemos a más de cuatro mil personas heridas, cientos de muertos… Y todavía estamos buscando personas atrapadas. Ha habido más de media docena de réplicas desde el 13 de enero. Algunas han sido muy fuertes. Tenga cuidado cuando vaya por ahí.

Maya me puso la correa y me llevó por un laberinto de ruinas. A veces llegábamos a una casa. Entonces, algunos de los hombres que nos seguían entraban en ella para comprobar. A veces Maya me quitaba la correa y yo entraba; pero, en otras ocasiones, me mantenía atada a la correa y solo jugábamos a «busca» alrededor de la casa.

—Aquí hay peligro, Ellie. Debo tenerte atada para que no entres —me dijo una de las veces.

Un hombre que se llamaba Vernon y que olía a cabras me recordó a los viajes que Ethan, Abuelo y yo hacíamos al pueblo. Fue una de las pocas veces en que pensé en mi chico mientras trabajaba: jugar al «busca» exigía que dejara todo eso de lado y me concentrara en el trabajo.

Durante las horas siguientes, Maya y yo encontramos a cuatro personas. Todas estaban muertas. La emoción de jugar al «busca» empezó a abandonarme después de encontrar a la segunda; cuando llegamos a la cuarta (una mujer joven que estaba bajo un montón de escombros) estuve a punto de no alertar a Maya. Ella se dio cuenta de lo que me pasaba e intentó animarme acariciándome y tentándome con el hueso de goma. Pero ya no sentía ningún interés.

—Vernon, ¿me harías un favor y te esconderías en alguna parte? —preguntó.

Abatida, me tumbé a sus pies.

—¿Que me esconda? —preguntó él, sin comprender.

—Necesita encontrar a alguien vivo. Por favor, escóndete. Por ejemplo, en esa casa que acabamos de registrar. Y cuando te encuentre, finge que estás muy emocionado.

—Eh, vale, sí.

Sin ningún interés, vi que Vernon se alejaba.

—Bueno, Ellie, ¿lista? ¿Lista para buscar?

Me puse en pie con desánimo.

—¡Vamos, Ellie! —dijo Maya.

Su excitación parecía fingida, pero avancé hacia una de las casas que ya habíamos registrado.

—¡Busca! —me ordenó Maya.

Entré en la casa y me detuve en seco, asombrada. A pesar de que todos habíamos estado allí, me pareció que el olor de Vernon era más intenso. Con curiosidad, me dirigí hacia la parte posterior de la casa. ¡Sí! En una esquina había un montón de mantas que desprendían el fuerte olor de Vernon, un olor a sudor, a fuego y a cabras. Volví corriendo con Maya.

—¡Llévame! —apremió.

Ella me siguió, corriendo. Tan pronto como apartó las mantas, Vernon salió de allí riendo.

—¡Me has encontrado! ¡Buena perra, Ellie! —exclamó, rodando por encima de las mantas conmigo.

Salté encima de él y le lamí la cara. Y luego estuvimos jugando con el hueso de goma un rato.

Maya y yo estuvimos trabajando toda la noche. Encontramos a más personas, incluido Vernon, que cada vez se escondía mejor. Pero yo había jugado con Wally, así que nadie podía engañarme por mucho rato. Todas las demás personas que Maya y yo encontramos estaban muertas.

El sol empezaba a salir cuando llegamos a un edificio. Un olor acre y punzante lo invadía todo. Volvía a estar atada con la correa; los ojos me lloraban por el fuerte olor químico que emanaban las ruinas.

Encontré a un hombre muerto, aplastado, debajo de un trozo de muro. Di la alarma.

—Ya sabíamos que estaba aquí —le dijo alguien a Maya—. Pero no podemos sacarlo todavía. Lo que hay en esos barriles es tóxico. Hace falta un equipo de limpieza.

Había unos barriles metálicos de los cuales goteaba un líquido. Y ese líquido tenía un olor que me quemaba la nariz. Me concentré en no sentir ese olor para poder buscar.

—Vale, buena perra. Vámonos a otra parte, Ellie.

¡Ahí! Percibí el olor de otra persona y di la alarma poniéndome tensa. Era una mujer: su olor era tenue, casi imperceptible entre todo esos olores químicos que asfixiaban el ambiente.

—Ya está, Ellie. A este lo dejamos aquí. Vamos —dijo Maya. Me dio un suave tirón de la correa y añadió—: Ven, Ellie.

Volví a dar la alarma, agitada. ¡No podíamos irnos!

Esa mujer estaba viva.

23

—Ya hemos visto a la víctima, Ellie. Vamos a dejarlo aquí. Vámonos —repitió Maya.

Se quería marchar de allí. Me pregunté si, quizá, pensaba que yo estaba dando la alarma a causa del hombre muerto.

—¿Quiere buscarme otra vez? —preguntó Vernon.

Miré a Maya, deseando que me comprendiera.

Ella miró a nuestro alrededor.

—¿Aquí? Todo está en ruinas. Es demasiado peligroso. Te diré qué vamos a hacer. Para ella sería divertido perseguirte un rato. Sube un poco por esa calle y llámala. La soltaré.

No presté atención mientras Vernon se alejaba. Estaba concentrada en la persona escondida bajo las ruinas. Notaba el olor del miedo, a pesar de que el hedor químico se me metía en la nariz con la misma fuerza que aquel día en la granja lo había hecho el de la mofeta. Maya me soltó la correa y dijo:

—Ellie, ¿qué está haciendo Vernon? ¿Adónde va?

—¡Eh, Ellie! ¡Mira! —gritó Vernon.

Empezó a correr a poca velocidad calle arriba. Di unos pasos hacia él: deseé darle alcance y ponerme a jugar, pero tenía trabajo que hacer. Me di la vuelta y me dirigí hacia el edificio en ruinas.

—¡Ellie! ¡No! —exclamó Maya.

Si hubiera sido Jake, la palabra «no» me hubiera hecho parar en seco, pero Maya no daba las órdenes con la misma dureza. Me metí de cabeza en un estrecho espacio que había cerca de la persona muerta y empecé a excavar. Mis pies se metieron en un charco y empezaron a picarme; el olor químico se hizo tan intenso que no me dejaba oler nada más. Me recordó a cuando jugaba al rescate con Ethan, cuando conseguía encontrarlo en las profundidades del agua gracias al más tenue de los olores.

Casi ahogándome, me abrí paso hacia delante. De repente, noté un aire más frío en la cara; me metí por un agujero y me caí en un estrecho hueco. Una corriente de aire más limpia subía por alguna parte, pero la nariz todavía me quemaba por culpa del ácido líquido que me había salpicado el morro.

Al cabo de un momento, vi a una mujer en una esquina del hueco. Se cubría la cara con un trozo de tela y me miraba con ojos brillantes.

Ladré, incapaz de regresar con Maya para llevarla hasta allí.

—¡Ellie! —gritaba Maya, tosiendo.

—Regresa, Maya —exclamó Vernon.

Yo continuaba ladrando.

—¡Ellie! —volvió a gritar Maya.

Ahora parecía estar más cerca. La mujer también la oyó: se puso a gritar. Era presa del terror.

—¡Ahí abajo hay alguien, alguien con vida! —gritó Maya.

Me senté, paciente, al lado de la mujer y me di cuenta de que su miedo se convertía en esperanza al ver que un hombre con casco y máscara apuntaba una linterna en nuestra dirección y nos iluminaba con su luz. A mí me lloraban los ojos y la nariz; me picaba toda la cara por culpa de esa cosa que me había salpicado. Al poco rato, empezamos a oír el ruido de picas y palas resonando a nuestro alrededor. De repente, se abrió una brecha de luz diurna por arriba y un hombre atado con una cuerda bajó hasta nosotros.

Era evidente que la mujer nunca había practicado dejarse izar con un arnés y una cuerda, así que tuvo mucho miedo mientras un bombero la ataba y los hombres la izaban hacia arriba. Pero yo había realizado esa maniobra varias veces, así que no vacilé en meter las patas por el arnés cuando me llegó el turno. Maya estaba arriba cuando me izaron por el agujero que habían excavado en el muro. Su alivio se convirtió en alarma en cuanto me vio.

—¡Oh, Dios mío, Ellie, tu hocico!

Corrimos juntas hasta el camión de los bomberos. ¡Y allí, Maya, para mi disgusto, le dijo a uno de los bomberos que me diera un baño! Pero, bueno, el agua fría por la cara me alivió un poco la quemazón que sentía en el morro.

Ese día, Maya y yo nos subimos a otro helicóptero, y luego a un avión, y luego nos fuimos a ver al hombre de la habitación fresca, el veterinario, quien me examinó con atención el hocico y me puso una crema que olía muy mal, pero que me hizo sentir muy bien.

—¿Qué es, alguna especie de ácido? —le preguntó el veterinario a Maya.

—No lo sé. ¿Se va a poner bien?

Yo percibía el amor y la preocupación de Maya; cerré los ojos mientras ella me acariciaba el cuello. Deseé que hubiera alguna manera de hacerle saber que el dolor no era tan fuerte.

—Intentaremos que no se infecte, pero no hay motivo alguno para creer que no se va a curar perfectamente —le dijo el veterinario a Maya.

Durante, aproximadamente, las dos semanas siguientes, Maya me estuvo poniendo con cuidado la crema en el hocico.

A Emmet y Stella les parecía muy divertido; se sentaban en la encimera para mirar. Pero a Tinkerbell le encantaba. Siempre salía de su escondite y olía la crema. Luego se frotaba la cabeza contra la mía, ronroneando. Cuando me tumbaba, Tinkerbell se sentaba y me olía por todas partes con su diminuta nariz. Incluso empezó a enroscarse a mi lado para dormir por las noches.

Eso era casi más de lo que podía soportar.

Me alivió poder alejarme de los gatos y regresar al trabajo.

El día en que Maya y yo llegamos al parque, nos encontramos con Wally y con Belinda, que parecieron muy emocionados al verme.

—¡Me han dicho que eres una heroína, Ellie! ¡Buena perra!

Meneé la cola, emocionada por ser una buena perra. Luego Wally se fue. Belinda y Maya se sentaron a una mesa de pícnic.

—Bueno, ¿qué tal vais tú y Wally? —preguntó Maya.

Me incorporé, impaciente: ¡si salíamos a por él en ese instante, podríamos encontrarlo enseguida!

—Va a llevarme a conocer a sus padres el día cuatro, así que… —respondió Belinda.

—Eso está bien.

Solté un quejido al oír la conversación. Los humanos eran capaces de hacer muchas cosas increíbles, pero muchas veces se quedaban sentados haciendo palabras sin hacer nada más.

—Túmbate, Ellie —dijo Maya.

Me tumbé en el suelo de mala gana y miré hacia donde Wally se había ido.

Después de lo que me pareció un siglo, por fin pudimos jugar al «busca». Salí disparada y contenta. Y no tuve que aminorar la marcha, pues Maya podía seguirme el ritmo.

¡Wally había conseguido disimular su olor con gran éxito! Levanté el morro en el aire, buscando algún rastro de él. Había unos cuantos olores que distraían mi atención, pero no podía encontrar a Wally. Fui de un lado a otro; regresaba al lado de Maya a cada rato para que me indicara la dirección. Ella inspeccionó la zona con detenimiento. Al ver que no captaba el olor, me llevó a otro sitio y lo volví a intentar allí.

—¿Qué pasa, chica? ¿Estás bien, Ellie?

Extrañamente, y aunque el aire venía desde él, la verdad es que oí a Wally antes de olerlo. Venía directo hacia nosotras. Avancé hasta que mi olfato lo reconoció. Luego regresé con Maya, que ya había empezado a hablar con Wally levantando la voz.

—¡Parece que hoy estamos de vacaciones! —dijo.

—Eso parece. Nunca la había visto fallar. Eh, Ellie, ¿cómo estás? —me dijo Wally, y jugamos un rato con un palo.

—Mira lo que vamos a hacer, Maya. Aparta tu atención de mí. Voy a ir hasta esa cima de allí. Luego regresaré deprisa. Dame unos diez minutos —dijo Wally.

—¿Estás seguro?

—Ha estado sin practicar unas dos semanas. Vamos a ponerle una fácil.

Era consciente de que Wally se marchaba, a pesar de que Maya me había dado el hueso de goma y ahora intentaba quitármelo. Podía oírlo; sabía que se estaba escondiendo otra vez, cosa que me puso muy contenta.

—¡Busca! —gritó Maya por fin.

Salí a la carrera hacia donde lo había visto marcharse.

Subí por una pequeña colina y me detuve, insegura. No sabía cómo lo hacía, pero de alguna manera Wally conseguía borrar su olor del aire. Regresé al lado de Maya para que me diera indicaciones. Me envió hacia la derecha. Fui arriba y abajo, buscando.

Ni rastro de Wally.

Luego Maya me indicó que fuera hacia la izquierda. De nuevo, ni rastro de Wally. Esta vez Maya me hizo regresar hacia la izquierda y vino conmigo, conduciéndome hasta el pie de la colina. Cuando lo encontré, ya casi había chocado con él: se había movido y di la señal de alarma. No hacía falta regresar, pues Maya ya estaba allí.

—Esto no va bien, ¿verdad? —preguntó Maya—. El veterinario dijo que ya debería de haberse recuperado del todo.

Maya y yo no trabajamos mucho durante las dos semanas siguientes. Y las veces que lo hicimos, Wally volvió a engatusarme. Conseguía disimular su olor de tal manera que solo podía notarlo cuando ya lo tenía delante de mí.

—¿Qué significa que Ellie ya no tiene el certificado? ¿Significa que perderás tu trabajo? —preguntó Al una noche.

No soy muy fan de los pies, pero permití que Al se quitara los zapatos y me acariciara la barriga con los pies, pues ese día no olía tan mal como otras veces.

—No, aunque me han trasladado. Llevo varias semanas en una oficina, pero en realidad no estoy hecha para eso. Probablemente pediré que me vuelvan a admitir en la patrulla —respondió Maya.

Al tiró disimuladamente un pequeño trozo de carne en la alfombra, delante de mí. Ese era el principal motivo por el que me gustaba tumbarme delante de él durante la cena. Lo lamí en silencio mientras Stella me miraba mal desde el sofá.

—No me gusta que salgas con la patrulla. Es muy peligroso.

—Albert —suspiró Maya.

—¿Y qué hay de Ellie?

Levanté la cabeza al oír mi nombre, pero Al no me dio ningún otro trozo de carne.

—No lo sé. Ya no puede trabajar: su olfato ha quedado

demasiado dañado. Así pues, la retirarán. Vivirá conmigo, ¿verdad, Ellie?

Meneé la cola, complacida por la manera en que había pronunciado mi nombre: con un gran cariño.

¡Después de cenar nos fuimos en coche hasta el océano! El sol se estaba poniendo. Maya y Al pusieron una manta entre dos árboles. Charlaban mientras las olas rompían en la orilla.

—Es tan hermoso —dijo Maya.

Pensé que quizá querrían jugar con un palo, con una pelota o con algo así, pero me habían puesto la correa y no podía ir a buscar ninguna de esas cosas. Me sentía mal al ver que no tenían nada que hacer.

Entonces Al sintió miedo: eso captó mi atención. Su corazón empezó a latir con fuerza. Percibía su energía nerviosa mientras se pasaba las manos por el pantalón de forma repetida.

—Maya, cuando te trasladaste aquí... Hace tantos meses que quiero hablar contigo. Eres tan guapa.

Maya se rio.

—Oh, Al, no soy guapa, venga.

Unos chicos pasaron corriendo por delante de la orilla tirándose un plato los unos a los otros. Los observé, en guardia, pensando en Ethan y en su estúpido flip. Me pregunté si había ido alguna vez al océano; tal vez se había llevado el flip y lo había lanzado a las olas. Si así era, ojalá se hundiera y no lo encontraran nunca más.

Ethan. Recordé que él nunca hacía nada si no podía llevarme con él, excepto cuando iba a la escuela. Me encantaba esa sensación que me ofrecía mi actual trabajo, la de tener un objetivo; sin embargo, ciertos días (como ese) pensaba en Ethan y echaba de menos ser un perro bobo.

Al continuaba atemorizado. Lo miré con curiosidad. Su estado de alarma captaba mi atención de una forma mucho más poderosa que los chicos. ¿Había algún peligro por ahí? Yo no era capaz de detectar ninguno: estábamos solos en esa zona del parque.

—Eres la mujer más maravillosa del mundo —dijo él—. Te…, te quiero, Maya.

Maya también empezó a asustarse. ¿Qué estaba pasando? Me incorporé.

—Yo también te quiero, Al.

—Sé que no soy rico, sé que no soy guapo… —dijo él.

—Oh, Dios mío —suspiró Maya. Su corazón también latía con fuerza ahora.

—Pero te amaré con todas mis fuerzas si tú me lo permites.

Al se arrodilló sobre la manta.

—Oh, Dios mío. Oh, Dios mío —dijo Maya.

—¿Quieres casarte conmigo, Maya? —preguntó Al.

24

Un día, Maya, Mamá, los hermanos, las hermanas y otros miembros de la familia se reunieron en un edificio muy grande y se sentaron en silencio mientras yo hacía una demostración de una habilidad nueva que me habían enseñado. Caminé muy despacio por un estrecho camino que pasaba entre unos bancos de madera, subí unos peldaños alfombrados y me quedé quieta. Esperé pacientemente a que Al cogiera algo de un pequeño paquete que yo llevaba a la espalda. Luego todo el mundo se quedó sentado, mirando, mientras Al y Maya mantenían una conversación. Ella llevaba puesto un gran vestido, así que yo sabía que no iríamos a jugar al parque después de eso. Pero no me importaba, porque todo el mundo parecía muy complacido por cómo había completado mi demostración. Mamá se sentía tan feliz que incluso lloró.

Luego nos fuimos a su casa. Los niños estuvieron corriendo por ahí y dándome trozos de pastel.

Al cabo de unos meses, nos mudamos a otra casa que tenía un patio mucho mejor. También contaba con un garaje, pero por suerte nadie sugirió que yo durmiera allí. Al y Maya dormían juntos. A pesar de que no les molestaba que yo subiera a la cama con ellos, la verdad es que no había mucho sitio para dormir bien. Además, los gatos también se subían, así que al final decidí que me quedaría en el suelo, al lado de Maya. Desde ahí podría despertarme e ir con ella si se levantaba a medianoche para ir a alguna parte.

Poco a poco llegué a comprender que ya no iríamos más a trabajar. Llegué a la conclusión de que habíamos buscado a todas las personas que había que buscar, y que Wally y Belinda habían perdido el interés en todo eso. Maya continuaba saliendo a correr. Al a veces venía con nosotras, a pesar de que le costaba mantener el ritmo.

Por eso me sorprendió que Maya, un día, me hiciera subir a la camioneta y me llevara de paseo con el coche. Parecía que fuéramos al trabajo, pero el humor de Maya era diferente, no tenía ningún sentimiento de prisa.

Me condujo a un edificio muy grande y me dijo que era una escuela. Aquello me confundió, pues había aprendido que eso era algo de cuando Ethan se iba: no era un «lugar», sino una manera de estar sin el chico. Me pegué al lado de Maya y entramos a una sala grande y ruidosa, llena de niños que estaban muy excitados y se reían mucho. Me senté con Maya y observé a los críos, que hacían lo que podían para permanecer quietos. Me recordaba a Ethan y a Chelsea, a los niños del vecindario, siempre llenos de energía.

De repente, una luz brillante me cegó. Una mujer habló y todos los niños y niñas se pusieron a aplaudir, mirándome. Yo meneé la cola, sintiendo la alegría que salía de aquellos chicos.

Maya me hizo dar unos pasos hacia delante y habló en voz muy alta, tanto que me parecía oírla a mi lado y al fondo de la sala al mismo tiempo.

—Esta es Ellie. Es una perra de búsqueda y rescate retirada. Como parte de nuestro programa de divulgación, he querido venir a hablaros de cómo Ellie nos ha ayudado a encontrar a niños perdidos y de lo que podéis hacer si alguna vez os perdéis —dijo Maya.

Bostecé, preguntándome de qué iba todo eso.

Después de estar sin hacer nada una media hora, Maya me hizo bajar del escenario. Los niños se pusieron en fila y se fueron acercando a mí en pequeños grupos. Algunos de ellos me abrazaban con afecto; otros se apartaban un poco, un tanto asustados. Yo meneaba la cola para tranquilizarlos. Incluso una niña alargó una manita. Se la lamí. Ella la apartó enseguida y soltó un chillido, pero ya no estaba asustada.

A pesar de que Maya ya no trabajaba, muchas veces íbamos a la escuela. A veces, los niños eran pequeños; otras no eran niños, sino personas mayores como Abuela y Abuelo. En ocasiones, Maya iba a unos sitios que estaban llenos de un olor químico: había personas que sufrían dolor y que se sentían tristes y enfermas, que estaban tumbadas en camas. Estábamos un rato con ellas hasta que su tristeza se aliviaba un poco.

Siempre me daba cuenta de que íbamos a ir a la escuela, pues esas mañanas Maya dedicaba mucho tiempo a vestirse. Los días en que no íbamos a la escuela, se vestía deprisa. A veces salía corriendo por la puerta y Al se reía. Al cabo de un rato, él también se iba. Entonces me quedaba en casa con aquellos estúpidos gatos.

Aunque yo ya no llevaba el morro embadurnado de crema, Tinkerbell continuaba pegado a mi lado; se enroscaba contra mi cuerpo cuando yo echaba una cabezada. En el fondo, me alegraba de que Al no estuviera allí y lo viera. Al me tenía mucho cariño, pero no quería tanto a los gatos. Tinkerbell siempre se escondía de él, mientras que Stella solamente se acercaba a su lado si tenía comida. Por su parte, a veces, Emmet se acercaba a él y se frotaba contra su pierna, como si con dejarle los pantalones llenos de pelo le hiciera algún favor.

Ya llevábamos unos cuantos años yendo a las escuelas

cuando, un día, Maya hizo una cosa distinta. Estábamos en un sitio que se llamaba clase y que era más pequeño que algunas de las salas en que habíamos estado. Estaba llena de niños que parecían todos de la misma edad. Eran unos críos muy pequeños que estaban sentados en el suelo, encima de unas mantas. Lo cierto es que sentía un poco de envidia, pues últimamente me pasaba casi todo el tiempo durmiendo, en casa. Ya no tenía la misma energía que antes. Pensé que si los niños querían que me tumbara encima de una manta con ellos, pues me encantaría hacerlo.

Maya llamó a una de las niñas, que se acercó con timidez. Se llamaba Alyssa. La cría me dio un abrazo. Yo le lamí la cara y ella se rio. Maya y yo no habíamos hecho eso antes, eso de que se acercara un único niño. No tenía muy claro de qué iba todo eso.

La mujer que estaba sentada en un gran escritorio, la profesora, dijo:

—Alyssa no conocía a Ellie, pero de no haber sido por Ellie, Alyssa no hubiera nacido.

Pronto, todos los niños estaban a mi alrededor y me tocaban, cosa que era lo que acostumbraba a pasar en las escuelas. A veces se mostraban un poco bruscos. De hecho, en esa ocasión, un niño me dio un fuerte tirón en las orejas, pero yo le dejé que lo hiciera.

Cuando terminó la escuela, los niños salieron corriendo hacia la puerta. Pero la niña pequeña, Alyssa, se quedó un poco rezagada, igual que la profesora. Maya parecía emocionada por algún motivo. Esperé, expectante. Entonces un hombre y una mujer entraron en la clase y Alyssa corrió a su encuentro.

El hombre era Jakob.

Al verlo, di un salto hacia él. Jakob se inclinó y me rascó detrás de las orejas.

—¿Cómo estás, Ellie? ¡Cuánto pelo blanco tienes ya!

La mujer cogió a Alyssa en brazos.

—Papá trabajaba con Ellie, ¿lo sabías?

—Sí —dijo Alyssa.

Maya les dio un abrazo a Jakob y a la mujer. Esta dejó a Alyssa en el suelo otra vez para que la niña pudiera acariciarme un poco más.

Yo me senté y miré a Jakob. Estaba muy diferente de la última vez que lo había visto: su frialdad parecía haber desaparecido. Me di cuenta de que Alyssa (la niña pequeña) era su hija y de que la mujer era la madre. Ahora Jakob tenía una familia y era feliz.

Eso era lo que había cambiado. Cuando yo estaba con él, Jakob no estaba feliz nunca.

—Me alegro de que estés llevando a cabo este programa de divulgación —le dijo Jakob a Maya—. Una perra como Ellie necesita trabajar.

Oí que pronunciaba mi nombre y la palabra «trabajo», pero no me parecía que en esa habitación hubiera ninguna necesidad de buscar. Jakob siempre hablaba de trabajo: iba con su carácter.

Era muy agradable estar allí con Jakob y notar el amor que sentía cuando miraba a su familia. Me tumbé en el suelo, tan feliz que pensé en echar una cabezada.

—Tenemos que llevarte a casa —le dijo la mujer a Alyssa.

—¿Puede venir Ellie con nosotros? —preguntó Alyssa.

Todos se rieron.

—Ellie —dijo Jakob. Me incorporé. Él se volvió a agachar y me sujetó la cara con las dos manos—. Eres una buena perra, Ellie. Una buena perra.

Sentir el contacto de sus manos en mi pelaje me recordó el tiempo en que yo era un cachorro y empezaba a aprender a trabajar. Meneé la cola y sentía un gran amor por ese hombre. Pero no había duda de que me sentía feliz con Maya, así que cuando nos separamos, en el pasillo, yo la seguí a ella sin dudar ni un segundo.

—Buena perra, Ellie —murmuró Maya—. ¿Verdad que ha sido divertido ver a Jakob?

—¡Adiós, Ellie! —gritó Alyssa, y su voz resonó en el silencio del vestíbulo.

Maya se detuvo y se dio la vuelta, igual que yo. La última imagen que tengo de Jakob es la de verle coger en brazos a su hija mientras me dirigía una sonrisa.

Ese año, Emmet y Stella murieron. Maya estuvo llorando y se sintió muy triste. Al también estaba un poco triste. La casa parecía vacía sin ellos. Tinkerbell necesitaba mi constante consuelo ahora que era el único gato. Muchas veces me despertaba de mi cabezada y me lo encontraba apretado contra mí. Otras veces (lo que me resultaba incluso más desconcertante) estaba de pie y me miraba fijamente. No comprendía por qué tenía ese apego hacia mí. Estaba claro que mi razón para vivir no era ser la madre sustituta de un felino, pero no me molestaba demasiado e incluso le permitía que me lamiera de vez en cuando, pues aquello parecía hacerla feliz.

Los mejores días eran los de lluvia, cosa que era poco frecuente. Entonces parecía que los olores emanaban del suelo como cuando era un cachorro. Normalmente, era capaz de darme cuenta de cuándo las nubes traerían lluvia; siempre recordaba que en la granja la lluvia era muy frecuente.

Últimamente pensaba muchas veces en la granja: en la granja y en Ethan. Si mi vida con Fast y Sister (y con Coco en el patio) se había diluido en mi memoria, muchas veces me despertaba con un sobresalto y levantaba la cabeza, con la sensación de que acababa de oír el ruido de la puerta del coche de Ethan y creyendo que estaba a punto de entrar en la casa llamándome.

Un día que parecía que estaba a punto de llover, Maya y

yo estábamos en la escuela, en una clase en que los niños se sentaban en sillas y no encima de unas mantas. De repente, se oyó un trueno; todos los niños se pusieron a saltar y a reír. Luego fueron a ver cómo el cielo se volvía negro y todo se llenaba del rugido de la lluvia al caer. Yo inhalé con fuerza, con la esperanza de que abrieran las ventanas para dejar entrar todos esos olores.

—Volved a los asientos, niños —dijo la profesora.

De repente, la puerta de la clase se abrió. Entraron un hombre y una mujer, completamente empapados.

—Hemos perdido a Geoffrey Hicks —dijo el hombre.

Percibí el tono tenso en su voz. Alerta, los observé a los dos. El sentimiento de alarma que salía de ellos me resultaba familiar: una emoción con la que me había encontrado muchas veces mientras trabajaba.

—Es un niño de primero —le dijo el hombre a Maya.

Los niños se pusieron a hablar.

—¡Silencio! —los regañó la profesora.

—Estaban jugando al escondite cuando empezó a llover —explicó la mujer—. La tormenta apareció de repente. Todo estaba despejado…, pero, al momento… —Se llevó las manos a los ojos, que se le habían llenado de lágrimas—. Después de que hiciera que entrasen todos, me di cuenta de que Geoffrey no estaba con ellos. Se había escondido.

—Quizá el perro podría… —sugirió el hombre.

Maya me miró. Me puse en tensión.

—Será mejor que llamen al 911 —dijo—. Hace siete u ocho años que Ellie no ha trabajado en búsqueda y rescate.

—¿Y la lluvia no borrará el olor? Está cayendo muy fuerte —preguntó la mujer—. Me preocupa que cuando llegue otro perro…

Maya se mordisqueaba el labio.

—Desde luego, ayudaremos a buscarlo. Pero deben llamar a la policía. ¿Dónde creen que puede haber ido?

—Hay un bosque detrás del patio de juego. También hay una valla, pero los niños pueden levantarla —dijo el hombre.

—Esta es su mochila. ¿Puede ayudar en algo? —preguntó la mujer, alargando una bolsa de lona.

Percibí la excitación nerviosa de Maya mientras recorríamos el pasillo. Nos detuvimos ante la puerta de entrada; noté que la embargaba un sentimiento de derrota.

—Mira como llueve —murmuró—. ¿Vale, Ellie? —Acercó su cara a la mía y añadió—: ¿Estás lista, chica? Toma, huele esto.

Olí a conciencia la bolsa de lona. Detecté el olor de mantequilla, de chocolate, de lápices y de una persona.

—Geoffrey, Geoffrey —dijo Maya—. ¿Vale? —Abrió la puerta y la lluvia cayó sobre la entrada del vestíbulo—. ¡Busca!

Salté fuera, bajo la lluvia. Ante mí había una amplia zona de pavimento mojado. Empecé a dar vueltas por él. Se oía el ruido de mis uñas contra el suelo. Me llegaba el débil olor de varios niños, pero la lluvia empezaba a borrar los rastros. Maya también había salido y se alejaba corriendo de la escuela.

—¡Aquí, Ellie, busca aquí!

Recorrimos de regreso el trayecto hasta la valla: nada. Maya se sentía frustrada y asustada mientras avanzábamos por el suelo mojado. Encontramos un trozo de valla que estaba doblado, pero no percibí nada allí sobre lo que dar la alarma.

—Vale. Si está ahí, lo olerás, chica, ¿verdad? ¡Geoffrey! —gritó—. ¡Geoffrey, sal! ¡No pasa nada!

Seguimos por la valla en dirección a la escuela, pero por el otro lado del patio. Entonces llegó un coche de policía con los faros encendidos. Maya corrió hacia él para hablar con el hombre que iba al volante.

Por mi parte, continué buscando a Geoffrey. Aunque no

conseguía oler gran cosa, sabía que, si me concentraba, tal como me habían enseñado a hacer, sería capaz de distinguir el olor de la mochila de todos los demás. Si continuaba...

Ahí. Había encontrado algo. Miré rápidamente hacia atrás. Había un pequeño agujero en la valla y dos palos a ambos lados. Ningún adulto hubiera podido pasar por allí, pero detectaba el olor de Geoffrey: se había metido por ese agujero. Había salido del patio.

Regresé corriendo con Maya y di la voz de alerta. Ella estaba hablando con el policía, por lo que al principio no se dio cuenta. Finalmente, se giró y me miró, desconcertada.

—¿Ellie? ¡Llévame!

Corrimos de regreso, bajo la lluvia, hasta el agujero. Maya miró a través de la pequeña apertura.

—¡Vamos! —exclamó, corriendo a lo largo de la valla hacia la parte delantera de la escuela—. ¡El niño ha salido del terreno de la escuela! —le gritó al policía.

Él se puso a correr detrás de nosotras.

Cuando llegamos al otro lado de la valla, percibí el olor de Geoffrey en los dos postes del agujero. Desde allí, pude seguir el rastro. ¡Sí, se había ido por ahí!

Pero, de repente, el olor desapareció. Al cabo de unos cuantos pasos, ya había perdido por completo su rastro, a pesar de que me había parecido tan fuerte al principio.

—¿Qué sucede? —preguntó el policía.

—Quizá subió a un coche —dijo Maya.

El policía emitió un sonido gutural de asentimiento.

Acerqué el hocico al suelo. Entonces lo noté otra vez. Cambié de dirección y el olor se hizo más fuerte. En la calle, el agua bajaba formando un río en la curva que se metía por una alcantarilla. Metí el morro por la abertura de la alcantarilla intentando ignorar los olores que llegaban con el agua hasta allí. Me concentré. Hubiera podido meterme por el agujero de la alcantarilla, pero no había ninguna necesidad de hacerlo: ahora olía claramente a Geoffrey. Estaba justo delante de mí, a pesar de que no podía verlo en la oscuridad.

Miré a Maya.

—¡Dios mío, está ahí dentro! ¡Está en la alcantarilla! —gritó Maya.

El policía encendió una linterna y la enfocó hacia el interior de la alcantarilla. Todos lo vimos al mismo tiempo: el pálido rostro de un niño pequeño y asustado.

25

—¡*G*eoffrey! ¡Todo va bien! ¡Vamos a sacarte de ahí! —le gritó Maya al chico.

Sin prestar atención al agua, se arrodilló en la calle e intentó llegar hasta él. El agua lo había empujado lejos de la pequeña apertura. Estaba agarrado al muro. Desprendía un terror cegador. Justo a su derecha, un túnel oscuro absorbía el agua de lluvia con un fuerte rugido. Maya intentó alargar el brazo al máximo, pero no podía llegar hasta donde estaba el chico.

—¿Cómo ha conseguido meterse ahí? —gritó el policía.

—Es un agujero estrecho. Seguramente se metió antes de que empezara a llover. ¡Dios, está lloviendo con mucha fuerza! —Maya parecía frustrada.

Justo por encima de la cabeza de Geoffrey había una placa circular de hierro. El policía intentó levantarla con los dedos, mascullando algo para sí.

—¡Necesito una palanca! —gritó.

Le pasó la linterna a Maya y se fue corriendo metiendo los pies en el agua.

Geoffrey temblaba de frío y tenía la mirada perdida. Maya lo estaba enfocando con la luz de la linterna. Llevaba puesta una fina capucha amarilla sobre la cabeza, pero le ofrecía poca protección contra el frío.

—Aguanta, ¿vale? Aguanta. Vamos a sacarte de aquí, ¿vale?

Geoffrey no respondió.

Oímos el sonido de la sirena de un coche. Al cabo de menos de un minuto, el coche giró por la esquina y se detuvo a nuestro lado después de resbalar un poco con la frenada. El policía corrió hasta la camioneta.

—¡La patrulla de rescate ya viene hacia aquí! —gritó.

—¡No hay tiempo! —respondió Maya—. ¡El agua empieza a arrastrarlo!

El policía salió de detrás de la camioneta con un trozo de hierro doblado.

—¡Geoffrey, agárrate, no te sueltes! —gritaba Maya.

El policía se puso a trabajar en la placa circular. Maya se puso de pie y se acercó para mirar. Yo fui con ella. En cuanto el policía consiguió apartar la placa de hierro, vi que un trozo de barro caía sobre la cara de Geoffrey. El niño se llevó una mano a la cara para limpiársela, pero entonces la otra mano le resbaló. El chico cayó al agua. Nos miró un segundo. Al momento, el agua lo arrastró al interior del túnel.

—¡Geoffrey! —chilló Maya.

Yo continuaba haciendo «busca», así que no dudé ni un momento. Me tiré de cabeza tras él. En cuanto caí en el agua, su fuerza me arrastró hacia el túnel: nadé en esa misma dirección.

En el túnel todo estaba oscuro. La corriente me arrastraba con tal ímpetu que me di un golpe en la cabeza contra el cemento de arriba. Sin hacer caso al dolor, me concentré en Geoffrey, que iba por delante de mí en esa oscuridad luchando en silencio para mantenerse con vida. Su olor me llegaba débilmente, pero ahí estaba, ocultándose y reapareciendo en las aguas mortíferas.

De repente, perdí pie. En esa completa oscuridad, el agua

me continuó arrastrando. El túnel había desembocado en otro más grande y de aguas más profundas. El ruido era mayor. Me concentré en el olor de Geoffrey y nadé con fuerza. A pesar de que no podía verlo, sabía que estaba a pocos metros, delante de mí.

Supe lo que iba a suceder justo unos segundos antes de que el niño se hundiera. Ethan había hecho eso muchas veces: esperaba a que yo estuviera cerca para tirarse al lago. Y, de la misma manera que siempre supe cómo encontrar al chico en esa agua profunda, ahora tenía una sensación clara de dónde estaba Geoffrey, justo por debajo de mí. Buceé con todas mis fuerzas y la boca abierta, cegado y empujado por la fuerza del agua. Enseguida agarré la capucha con los dientes. Juntos, subimos a la superficie.

No había manera de ir en otra dirección que no fuera en la que nos empujaba el agua. Me concentré en mantener la cabeza de Geoffrey por encima del agua tirando de la capucha. Estaba vivo, pero había dejado de nadar.

Entonces vi que una tenue luz procedente de más adelante iluminaba un poco las paredes de cemento. El túnel en que estábamos era cuadrado y de unos dos metros de ancho, pero no había salida. ¿Cómo iba a salvar a Geoffrey?

La luz se hizo más fuerte, igual que el rugido del agua. Parecía que la corriente se aceleraba. Continué sujetando con fuerza la capucha de Geoffrey. Sabía que estaba a punto de suceder alguna cosa.

Salimos al aire libre. Caímos por una tubería de cemento a un río de curso rápido. Tuve que esforzarme por mantener la cabeza por encima de la superficie agitada y espumosa del agua. Las orillas del río eran de cemento. Mientras intentaba llevar a Geoffrey hasta la más cercana, la corriente me lo impedía: nos arrastraba hacia detrás. Estaba agotada: el cuello y la mandíbula me dolían del esfuerzo. Sin embargo, saqué fuerzas de flaqueza y arrastré a Geoffrey hasta acercarme a la orilla.

Unas luces me cegaron. Había unos hombres con chubasquero un poco más abajo del río. Corrían hacia la orilla. La corriente estaba a punto de alejarme antes de que pudiera dejar al chico a salvo.

Dos de los hombres se tiraron al agua. Iban atados el uno al otro. La cuerda llegaba hasta otros tipos que se agarraban con fuerza entre sí. Los dos hombres alargaban los brazos hacia nosotros. Tuve que hacer un esfuerzo increíble para llegar hasta ellos.

—¡Te tengo! —gritó uno de los hombres.

Geoffrey y yo habíamos chocado contra él. El hombre me sujetó por el collar, mientras el otro levantó a Geoffrey en el aire. La cuerda se tensó y nos arrastraron fuera del agua.

Cuando llegamos a tierra firme, el hombre me soltó y se arrodilló al lado de Geoffrey. Apretó su pequeño cuerpo: el niño vomitó un montón de agua marrón, tosiendo y llorando. Yo salté al lado del crío. Fue como si, al desvanecerse su miedo, el mío también desapareciera. El niño se pondría bien.

Los hombres le quitaron las ropas y lo envolvieron en unas mantas.

—Todo irá bien, chico. ¿Es tu perrito? Te ha salvado la vida.

Geoffrey no respondió, pero me miró un momento a los ojos.

Me tumbé en el barro. Las patas me temblaban violentamente. Me sentía tan débil que no veía nada. La fría lluvia me caía encima. Me quedé allí tumbada.

Entonces llegó un coche de la policía. Oí las puertas al cerrarse.

—¡Ellie! —gritó Maya desde la carretera.

Levanté la cabeza, demasiado cansada para ni siquiera intentar mover la cola. Ella corrió precipitadamente hasta la orilla, secándose las lágrimas de la cara. Estaba empapada de arriba a abajo, pero sentí todo su amor y su calor cuando me abrazó contra el pecho.

—Eres una buena perra, Ellie. Has salvado a Geoffrey. Eres una perra muy buena. Oh, Dios, creí que te había perdido, Ellie.

Pasé la noche en el veterinario. Durante los días siguientes, me sentía tan rígida que casi no podía moverme. Luego Maya y yo fuimos a la escuela, pero esta vez estaba llena de adultos de su edad. Nos sentamos ante unas luces que nos iluminaban mientras un hombre hablaba en voz alta. Luego, ese hombre se acercó y me puso un estúpido collar; se iluminaron unas luces incluso más fuertes que se encendían y se apagaban en silencio, igual que sucedió cuando estaba con Mamá después del incendio que hirió la pierna de Ethan. El hombre le puso una cosa en el uniforme a Maya. Entonces todo el mundo se puso a aplaudir. Sentí que Maya se llenaba de orgullo y de amor. Me susurró que yo era una perra buena. Yo también me sentía orgullosa.

No mucho después de ese día, un estado diferente inundó la casa. Maya y Al estaban nerviosos y excitados. Pasaban mucho rato en la mesa, conversando.

—Si es un niño, ¿por qué no puede llamarse Albert? —preguntó Al—. Es un buen nombre.

—Es un nombre fantástico, cariño, pero, entonces, ¿cómo lo llamaremos? Tú eres mi Albert, mi Al.

—Lo podríamos llamar Bert.

—Oh, cariño.

—Bueno, entonces, ¿qué nombre le pondremos? Tu familia es tan numerosa que ya habéis utilizado todos los nombres posibles. No lo podemos llamar ni Carlos, ni Diego, ni Francisco, ni Ricardo…

—¿Y Ángel?

—¿Ángel? ¿Quieres que mi hijo se llame Ángel? No sé, no sé... Puede que no sea buena idea dejar el nombre de este niño en manos de una mujer que le puso Tinkerbell a su gato.

El gato, que dormía pegado a mí, ni siquiera levantó la cabeza cuando pronunciaron su nombre. Los gatos son así: no puedes captar su atención a no ser que ellos quieran dártela.

Maya se reía.

—¿Y Charles?

—¿Charley? No, mi primer jefe se llamaba Charley —objetó Al.

—¿Anthony?

—¿No tienes un primo que se llama Anthony?

—Se llama Antonio —lo corrigió Maya.

—Bueno, no me cae bien. Lleva un mostacho horrible.

Maya estalló en carcajadas. Yo meneé la cola brevemente ante esa alegría.

—¿George?

—No.

—¿Raúl?

—No.

—¿Jeremy?

—Por supuesto que no.

—¿Ethan?

Me incorporé de un salto. Al y Maya me miraron, sorprendidos.

—Parece que a Ellie le gusta —dijo Al.

Ladeé la cabeza y los miré, insegura. Tinkerbell me miraba, huraño. Me dirigí hacia la puerta y levanté el hocico.

—¿Qué sucede, Ellie? —preguntó Maya.

No había ni rastro del chico. Ya no estaba segura de haber oído bien. Fuera, algunos niños pasaron sobre unas bicicletas, pero ninguno de ellos era Ethan. ¿Qué creía, que Ethan,

LA RAZÓN DE ESTAR CONTIGO

como Jakob, aparecería de repente en mi vida? Instintivamente, sabía que eso no iba a pasarle nunca a un perro. Aun así, Maya había pronunciado el nombre del chico, ¿no? ¿Por qué lo había hecho?

Fui al lado de Maya y me tumbé soltando un suspiro. Tinkerbell se acercó y se apretó contra mí. Yo aparté la mirada de la de Al. Me sentía un poco avergonzada.

Al cabo de poco tiempo, ya teníamos una nueva persona en la casa: la pequeña Gabriella. Olía a leche agria y parecía incluso más inútil que un gato. La primera vez que trajeron a la niña a casa, Maya me la acercó con cuidado para que la oliera, pero yo no me sentí muy impresionada. A partir de ese momento, Maya se levantaba muchas veces por la noche y yo iba con ella. Entonces abrazaba a Gabriella contra su pecho y yo me tumbaba a sus pies. En esos momentos, el increíble amor que surgía de Maya me inducía a sumirme en un sueño tranquilo y profundo.

Empecé a sentir un dolor en los huesos que ya me era familiar: me había sentido igual cuando era Bailey y me pasaba casi todo el tiempo ayudando a Abuelo a hacer faena. Las cosas se me hicieron borrosas; los sonidos, menos claros. Esto también me resultaba conocido.

Me preguntaba si Maya sabía que se acercaba el día en que yo ya no estaría con ellos. Era de sentido común que iba a morirme, de la misma manera que habían muerto Emmet y Stella. Eso era lo que sucedía. Cuando era Toby, cuando era Bailey: todo era lo mismo.

Mientras estaba tumbada al sol y pensaba en todo eso, me di cuenta de que había dedicado mi vida a ser una buena perra. Lo que había aprendido de mi primera madre me había llevado hasta Ethan. Lo que aprendí con Ethan me había permitido bucear en esa agua oscura para encontrar a Geoffrey. Mientras, Jakob me había enseñado a buscar y yo había ayudado a salvar a muchas personas.

251

Supuse que, después de dejar a Ethan, volví a nacer como Ellie por tal motivo. Todo lo que había hecho, todo lo que había aprendido, me había conducido a ser una buena perra que salvaba a las personas. No era tan divertido como ser un perro bobo, pero ahora sabía por qué esos seres, esos seres humanos, me habían fascinado tanto desde el primer momento en que los vi. Era porque mi destino estaba ligado al suyo. En especial, al de Ethan: ese era un vínculo para toda la vida.

Ahora que había cumplido mi propósito, estaba segura de que había llegado al final. Sabía que ya no habría ningún renacer. Y me sentía en paz con esa idea. Por maravilloso que fuera ser un cachorro, no quería serlo con nadie que no fuera el chico. Maya y Al tenían a la pequeña Gabriella para distraerlos, cosa que me colocaba en un segundo plano en la casa, excepto (por supuesto) para Tinkerbell, que creía que yo era su familia.

Me pregunté si los gatos también regresaban después de morir, pero descarté esa posibilidad. Por lo que yo sabía, los gatos no tenían propósito alguno en la vida.

Había empezado a tener dificultades en contener mis necesidades el tiempo suficiente para salir fuera; cada vez era más frecuente que ensuciara la casa. Y eso me daba mucha vergüenza. Y lo que era peor: Gabriella tenía el mismo problema, así que la basura siempre contenía el resultado de nuestros movimientos intestinales.

Al me llevó varias veces en coche, en el asiento de delante. Íbamos a ver al veterinario. Él siempre me acariciaba y yo gemía de placer.

—Eres una buena perra, es solo que te haces vieja —dijo Al.

Meneé la cola, contenta de ser una buena perra. Maya estaba muy ocupada con Gabriella, así que yo cada vez pasaba más tiempo con él. Por mí, no había ningún problema. Sentía su ternura y su cariño siempre que me ayudaba a subir al coche para ir a dar un paseo.

Un día, Al me tuvo que llevar al patio para que yo pudiera hacer mis necesidades. Percibía su tristeza. Se daba cuenta de qué significaba eso. Le lamí la cara para consolarlo. Incluso le puse la cabeza en el regazo mientras él lloraba, sentado en el suelo.

Cuando Maya llegó a casa, salió fuera con la niña y nos sentamos todos juntos.

—Has sido una perra muy buena, Ellie —me decía todo el rato Maya—. Eres una heroína. Has salvado muchas vidas. Salvaste a ese niño pequeño, Geoffrey.

Entonces vino una vecina y se llevó a Gabriella. Maya se inclinó sobre la niña y le susurró algunas palabras en el oído.

—Adiós, Ellie —dijo Gabriella.

La mujer se detuvo y Gabriella alargó la mano hacia mí para que se la lamiera.

—Di adiós —dijo la mujer.

—Adiós —repitió Gabriella.

La mujer se llevó a la niña al interior de la casa.

—Esto es muy duro, Al —dijo Maya con un suspiro.

—Lo sé. Si quieres, ya lo hago yo, Maya —repuso Al.

—No, no. He de estar con Ellie.

Al me cogió y me llevó hasta el coche. Maya se sentó en el asiento de atrás, conmigo.

Sabía adónde íbamos. Gimiendo de dolor, me dejé caer en el asiento y puse la cabeza en el regazo de Maya. Sabía adónde íbamos y estaba ansiosa por sentir la paz que eso me daría. Maya me acariciaba la cabeza. Cerré los ojos. Me pregunté si había alguna cosa que quisiera hacer por última vez: ¿buscar?, ¿nadar en el océano?, ¿sacar la cabeza por la ventanilla? Todo eso eran cosas fantásticas, pero ya las había hecho. Ya había tenido suficiente.

Cuando me dejaron encima de la mesa metálica, meneé la cola. Maya lloraba y susurraba todo el rato:

—Eres una buena perra.

Fueron su amor y sus palabras lo que me llevé conmigo mientras sentía aquel ligero pinchazo en el cuello. Al cabo de un momento, unas maravillosas y cálidas aguas se me llevaron.

26

Mi nueva madre tenía la cara grande y negra, así como una lengua caliente y rosada. En cuanto me di cuenta de que todo eso estaba ocurriendo otra vez, la miré, atontada. No podía ser, no después de haber sido Ellie.

Tenía ocho hermanos y hermanas: negros, sanos y llenos de energía. Pero yo prefería alejarme y pensar en qué significaba que fuera un cachorro otra vez.

No tenía ningún sentido. Sabía que nunca habría estado con Ethan si, siendo Toby, no hubiera aprendido a abrir la puerta de una valla. Luego, en el tiempo que pasé en el conducto de la alcantarilla, aprendí que no había nada que temer al otro lado de la valla. Con Ethan aprendí lo que era el amor y la camaradería. Me parecía que había cumplido mi propósito al acompañarle en sus aventuras. Pero Ethan también me había enseñado a rescatarlo en el lago; luego, siendo Ellie, aprendí a buscar y pude salvar al niño en aquel túnel de agua. No habría sido tan buena en mi trabajo si no hubiera tenido la experiencia de ser el perro de Ethan: la fría distancia de Jakob me hubiera resultado incomprensible y dolorosa.

Pero ¿ahora qué? ¿Qué podría suceder ahora que pudiera justificar mi renacimiento como cachorro de nuevo?

Estábamos en una perrera bien cuidada que tenía el suelo de cemento. Dos veces al día venía un hombre y la limpiaba; nos sacaba a un patio para que jugáramos en la hierba. Otros hombres y mujeres venían a pasar un rato con nosotros. Nos cogían y nos miraban las patas. Aunque yo percibía su alegría, ninguno de ellos irradiaba ese amor tan especial que yo había tenido con Ethan, con Maya, con Al.

—Felicidades, tiene una buena camada, Coronel —dijo uno de ellos mientras me cogía y me levantaba en el aire—. Va a ganar un buen dinero.

—Me preocupa el que tiene ahora en las manos —dijo otro hombre. Olía a humo. Por la manera en que mi nueva madre respondía ante él cuando se acercaba a la perrera, supe que era el propietario—. No parece que tenga mucha energía.

—¿Lo ha examinado el veterinario? —El hombre que me sostenía me dio la vuelta y pasó los dedos por mis labios para mirarme los dientes.

Se lo permití. Solo quería que me dejaran en paz.

—No parece que le pase nada malo. Es solo que se aparta y duerme siempre —respondió el hombre que se llamaba Coronel.

—Bueno, no todos pueden ser campeones —repuso el primer hombre mientras volvía a dejarme en el suelo.

Mientras me alejaba, detecté un sentimiento de infelicidad en Coronel. No sabía qué era lo que yo había hecho mal, pero imaginé que, de todas formas, no estaría allí mucho tiempo. Si algo había aprendido de mis anteriores experiencias, era que las personas que tenían camadas querían a los cachorros, aunque no lo suficiente para quedarse con ellos.

Pero me equivocaba. Al cabo de pocas semanas, se habían llevado a casi todos mis hermanos y hermanas. Solo quedábamos tres. Notaba una triste resignación en mi madre, que ya había dejado de alimentarnos, pero que continuaba acercándonos el morro con afecto cada vez que alguno de nosotros iba a lamerle la cara. Era evidente que ya había pasado por eso antes.

Durante los días siguientes, vinieron varias personas a visitarnos y a jugar con nosotros. Nos metían en fundas, agitaban unas llaves delante de nosotros, nos tiraban pelotas para ver qué hacíamos. Ninguna de esas cosas me parecían una forma racional de comportarse con unos cachorros, pero todo el mundo parecía tomárselo muy en serio.

—Un montón de dinero para uno tan pequeño —le dijo un hombre a Coronel.

—Sire ha sido ganador nacional dos veces; la madre ha resultado distinguida seis años seguidos y ha ganado dos. Creo que será una buena inversión —respondió él.

Se estrecharon la mano y, a partir de ese momento, solo quedamos mi madre, yo y una hermana, a quien llamaban Pounce porque siempre me saltaba encima, como si yo no la viera venir. Ahora que mi otro hermano se había marchado, ella se me tiraba encima todo el tiempo. De hecho, tuve que luchar con ella para defenderme. Coronel se dio cuenta de que me mostraba más activo y percibí algo parecido al alivio en él.

Luego, a Pounce se la llevó una mujer que olía a caballos. Me quedé solo. Debo admitir que lo prefería.

—Supongo que tendré que bajar el precio —dijo Coronel al cabo de unas semanas—. Es una pena.

Ni siquiera levanté la cabeza ni corrí hacia él para intentar convencerlo de que no se sintiera decepcionado conmigo. Era evidente que lo estaba.

La verdad es que tenía el corazón roto. No podía comprender qué me estaba sucediendo, por qué volvía a ser un cachorro. La idea de volver a pasar por un adiestramiento, de aprender a buscar con otras personas que no fueran Maya o Jakob, la idea de vivir otra vida… Todo eso me sobrepasaba. Sentía que era un perro malo.

Cuando venía gente de visita, nunca corría hasta la valla para verlos. Ni siquiera si venían con niños: tampoco quería volver a hacer eso. Ethan era el único niño hacia el que podía sentir algún interés.

—¿Qué le pasa? ¿Está enfermo? —preguntó un hombre un día.

—No. Solo es que prefiere estar solo —respondió Coronel.

El hombre se acercó y me cogió. Tenía los ojos azules y me miró con amabilidad.

—Eres un chico tranquilo, ¿verdad? —me preguntó.

Percibí un anhelo en su interior. Y, no sé por qué, pero supe que ese día me iría de la perrera con él. Me acerqué a mi nueva madre y le di un lametón de despedida en la cara. Ella también parecía darse cuenta: me dio un afectuoso golpe con el hocico.

—Le daré doscientos cincuenta —dijo el hombre de los ojos azules.

Coronel se mostró sorprendido.

—¿Qué? Señor, los padres de este perro...

—Sí, ya he leído el anuncio. Mire, es para mi novia. Ella no lo llevará a cazar: solo quiere un perro. Usted me dijo que llegaría a un acuerdo. Y yo imagino que si tiene usted un cachorro de tres meses y su trabajo es criar perros, hay algún motivo por el que nadie ha querido a este. Tampoco creo que usted lo quiera. Yo podría adoptar un labrador por nada. Supongo que este tiene los papeles de pedigrí en regla. Por eso le ofrezco doscientos cincuenta. ¿Hay alguien más que esté interesado en comprar este perro? No me lo parece.

Al cabo de poco, el hombre me puso en el asiento de su coche. Luego, le estrechó la mano a Coronel, que me dejó marchar sin siquiera darme una caricia de despedida. El hombre le dio un trozo de papel:

—Si alguna vez quiere comprar un coche de lujo a buen precio, llámeme —le dijo con despreocupación.

Observé a mi nuevo dueño. Me gustó que me dejara ir en el asiento del coche. Sin embargo, cuando me miraba, no percibía ningún afecto en él. Allí no había nada más que indiferencia.

Pronto averigüé por qué: yo no iba a vivir con ese hombre, cuyo nombre resultó ser Derek. Mi hogar sería la casa de una mujer que se llamaba Wendi, que, en cuanto me vio, se puso a saltar y a chillar. Los dos empezaron a jugar de inmediato, así que empecé a explorar el apartamento en el que iba a vivir a partir de ese momento. Había zapatos y piezas de ropa por todas partes, así como cajas llenas de comida reseca encima de una mesita baja que había delante del sofá. Las lamí hasta dejarlas limpias.

Derek tampoco sentía ningún afecto especial hacia Wendi. Ni siquiera lo percibí cuando la abrazó antes de salir por la puerta. Siempre que Al se iba de casa, la oleada de amor que surgía de él hacia Maya me hacía menear la cola. Pero este hombre no era así.

El amor de Wendi hacia mí fue instantáneo, pero resultaba confuso. Era una mezcla desordenada de emociones que yo no comprendía. Durante los días siguientes, me puso por nombre Pooh-Bear, Google, Snoopdog, Leno y Pistachio. Luego volví a ser Pooh-Bear, pero pronto se decidió por Bear y sus variantes: Barry-Boo, Bear-Bear, Honey-woney Bear, Cuddle Bear y Wonder Bear. Me cogía y me daba besos por todas partes. Me apretaba como si nunca tuviera suficiente. Eso sí, cuando sonaba el teléfono, me dejaba en el suelo para ir a cogerlo.

Por las mañanas, Wendi se ponía a revolver sus pertenencias con un sentimiento de pánico creciente y decía:

—¡Voy tarde! ¡Voy tarde!

Salía de casa dando un portazo y yo me quedaba solo en casa todo el día, completamente aburrido.

Ella puso papeles de periódico en el suelo, pero yo no podía recordar si se suponía que debía hacer pipí en ellos o si tenía que evitarlo, así que hice ambas cosas. Los dientes me dolían tanto que tenía la boca llena de saliva, así que acabé mordisqueando un par de zapatos. Cuando lo vio, a Wendy le dio un ataque. A veces se olvidaba de darme de comer. Y entonces no me quedaba otra que meter la cabeza en la basura. Eso también la hacía gritar.

Por lo que podía ver, la vida con Wendi no tenía ningún propósito. No entrenábamos juntos; ni siquiera íbamos mucho de paseo. Ella solía abrir la puerta y me dejaba correr por el patio, ya por la noche. Casi nunca durante el día. Y cuando lo hacía, me miraba con una extraña emoción de miedo disimulado, como si yo estuviera haciendo algo malo. Llegué a sentirme tan frustrado, tan lleno de energía no canalizada, que me ponía a ladrar, a veces durante horas. Los ladridos resonaban en las paredes.

Un día oí que llamaban con fuerza a la puerta.

—¡Bear! ¡Ven aquí! —me advirtió Wendi.

Me encerró en su dormitorio, pero pude oír que un hombre hablaba con ella. Parecía enojado.

—¡No está permitido tener un perro! ¡Está en el contrato!

Ladeé la cabeza al oír la palabra «perro». Me pregunté si yo era la causa del enojo de aquel hombre. Que yo supiera, no había hecho nada malo, pero en esa casa de locos las reglas eran distintas. Así pues, vete a saber.

La siguiente vez que Wendi tenía que irse a trabajar, hizo una cosa distinta: me llamó y me hizo sentar. No se mostró impresionada en absoluto por que yo supiera responder a la orden de «siéntate» sin que me lo hubiera enseñado.

—Mira, Bear-Bear, mientras yo estoy fuera no puedes ladrar, ¿vale? Tendré problemas con los vecinos. Nada de ladrar, ¿vale?

Percibí tristeza en ella y me pregunté de qué iba todo eso. Tal vez también se aburría durante el día. ¿Por qué no me llevaba con ella? ¡Me encantaban los paseos en coche! Pasé la tarde sacando mi energía a base de ladrar, pero no mordisqueé ningún zapato.

Al cabo de uno o dos días, cuando llegó a casa, Wendi abrió la puerta con una mano mientras cogía un papel del suelo de la parte de fuera de la puerta. Corrí hacia la puerta con la vejiga a punto de estallar, pero no me dejó salir. Se puso a mirar el papel y empezó a gritar. No tuve más remedio que hacer pipí en el suelo de la cocina. Entonces, me pegó en el trasero con la palma de la mano y abrió la puerta.

—Venga, será mejor que salgas: de todas formas, todo el mundo sabe que estás aquí.

Acabé de hacer mis necesidades en el patio. Me sentía mal por haber ensuciado el suelo de la cocina, pero no había tenido más opción.

Al día siguiente, Wendi durmió hasta tarde. Luego subimos al coche y nos fuimos a dar un paseo muy largo. Yo iba en el asiento trasero porque había un montón de cosas en el de delante, pero Wendi bajó la ventanilla para que pudiera sacar el morro. Nos detuvimos en el camino de una pequeña casa, delante de la cual había varios coches. Por el olor que desprendían, supe que hacía mucho tiempo que no se habían movido de allí. Levanté la pata en uno de ellos.

Una mujer mayor abrió la puerta.

—Hola, mamá —dijo Wendi.

—¿Es ese? Es enorme. Dijiste que era un cachorro.

—Bueno, le puse Bear de nombre. ¿Qué esperabas?

—Esto no va a funcionar.

—¡Mamá! ¡No tengo elección! ¡Tengo un aviso de desahucio! —gritó Wendi, enojada.

—Bueno, ¿y en qué estabas pensando?

—¡Fue un regalo de Derek! ¿Qué se supone que debía hacer? ¿Devolvérselo?

—¿Y por qué te regala un perro si no puedes tener perros en casa?

—Porque yo le dije que quería, ¿vale, mamá? ¿Contenta? Dije que quería un perro. Dios.

Los sentimientos que esas mujeres tenían la una por la otra eran tan complicados que no había manera de comprenderlos. Wendi y yo pasamos la noche en aquella pequeña casa. Ambos estábamos un poco asustados: había un hombre que se llamaba Victor y que llegó a casa al oscurecer. Parecía tan rabioso que hacía que todo pareciera peligroso y absurdo. Mientras Wendi y yo dormíamos en una estrecha cama, en una abigarrada habitación de la parte trasera de la casa, Victor gritaba en el otro extremo de la casa.

—¡No quiero ningún perro aquí!

—¡Bueno, es mi casa y hago lo que quiero!

—¿Qué se supone que haremos con un perro?

—Qué pregunta esa... ¿Qué hace cualquiera con un perro?

—Cállate, Lisa. Cállate.

Entonces, Wendi me susurró:

—Todo irá bien, Barry-Boo. No dejaré que te pase nada malo.

Estaba tan triste que le lamí la mano para consolarla. Pero solo conseguí que se pusiera a llorar.

A la mañana siguiente, las dos mujeres salieron y empezaron a hablar al lado del coche. Yo me puse a olisquear la puerta del automóvil, deseando que me dejaran subir. Cuanto antes nos fuéramos de allí, mejor.

—Dios, mamá, ¿cómo puedes aguantarlo? —dijo Wendi.

—No es tan malo. Es mejor que tu padre.

—Oh, no empieces.

Se quedaron en silencio un momento. Olisqueé el aire:

notaba la fragancia agria de la basura amontonada al lado de la casa. Francamente, era un olor delicioso. No estaría mal rebuscar allí algún día.

—Bueno, llámame cuando llegues a casa —dijo la mujer mayor.

—Lo haré, mamá. Cuida de Bear.

—Sí.

La mujer se llevó un cigarrillo a los labios y lo encendió. Luego expulsó el humo con fuerza.

Wendi se arrodilló a mi lado. Su tristeza era tan fuerte y me resultó tan conocida que supe lo que sucedería. Me acarició la cara y me dijo que era un buen perro. Luego abrió la puerta del coche y se subió en él sin mí. Observé el auto mientras se iba. Aquello no me había pillado por sorpresa, a pesar de que no estaba seguro de qué era lo que había hecho mal. Si yo era un perro tan bueno, ¿por qué mi dueña me abandonaba?

—¿Y ahora qué? —dijo la mujer a mi lado, sacando el humo del cigarrillo por los labios.

27

*D*urante las siguientes semanas, aprendí a mantenerme lejos de Victor. La mayor parte del tiempo me resultaba fácil, puesto que estaba atado a un poste del patio y él nunca se acercaba. Muchas veces lo veía, sentado al lado de la ventana de la cocina, fumando y bebiendo. A veces, por la noche, salía al patio a orinar. Esas eran las únicas veces que me hablaba.

—¿Qué miras, perro? —me gritaba.

Se reía, pero su risa nunca era de alegría.

Los días se hicieron más cálidos; así que, para tener un poco de sombra, excavé un hoyo en el suelo, entre la valla y una máquina que estaba al sol.

—¡El perro ha echado un montón de tierra encima de mi motonieve! —se puso a gritar Victor al ver lo que había hecho.

—¡Hace dos años que no funciona! —respondió a gritos Lisa.

Solían chillarse el uno al otro. Me recordaba un poco a cuando Mamá y Papá se enojaban y se gritaban. Sin embargo, en esta casa, además, se oían golpes y gritos de dolor, muchas veces acompañados por el sonido de unas botellas al chocar y al caer al suelo.

Al otro lado de la podrida valla de madera vivía una mujer mayor muy amable que empezó a venir a verme. Me miraba a través de los agujeros y las rendijas de la valla.

—Eres un perro muy guapo. ¿Hoy te han puesto agua? —susurró la primera mañana que empezaba a hacer calor de verdad.

Se fue y al poco rato regresó con una jarra de agua, con la que llenó mi sucio cuenco. Bebí, agradecido, y le lamí su frágil mano, que aproximó a través de un agujero en la valla.

Las moscas que se amontonaban en mi cuenco se me metían en los labios y en los ojos. Me volvían loco. Sin embargo, en general no me molestaba quedarme tumbado en el patio, pues así estaba lejos de Victor. Y es que me daba miedo. La maldad que surgía de él me hacía sentir en peligro. Me recordaba a Todd y al hombre de la pistola que había herido a Jakob. Y a los dos los había mordido. ¿Significaba eso que acabaría mordiendo a Victor algún día?

Simplemente, no me podía creer que mi propósito en la vida fuera atacar a los humanos. Eso era algo inaceptable. Solo de pensarlo me ponía enfermo.

Cuando Victor no estaba en casa, yo ladraba. Entonces, Lisa salía, me daba de comer y me desataba la cadena un rato. Pero yo nunca ladraba cuando él estaba en casa.

La señora del otro lado de la valla me traía pequeños trozos de carne y me los daba por el agujero. Cada vez que atrapaba un trozo de carne en el aire, ella se reía con auténtica alegría, como si acabara de realizar una proeza increíble. Parecía que esa era mi única razón para vivir: ofrecerle un poco de felicidad a esa misteriosa mujer cuyo rostro casi no podía ver.

—Es una vergüenza, una auténtica vergüenza. No pueden hacerle esto a un animal. Voy a llamar a alguien —decía.

Me daba cuenta de hasta qué punto se preocupaba por mí. Aun así, era raro, pues nunca venía al patio a jugar.

Un día, una camioneta se detuvo delante de la casa y una

mujer bajó de ella. Vestía igual que Maya, así que supe que era una policía. Por un momento pensé que había venido a buscarme para que jugáramos a «busca», porque se quedó en la puerta de la valla y me miraba mientras apuntaba algo. No tenía ningún sentido. Cuando Lisa salió, me tumbé. La policía le dio un papel.

—¡El perro está bien! —le gritó Lisa, muy enojada.

Me di cuenta de que la mujer mayor estaba detrás de mí, al otro lado de la valla. Observaba en silencio la cólera de Lisa.

Esa noche, Victor gritó más de lo habitual. Decía la palabra «perro» muy a menudo.

—¿Por qué no le pegamos un tiro a ese maldito perro? —gritó—. ¿Cincuenta dólares? ¿Por qué? ¡No hacemos nada malo!

Se oyó un fuerte golpe en la casa, como de algo al romperse. Me asusté.

—Tenemos que conseguir una cadena más larga y limpiar toda la porquería del jardín. ¡Mira la nota! —le gritó Lisa.

—¡No necesito leer la nota! ¡No pueden obligarnos a hacerlo! ¡Estamos en nuestra propiedad!

Esa noche, cuando salió al patio a orinar, Victor intentó apoyarse con la mano en la pared de la casa, pero no lo consiguió y cayó al suelo.

—¿Qué miras, chucho idiota? —farfulló, mirándome—. Ya me encargaré de ti mañana. No pienso pagar cincuenta pavos.

Me acurruqué contra la valla, sin atreverme a mirarle.

Al día siguiente, yo estaba distraído mirando una mariposa que revoloteaba delante de mi cara y me asusté al ver que Victor aparecía de repente delante de mí.

—¿Quieres ir a dar un paseo en coche? —me dijo en tono meloso.

No meneé el rabo al oírle. Por algún motivo, me pareció más una amenaza que una invitación. «No —pensé—. No quiero ir de paseo en coche contigo.»

—Será divertido. Veremos mundo —dijo, y se rio, pero su carcajada dio paso a una tos, así que se giró y escupió en el suelo.

Desenganchó la cadena del poste y me condujo hasta su coche. Yo me detuve delante de la puerta, pero él me arrastró hasta la parte de atrás. Abrió el maletero con la llave.

—Adentro —me dijo.

Percibí que quería algo. Así pues, esperé a recibir una orden comprensible.

—Vale —añadió.

Me agarró con una mano por el pelaje de la nuca y, con la otra, por de la grupa. Sentí un fuerte dolor mientras me izaba y me metía en el maletero, encima de unos papeles grasientos. Una vez allí, me quitó la correa y la dejó caer en el suelo, delante de mí. La puerta se cerró y me quedé en una oscuridad casi total.

Estaba encima de unos malolientes trapos empapados de aceite que me recordaban la noche del incendio, cuando Ethan se hizo daño en la pierna. También había unas herramientas de metal, así que me resultaba difícil ponerme cómodo. Una de ellas era, claramente, una pistola; su olor acre resultaba inconfundible. Aparté la cara de ella e intenté no sentir esos fuertes olores.

Allí, medio tumbado, intentaba sujetarme con las uñas contra el suelo para no ir de un lado a otro del estrecho maletero con cada bache, con cada curva.

Fue el paseo en coche más extraño de mi vida. De hecho, el único que no recuerdo como divertido. Pero los viajes en coche siempre terminaban en un sitio nuevo, y siempre resultaba entretenido explorar los sitios nuevos. Quizás ahora encontraría otros perros, o tal vez iría a vivir con Wendi de nuevo.

El estrecho maletero pronto se calentó. Aquello me recordó la habitación en que me habían puesto con Spike, cuando me llamaba Toby y me alejaron de Señora. Hacía mucho tiempo que no recordaba aquel terrible episodio. Habían pasado muchas cosas desde entonces. Ahora era un perro completamente distinto, un perro bueno que salvaba gente.

Después de un largo e incómodo rato metido en ese maletero, percibí a Victor en el interior del coche, pero al otro lado del maletero. Tuve la clara sensación de que estaba intentando decidir algo. Parecía indeciso. Luego dijo algo en tono duro, fue una palabra que no oí bien. Abrió la puerta del coche. Luego, los pasos sobre la grava. Acurrucado de miedo, lo olí antes de que abriera la puerta del maletero y el aire frío me rodeara.

Me miró. Yo levanté los ojos hacia él, parpadeando, pero aparté la mirada rápidamente para que no creyera que lo estaba desafiando.

—Muy bien.

Alargó la mano y me agarró por el collar. Pensé que me iba a atar con la correa, así que me sorprendió notar que me quitaba el collar. Tuve la extraña sensación de llevar puesto todavía un collar, pero uno tan ligero como el aire.

—Venga, fuera de aquí.

Me puse en pie. Tenía las patas dormidas. Reconocí los gestos que hacía con las manos y salté del coche. Aterricé en el suelo con torpeza. Estábamos en una carretera de tierra. La hierba, alta y verde, se mecía al viento, bajo el sol. El polvo del camino se me metía en el hocico y en la boca. Hice pipí y lo miré. ¿Ahora qué?

Victor volvió a subir al coche y encendió el motor, que hizo un fuerte ruido. Yo lo miré, confundido, mientras el coche se ponía en marcha por el camino, levantando polvo y piedras a su paso. Dio la vuelta en la dirección opuesta. Entonces bajó la ventanilla.

—Te estoy haciendo un favor. Ahora eres libre. Vete a cazar conejos o algo.

Me sonrió y se marchó con el coche, dejando una gran nube de polvo tras él.

Gracias a tantos años de jugar al «busca» supe que estaba perdiendo su olor rápidamente: Victor debía de estar conduciendo muy deprisa. Empecé a seguir el rastro. Ya no seguía la nube de polvo, sino que me concentré en los olores específicos que había olido en el maletero del coche.

Pude seguirlo hasta un lugar en que el camino llegaba a una carretera asfaltada. Sin embargo, al cabo de un rato, al girar, llegué a una autopista. Los coches pasaban a toda velocidad. Lo había perdido. Allí había demasiados coches. Además, todos desprendían un olor similar (aunque no exactamente igual) al del coche de Victor. Detectar el olor que estaba buscando era imposible.

La autopista me intimidaba, así que me di la vuelta y regresé por donde había venido. Sin nada más que hacer, seguí el camino de regreso por el olor, que ya era débil en la brisa del final de la tarde. Cuando llegué al camino de tierra, pasé de largo y continué por la carretera asfaltada.

Recordé la vez en que aprendí lo que mi primera madre me había enseñado y me escapé de la perrera, cuando fui un cachorro por segunda vez. Entonces me había parecido una gran aventura poder correr al aire libre, lleno de vida. Luego ese hombre me encontró y me bautizó como «Colega». Después llegó Mamá y me llevó con Ethan.

Pero ahora no era como entonces. No me sentía libre. No me sentía lleno de vida. Me sentía culpable y triste. No tenía ningún objetivo, ningún propósito. No era capaz de encontrar el camino a casa desde allí. Era como cuando Coronel me dejó, el día en que Derek me llevó a vivir con Wendi. A pesar de que Coronel no sentía nada por mí, eso también fue una despedida. Victor acababa de hacer lo mismo, pero esta vez no me había dejado con nadie.

El polvo y el calor me hacían jadear. Tenía la boca seca de

tanta sed. Entonces detecté olor de agua, así que corrí en esa dirección. Dejé la carretera y atravesé una zona de hierba muy alta que se mecía bajo la fuerza del viento.

El olor de agua se fue haciendo más fuerte, más tentador. Al final, me condujo hasta un conjunto de árboles que bajaban hasta la orilla de un río. Me metí en el agua hasta el pecho y me puse a beber. Fue una sensación maravillosa.

Puesto que la sed ya no era una cuestión urgente, me permití abrir los sentidos hacia lo que había a mi alrededor. El maravilloso olor del río me invadía. Y con él llegaba el sonido del agua (muy débil), el graznido de un pato que se quejaba sobre algún desaire imaginado. Caminé por el agua metiendo las patas en aquel fango blando.

Y entonces, con un sobresalto, me di cuenta. Levanté la cabeza, con los ojos muy abiertos.

Sabía dónde estaba.

28

$\mathcal{H}$acía mucho mucho tiempo, había estado en la orilla de ese mismo río. Puede que en ese mismo punto. Fue cuando Ethan y yo hicimos aquella larga caminata en busca de Flare, la estúpida yegua que nos había abandonado. El olor resultaba inconfundible: el hecho de haber practicado «busca» durante tantos años me había enseñado a distinguir con claridad los olores, a catalogarlos y a guardarlos en mi memoria. Por eso era capaz de reconocer ese sitio. Que fuera verano (la misma estación del año) ayudaba, así como que fuera joven, y mi olfato, agudo.

No tenía ni idea de cómo Victor podía haber sabido eso, ni qué significaba que me hubiera soltado para que yo encontrara ese lugar. No tenía ni idea de qué quería que hiciera. Y puesto que no tenía ni idea, empecé a trotar siguiendo el curso del río, siguiendo los mismos pasos que habíamos dado Ethan y yo hacía años.

Al final del día tenía tanta hambre… No recordaba haberme sentido tan hambriento nunca. Me dolía el estómago. Pensé en la pálida mano de la mujer cuando me dejaba caer pequeños trozos de comida por el agujero de la valla para que yo los atrapara en el aire: la boca se me llenó de saliva. La orilla del río estaba infestada de vegetación, así que el avance fue lento. Y cuanto más hambriento estaba, menos seguro me sentía sobre qué tenía que hacer. ¿Era eso, realmente, lo que debía hacer, seguir el curso del río? ¿Por qué?

Yo era un perro que había aprendido a vivir entre los seres humanos y a servirlos: ese era mi único objetivo en la vida. Ahora que estaba separado de ellos, me sentía perdido. No tenía ningún propósito, ningún destino, ninguna esperanza. Cualquiera que me hubiera visto en ese momento en la orilla me hubiera confundido con una furtiva madre primeriza: hasta tal punto el abandono de Víctor me había afectado.

Di con un hueco natural en la orilla, formado por un árbol gigante que había caído en el agua durante el invierno. Puesto que la luz del sol empezaba a declinar, trepé y me metí en él. Estaba agotado y me dolía todo el cuerpo. Me sentía completamente desconcertado por los cambios que había habido en mi vida.

Al día siguiente, el hambre me despertó. Levanté el hocico para olisquear el aire, pero no olí nada más que los aromas del río y del bosque de alrededor. Seguí el curso del agua porque no tenía nada mejor que hacer. Sin embargo, iba más despacio que el día anterior por aquel dolor de mi estómago vacío. Pensé en el pez muerto que a veces había encontrado en el estanque: ¿por qué me había limitado a revolcarme en ellos? ¿Por qué no me los había comido cuando había tenido la oportunidad de hacerlo? Encontrar un pez muerto en esos momentos hubiera sido un regalo del cielo, pero el río no me ofrecía nada comestible.

Me sentía tan abatido que tardé en darme cuenta de que había llegado a un caminito que estaba impregnado del olor de seres humanos. Continué adelante, desanimado. No me detuve hasta llegar a la cima de una cuesta, donde el caminito se unía a una carretera.

Esta conducía hasta un puente que pasaba por encima del río. Levanté la vista y sentí que se me despejaba la cabeza. Olisqueé el aire, excitado. Entonces lo supe: ya había estado en ese lugar. ¡Allí era donde un policía nos había recogido a Ethan y a mí para llevarnos en coche hasta la granja!

Era evidente que habían pasado muchos años. Yo recordaba algunos árboles pequeños que ahora eran gigantescos. Volví a marcarlos. Y habían sustituido algunos tablones del puente. Excepto eso, los olores eran exactamente los mismos que los que recordaba.

Mientras estaba en el puente, pasó un coche por mi lado. Tocó el claxon. Me aparté de un salto. Pero al cabo de un minuto empecé a seguirlo, alejándome del río y acercándome a la carretera que había más adelante.

No tenía ni idea de adónde ir, pero algo me decía que, si iba en esa dirección, al final llegaría a la ciudad. Y en una ciudad hay gente. Y donde hay gente hay comida.

La carretera se unió a otra. Por puro instinto giré a la derecha. Entonces noté que se acercaba otro coche y me escondí entre las altas hierbas. Me sentía un perro malo. Y lo cierto es que el hambre no hacía más que reforzar tal creencia.

Pasé por delante de varias casas, casi todas ellas a cierta distancia de la carretera. Muchos perros me ladraron, molestos porque me había adentrado en sus dominios. Cuando empezaba a anochecer, pasé por delante de un lugar que olía a perro. Oí que se abría una puerta y que un hombre salía diciendo:

—¿Cena, Leo? ¿Quieres cenar?

Su tono expresaba esa emoción deliberada que las personas emplean cuando quieren que los perros sepan que está a punto de suceder algo bueno. Oí el ruido metálico de un gran cuenco que alguien dejó en el suelo del escalón superior de la casa.

La palabra «cena» me hizo parar en seco. Me quedé inmóvil y vi que un perro bajo y robusto, con unas mandíbulas enormes y el cuerpo muy grueso, bajaba los escalones y hacía sus necesidades en el patio. Por cómo se movía, me di cuenta de que era bastante viejo. Así pues, no me olió. Regresó y estuvo olisqueando un poco la comida, pero luego fue hasta la puerta y rascó la madera. Al cabo de un minuto, la puerta se abrió.

—¿Estás seguro, Leo? ¿Seguro que no quieres comer nada? —preguntó el hombre.

Su voz desprendía una gran tristeza; me recordó al día en que Al había llorado; allí en el patio, el último día que pasé con él y con Maya.

—Está bien, como quieras. Entra, Leo.

El perro gimió. Parecía que no podía subir el último escalón, así que el hombre, con gran ternura, se agachó y lo cogió en brazos para llevarlo al interior de la casa.

Me sentí fuertemente atraído por ese hombre. Se me pasó por la cabeza que aquel podía ser mi nuevo hogar. El hombre amaba a su perro, Leo, y también me querría a mí. Me daría de comer. Luego, cuando yo fuera viejo y estuviera débil, me llevaría en brazos al interior de su casa. Aunque no practicara «busca» ni fuera a la escuela ni hiciera ningún otro trabajo, aunque lo único que hiciera fuera dedicarme al hombre de la casa, tendría un lugar donde vivir. Y esa absurda vida sin propósito que tenía siendo Bear se habría terminado.

Me acerqué a la casa e hice lo que me pareció de sentido común: me comí la cena de Leo. Tras haber estado comiendo esa insulsa comida para perro en casa de Lisa y Victor, la suculenta cena a base de carne que había en el cuenco de Leo me pareció el más distinguido manjar del mundo. Al terminar, lamí las paredes de metal y el ruido del cuenco contra el costado de la casa alertó al perro, que soltó un ladrido de aviso. Lo oí acercarse a la puerta y olisquear. Empezó a emitir un gruñido que aumentó de volumen tan pronto como estuvo seguro de que yo estaba al otro lado.

No parecía que Leo fuera a recibirme con los brazos abiertos.

Bajé los escalones. Cuando se encendió la luz exterior de la casa, ya estaba entre los árboles. El mensaje que había detrás del gruñido de Leo estaba claro: debía encontrar mi propio hogar. Y me parecía bien: ahora que había saciado el hambre, ya no quería vivir allí.

Me dormí entre unas altas hierbas. Estaba cansado, pero me sentía mucho más satisfecho ahora que tenía el estómago lleno.

En cuanto llegué a la ciudad, supe que estaba en el sitio correcto. Aunque, para entonces, ya volvía a tener hambre. Al verla, me sentí un poco despistado, pues había muchas casas. Las calles estaban repletas de coches y de niños. Tal como yo lo recordaba, allí solamente había campos. Pero luego llegué al lugar en que Abuelo acostumbraba a sentarse con sus amigos: tenía el mismo olor, a pesar de que había unas planchas de madera en las ventanas y de que el edificio de al lado había desaparecido. Ahora solo había un agujero lleno de barro. Al fondo de ese agujero, había una máquina que arrastraba montones de tierra a su paso.

Los humanos hacen esas cosas, tiran edificios viejos y ponen edificios nuevos en su lugar, igual que hizo Abuelo cuando construyó el nuevo granero. Cambian el entorno a su gusto, y lo único que podemos hacer los perros es acompañarlos y, con suerte, ir de paseo en coche con ellos. Por el volumen del ruido y por los muchos olores nuevos que había allí supe que los humanos habían estado muy ocupados cambiando la ciudad.

Varias personas me observaron mientras bajaba por una calle; cada vez que me sentía observado tenía la sensación de ser un perro malo. Ahora que estaba allí, me di cuenta de que, en realidad, no tenía nada que hacer. Vi que una gran bolsa de basura se había caído de un enorme contenedor de metal, así que (con gran sentimiento de culpa) la destrocé y saqué un trozo de carne llena de una especie de salsa pegajosa y dulce. Pero, en lugar de comérmela allí mismo, corrí a ocultarme detrás del contenedor de metal para esconderme de la gente, tal como me había enseñado a hacer mi primera madre.

Después de mucho caminar, llegué al parque de los perros. Me senté en un rincón, debajo de unos árboles, y observé con envidia a algunas personas que lanzaban al aire unos discos para que los perros los atraparan al vuelo. Me sentía desnudo sin collar. Pensé que lo mejor sería que me mantuviera apartado, pero la forma que tenían los perros de jugar en medio del enorme campo me atraía como un imán. Y, sin poder evitarlo, al cabo de poco ya estaba allí con ellos, rodando y corriendo, sin pensar en nada, sumido en la pura dicha de ser un perro que juega.

Había unos cuantos perros que no venían a jugar; se quedaban con sus amos o recorrían el perímetro del parque, olisqueando y fingiendo que no les importaba lo bien que lo estábamos pasando. Algunos se veían tentados por las pelotas o los discos, pero al final todos regresaron con sus dueños y se fueron a dar un paseo en coche. Todos menos yo. Eso sí, nadie pareció darse cuenta de que no había nadie más conmigo.

Hacia el final del día, llegó una mujer con una enorme perra rubia y le quitó la correa. Para entonces, yo ya estaba agotado de tanto jugar. Tumbado, jadeaba mientras miraba cómo jugaban los demás perros. La perra amarilla se unió a ellos, muy excitada, y ellos interrumpieron el juego para olisquearla meneando la cola. Me puse en pie y fui a saludar a la recién llegada. Entonces, con asombro, me di cuenta de que reconocía el olor en su pelaje.

Era el de Hannah. La chica.

La perra rubia se impacientó con aquel examen tan detenido que yo le estaba haciendo y se alejó de repente, ansiosa por ponerse a jugar, pero yo no hice caso de su gesto de invitación. En lugar de eso, corrí, emocionado, hacia su dueña.

La mujer que estaba sentada en el banco no era Hannah, pero ella también tenía el olor de Hannah.

—Hola, perrito, ¿cómo estás? —me saludó al ver que me acercaba meneando la cola.

La manera que tenía de estar sentada me recordó la de Maya, poco antes de la llegada de Gabriella, el bebé. Emanaba una sensación de cansancio, excitación, impaciencia e incomodidad; todo ello mezclado y concentrado en la barriga, sobre la que ahora reposaban sus manos. La olisqueé, inhalando con fuerza el olor de Hannah y separándolo del de la mujer, del de la perra y de los muchos olores que siempre despedían las personas y que resultaban abrumadores para los perros que no habían sido adiestrados para buscar. Esa mujer había estado con la chica hacía poco tiempo. De eso no había duda.

La perra rubia se acercó con gesto amistoso, aunque un tanto celosa, y finalmente me dejé convencer y jugué un poco.

Esa noche me cobijé entre las sombras y observé con atención los últimos coches que se marcharon del aparcamiento, dejando el parque de los perros en silencio. Esa actitud cautelosa me salía de forma completamente natural, como si nunca me hubiera ido del conducto, como si todavía estuviera con Sister, Fast y Hungry, aprendiendo de nuestra primera madre. Encontrar comida era fácil: los contenedores estaban repletos de basura, llenos de deliciosos bocados. Yo evitaba los faros de los coches y los peatones por igual, desconfiado, escondido, oscuro, salvaje otra vez.

Pero ahora tenía un propósito en la vida, un objetivo más

poderoso que el que me había impulsado a llegar a la ciudad.

Si, a pesar de todo el tiempo pasado y de todos los cambios, la chica, Hannah, estaba allí, quizá también el chico estuviera allí.

Y si Ethan estaba todavía allí, lo encontraría. Buscaría a mi chico.

29

$\mathcal{A}$l cabo de más de una semana, continuaba viviendo en el parque de perros.

Casi todos los días, la mujer que olía a Hannah traía al parque a la perra rubia, que se llamaba Carly. El olor de la chica, de alguna manera, me hacía sentir más seguro, pensando que Ethan estaba cerca, a pesar de que nunca, ni por un momento, noté el olor del chico en el pelaje de Carly. Pero ver a la mujer y a Carly siempre me hacía salir corriendo, feliz, de entre los arbustos: era el mejor momento del día.

Pero, el resto del tiempo, yo era un perro malo. Las personas que frecuentaban el parque empezaron a mirarme con desconfianza, me observaban y hablaban entre ellas, señalándome con aire indeciso. Así que dejé de acercarme a los perros para jugar.

—Eh, colega. ¿Dónde tienes el collar? ¿Con quién estás? —me preguntó un hombre, un día, alargando hacia mí las manos con gesto amable.

Me aparté de él, pues percibía su intención de cogerme y no me gustaba el nombre de Colega. Sentí mucha desconfianza hacia él; me di cuenta de que mi madre siempre había tenido razón: para ser libre, uno debía alejarse de las personas.

Mi idea era encontrar la granja igual que había dado con la ciudad, pero eso resultaba más difícil de lo que me había imaginado. Cada vez que había ido en coche, con Ethan y Abuelo, a la ciudad, el olor de la granja de cabras siempre había sido mi punto de referencia. Pero todo rastro de cabras había desaparecido misteriosamente del aire. Tampoco existía el puente cuyos tablones hacían ese ruido y que marcaba la frontera entre el paseo por el camino y el paseo por la ciudad. Ahora no podía encontrar ninguno de esos lugares, ni por el olor ni por ninguno de los otros sentidos. Un día, mientras caminaba en silencio por las tranquilas calles, por la noche, estuve seguro de que iba en buena dirección; pero entonces un edificio enorme me cortó el paso y mi olfato se confundió con los olores de cientos de personas y de muchos coches. Una fuente de agua que había delante del edificio añadió un elemento de confusión más a lo que podía oler en el aire, pues noté un ligero olor químico parecido a cuando Maya lavaba la ropa. Levanté la pata contra esa cosa, pero eso solo me ofreció un consuelo momentáneo.

Por la noche, mi pelaje negro me protegía de las miradas. Me ocultaba en la sombra, lejos de los coches, y solo iba por sitios donde no hubiera nadie. Siempre buscando, siempre concentrado en lo que recordaba de la granja y de su olor. Pero no era capaz de captar el rastro de nada de todo eso.

Conseguía comer en las basuras y, de vez en cuando, gracias a algún animal muerto que encontraba al lado de la carretera. Los conejos eran lo mejor, y los cuervos, lo peor. Pero tenía un competidor. Era un animal que tenía la mitad del tamaño de un perro, con un olor muy fuerte y una cola gruesa y peluda, y los ojos muy negros. También merodeaba por las basuras y conseguía trepar con habilidad en ellas. Cada vez que me encontraba con uno, me gruñía y yo daba un gran rodeo, pues esos dientes y esas garras resultaban amenaza-doras. Pero eran demasiado tontos para darse cuenta de que yo era mucho más grande y que eran ellos quienes debían tener miedo de mí.

También las ardillas del parque eran tontas. ¡Bajaban de los árboles y saltaban por la hierba como si toda esa zona no estuviera protegida por perros! Estuve casi a punto de atrapar a una, pero ellas siempre trepaban a los árboles a toda velocidad y luego se sentaban en una rama a quejarse. Carly, la perra rubia, cazaba conmigo muchas veces, pero ni siquiera juntos conseguíamos tener éxito. Yo sabía que, si continuábamos intentándolo, un día capturaríamos una. Pero entonces no sabía qué haríamos exactamente.

—¿Qué pasa, cariño? ¿Por qué estás tan delgado? ¿No tienes casa? —me preguntó la dueña de Carly.

Percibí la preocupación en el tono de su voz y meneé la cola, deseando que me llevara de paseo en coche y me dejara en la granja. La mujer se levantó del banco con inseguridad; noté que dudaba, como si estuviera a punto de invitarme a ir de paseo con ellas. Yo sabía que todo iría bien con Carly, que siempre que venía al parque me buscaba, pero me aparté de la mujer y me comporté como si hubiera alguien por ahí que me quería y me llamaba. Me alejé unos metros; luego me di la vuelta y la miré. Ella continuaba observándome, con una mano en la cadera y la otra sobre la barriga.

Esa noche, una camioneta se detuvo en el aparcamiento. Desprendía un olor a perro tan fuerte que lo detecté desde donde me encontraba, entre las hierbas, en uno de los extremos del parque. Un policía bajó de la camioneta y habló con algunos de los dueños de los perros. Estos señalaron hacia varios lugares del parque. El policía sacó un palo largo con un lazo en uno de los extremos y, de repente, sentí un escalofrío. Sabía exactamente para qué era ese palo.

El policía recorrió el perímetro del parque registrando los matorrales, pero cuando llegó a mi escondite, yo ya me encontraba en el bosque que había más allá del parque.

El pánico me impulsaba a seguir corriendo. Al cabo de poco, el bosque dio paso a un barrio que estaba lleno de perros y de niños. Evité acercarme a los humanos, haciendo todo lo posible por mantenerme entre la vegetación. Ya estaba lejos de la ciudad cuando me detuve, aliviado de que la oscuridad, mi aliada, apareciera en el cielo.

Entonces me llegó el olor de muchos perros. Me dirigí hacia allí, curioso. Un coro de ladridos se oía detrás de un gran edificio; vi a un par de perros metidos en jaulas que se ladraban mutuamente. El viento cambió un momento y se pusieron a ladrarme a mí con un timbre distinto en la voz.

Ya había estado allí antes: era el sitio en que el hombre amable, el veterinario, se había ocupado de mí cuando yo era Bailey. En realidad, era el último lugar en el que había estado con Ethan. Decidí recorrer el perímetro del lugar. Inspeccioné la parte delantera del edificio y crucé el camino. Entonces me detuve en seco, tembloroso.

Cuando era Bailey, un pequeño burro que se llamaba Jasper se había unido a Flare un día. Jasper creció, pero era mucho más pequeño que la yegua, a pesar de que su cuerpo era similar. Siempre hacía reír a Abuelo, y Abuela meneaba la cabeza. Jasper y yo habíamos estado nariz con nariz: lo había olisqueado concienzudamente mientras Abuelo lo cepillaba; había jugado con él. Conocía el olor de Jasper igual que conocía el de la granja. Y ahora no me estaba confundiendo. No había forma de confundir el olor que percibía ahora justo allí, en el camino. Lo seguí hasta el edificio y encontré una zona del aparcamiento en que el olor era más fuerte y reciente. En el suelo, había un poco de paja y de tierra que estaban impregnadas del olor de Jasper.

Los perros continuaban ladrándome, rabiosos por el hecho de que yo estaba libre y ellos no, pero no hice caso del escándalo que montaban. Siguiendo la mezcla de olores de la tierra, recorrí el camino hacia la carretera.

La primera vez que un coche se me aproximó y sonó el claxon, con el haz de luz de los faros perforando la noche, me sobresalté: tan absorto estaba en seguir el olor de Jasper. Me metí en la zanja de la cuneta, ocultándome del coche a su paso.

Después fui más precavido. Mientras seguía concentrado en Jasper, mis oídos estaban pendientes del ruido de los automóviles y me ocultaba de ellos antes de que me detectaran con la luz de los faros.

Aunque estaba siendo un rastro largo, resultaba más sencillo que buscar a Wally. Estuve más de una hora siguiendo el rastro en línea recta; finalmente, giré a la izquierda y, luego, otra vez. El olor de Jasper se hacía más débil cuando más lejos iba, lo cual significaba que estaba siguiendo el rastro en sentido inverso y que corría el riesgo de perderlo en cualquier momento. Pero después de girar a la derecha me di cuenta de que ya no necesitaba el olor: sabía dónde estaba. Allí era donde el tren cruzaba la carretera, el tren que había hecho detener el coche de Ethan el primer día de escuela. Pronto pasé por delante de la casa de Hannah, que, curiosamente, no tenía el olor de la chica. Pero los árboles y el musgo que cubría la pared de ladrillo seguían siendo los mismos.

Tomar el camino de la granja fue un gesto que me pareció tan natural como si lo hubiera hecho el día anterior.

El olor de Jasper llegaba hasta un gran remolque blanco. Debajo de él había un montón de tierra y de heno. Su olor lo impregnaba todo; había un caballo nuevo que me miró con una desconfianza perezosa mientras yo olisqueaba la valla. Pero a mí no me interesaban los caballos. Ethan, estaba oliendo a Ethan. Su olor estaba por todas partes. ¡El chico todavía debía de vivir en la granja!

Nunca antes, en toda mi existencia, me había sentido tan feliz y excitado como en ese momento. Tanto que incluso me mareé.

Las luces de la casa estaban encendidas. La rodeé desde la zona de hierba de fuera y vi el salón por una de las ventanas. Un hombre de la edad del abuelo estaba sentado en una silla y veía la televisión, pero no se parecía a Abuelo. Ethan no estaba. Y no había nadie más.

La puerta de perros todavía estaba allí, en la puerta exterior de metal, pero la gran puerta de madera del interior estaba cerrada. Frustrado, rasqué la puerta de metal y ladré.

Oí el ruido de alguien acercándose desde el interior de la casa. Meneaba la cola con tanta fuerza que no me podía sentar; no podía dejar de moverme hacia delante y hacia atrás. Una luz se encendió encima de mi cabeza, y la puerta de madera emitió un chirrido familiar antes de abrirse. El hombre de la silla se encontraba en el vestíbulo y me miraba con el ceño fruncido a través del cristal.

Volví a arañar la puerta de metal: quería que me dejara entrar para ir a buscar al chico.

—Eh —dijo. El sonido de su voz me llegó apagado a causa de la puerta cerrada—. Para de rascar.

Oí la regañina e intenté sentarme, obediente, pero el trasero se me movía demasiado.

—¿Qué quieres? —preguntó finalmente.

Oí el tono de interrogación, pero no sabía qué me estaba preguntando.

Entonces me di cuenta de que no necesitaba esperar a que se decidiera: ahora que la puerta interior estaba abierta, la puerta para perros estaba libre. Bajé la cabeza, empujé la placa de plástico y entré en la casa.

—¡Eh! —gritó el hombre, sorprendido.

Yo también estaba sorprendido. En cuanto estuve en la casa, pude oler con claridad a la persona que me estaba cerrando el paso. Y sabía quién era: hubiera reconocido ese olor en cualquier parte.

Sin duda, era Ethan.

Había encontrado al chico.

$\mathcal{A}$ pesar de que estaba de pie, intenté saltar al regazo de Ethan. Saltaba hacia él, esforzándome por lamerle, por apretarme contra él, por trepar sobre él. No podía detener el lloriqueo ni contener el movimiento de mi cola.

—¡Eh! —dijo él, apartándose un poco y mirándome. Intentó apoyarse en su bastón, pero se sentó con un golpe en el suelo. Yo le salté encima y le lamí la cara. Él me apartó—. Vale, vale —gruñó—. Para. Vale.

Sentir sus manos en la cara era la sensación más maravillosa de toda mi vida. Entrecerré los ojos por el puro placer que eso me provocaba.

—Apártate ahora, apártate —dijo.

El chico se puso en pie con cierta dificultad. Yo apreté la cara contra su mano y él me acarició un momento.

—Vale. Cielo santo. ¿Tú quién eres?

Encendió otra luz y me observó.

—Guau, eres un delgaducho. ¿Es que nadie te da de comer? ¿Eh? ¿Te has perdido o algo?

Me hubiera podido quedar allí sentado, oír su voz y sentir su mirada en mí, pero no podía ser.

—Bueno, mira, no puedes entrar. —Abrió la puerta exterior y la aguantó abierta—. Ahora fuera, ve fuera.

Era una orden que conocía, así que, de mala gana, salí. Él se quedó de pie y me miró a través del cristal. Yo me senté, esperando.

—Deberás irte a casa, perro —dijo.

Meneé la cola. Ya sabía que eso era «casa». Por fin, por fin, estaba en «casa», en mi granja, con Ethan. Y ese era mi sitio.

Él cerró la puerta.

Esperé, obediente, hasta que la tensión fue demasiado fuerte; solté un agudo ladrido lleno de impaciencia y frustración. Al darme cuenta de que no había respuesta, volví a ladrar y rasqué la puerta de metal.

Ya había perdido la cuenta de cuánto rato llevaba ladrando cuando la puerta se abrió otra vez. Ethan llevaba un plato de metal que desprendía un olor delicioso.

—Toma —murmuró—. ¿Tienes hambre, amigo?

En cuanto hubo dejado el plato en el suelo, me precipité a comer y acabé con todo.

—Casi todo es lasaña. No tengo nada de comida para perros. Tendrás que irte a casa.

Meneé la cola.

—No puedes vivir aquí. No puedo tener un perro. No tengo tiempo. Tendrás que irte a casa.

Volví a menear la cola.

—Cielo santo, ¿cuándo fue la última vez que comiste? No comas tan deprisa, te pondrás enfermo.

Meneé la cola.

Cuando hube terminado, Ethan se agachó despacio para coger el plato. Yo le lamí la cara.

—Puaj, tienes mal aliento, ¿sabes? —Se limpió la cara con la manga y se incorporó. Lo miré, dispuesto a hacer cualquier cosa que él quisiera. ¿Un paseo? ¿Un paseo en coche? ¿Jugar con el estúpido flip?—. Bueno, pues. Vete a casa. Un perro como tú es evidente que no es un chucho callejero. Alguien debe de estar buscándote. ¿Estamos de acuerdo? Buenas noches.

Ethan cerró la puerta.

Me quedé sentado unos minutos. Cuando ladré, la luz de encima de mi cabeza se apagó.

Me fui hasta la zona de césped, al lado de la casa, y miré hacia el salón. Ethan estaba cruzando la sala despacio, apoyándose en el bastón. Estaba apagando las luces de la casa.

Mi chico era tan viejo que costaba reconocerlo. Pero ahora que sabía que era él, el gesto me resultaba familiar. Más rígido, pero la manera de ladear la cabeza y de mirar hacia fuera antes de apagar la última lámpara, como si escuchara algo, era típica de Ethan.

Me sentía confuso por ser un perro de fuera de la casa, pero la barriga llena y el agotamiento pronto me vencieron. Me enrosqué en el suelo allí mismo y metí el morro bajo la cola a pesar de que era una noche cálida. Estaba en casa.

Al día siguiente, cuando Ethan salió, me sacudí y corrí hasta él. Intenté refrenar mis muestras de afecto hacia él. Él me miró:

—¿Por qué estás aquí todavía, eh, chico? ¿Qué haces aquí?

Lo seguí hasta el granero. Sacó al patio un caballo a quien yo no conocía. Naturalmente, ese tonto animal no reaccionó al verme: se limitó a mirarme igual que hacía Flare, sin dar muestras de comprender nada. «¡Soy un perro, idiota.» Marqué el patio mientras Ethan le daba al caballo un poco de avena.

—¿Cómo estás hoy, Troy? Echas de menos a Jasper, ¿verdad? Echas de menos a tu colega Jasper.

Ethan estaba hablándole al caballo; hubiera podido decirle que era una absoluta pérdida de tiempo. Ethan acariciaba el hocico del caballo, lo llamaba Troy y mencionó el nombre de Jasper más de una vez. Pero cuando fui al granero, el burro no estaba, a pesar de que su olor sí. El olor de Jasper era especialmente fuerte en el remolque.

—Fue un día triste, el día que tuve que llevarme a Jasper. Pero vivió mucho tiempo. Cuarenta y cuatro es mucho para un burrito.

Noté la tristeza en el tono de Ethan y le di un golpe en la mano con el hocico. Él me miró con expresión ausente, pensando en alguna otra cosa. Luego le dio una palmada a Troy y regresó a casa.

Al cabo de unas horas, mientras yo estaba olisqueando el patio y esperaba a que Ethan saliera a jugar, una camioneta se detuvo delante de la casa. En cuanto llegó, me di cuenta de que era la que había visto en el aparcamiento del parque de los perros. El hombre que bajó del asiento delantero era el mismo policía que había estado buscando por los matorrales con el palo y el lazo. Ese hombre cogió el palo que llevaba en la parte posterior de la camioneta.

—¡Eso no hace falta! —exclamó Ethan, saliendo fuera de la casa. Me aparté de él y fui al lado de mi chico meneando la cola—. Es muy cooperador.

—¿Y llegó anoche? —dijo el policía.

—Exacto. Mire cómo se le marcan las costillas al pobre. Es evidente que es de raza, pero alguien no lo ha tratado bien.

—Nos han informado de un labrador que corría suelto por el parque de la ciudad. Me pregunto si es el mismo —dijo el policía.

—No lo sé. Está muy lejos —respondió Ethan, dudando.

El hombre abrió una jaula que llevaba en la parte trasera de la camioneta.

—¿Cree que querrá subir? No estoy de humor para perseguirlo.

—Eh, perro. Sube aquí, ¿vale? Sube. —Ethan dio unas palmadas en el interior de la jaula, que estaba abierta.

Lo miré con curiosidad un momento; luego salté al interior de la jaula. Si eso era lo que el chico quería que hiciera, eso es lo que haría. Haría cualquier cosa por mi chico.

—Gracias —dijo el policía, y cerró la puerta de la jaula.

—¿Y ahora qué pasará? —preguntó Ethan.

—Oh, un perro como este será fácil de dar en adopción, supongo.

—Bueno…, ¿me llamará, me informará? Es un animal muy bueno. Me gustaría saber que está bien.

—No lo sé. Tendrá que llamar al albergue y pedirles que se lo notifiquen. Mi trabajo se limita a cogerlos.

—Vale, eso haré.

El policía y el chico se estrecharon la mano. Ethan se acercó a la jaula mientras el policía subía al asiento delantero de la camioneta. Yo apreté el morro contra los barrotes intentando tener contacto con él y oler su olor.

—Cuídate, ¿vale, amigo? —dijo Ethan con cariño—. Necesitas una hogar con niños con los que puedas jugar. Yo no soy más que un viejo.

Me quedé atónito al ver que nos íbamos. Ethan continuaba allí de pie, mirándonos mientras nos alejábamos. Y no pude evitarlo: me puse a ladrar…, y ladré y ladré durante todo el trayecto por el camino y la carretera, y por delante de casa de Hannah y hasta más allá.

Lo que acababa de suceder me había dejado desconcertado y con el corazón roto. ¿Por qué me apartaban de Ethan? ¿Era él quien me mandaba lejos? ¿Cuándo volvería a verlo? ¡Yo solo quería estar con mi chico!

Me llevaron a un edificio lleno de perros, muchos de los cuales pasaban el día ladrando de miedo. A mí me pusieron en una jaula. Al cabo de unos días, llevaba puesto ese estúpido collar de plástico y notaba ese familiar dolor en mis partes bajas. ¿Era eso por lo que estaba allí? ¿Cuándo vendría a buscarme Ethan para llevarme en coche a casa?

Cada vez que alguien pasaba por delante de mi jaula, yo me ponía en pie esperando que fuera el chico. A medida que pasaban los días, a veces daba rienda suelta a la frustración y me unía al inacabable coro de ladridos que resonaban en las paredes. ¿Dónde estaba Ethan? ¿Dónde estaba mi chico?

Las personas que me daban de comer y que me cuidaban eran amables y cariñosas; debo admitir que deseaba tanto tener contacto con humanos que cada vez que abrían mi jaula, me acercaba y ofrecía la cabeza para que me acariciaran. Un día vino una familia con tres niñas a verme. Estábamos en una pequeña habitación. Me subí a sus regazos y me tumbé de espaldas al suelo, de tan desesperado que estaba por sentir el contacto de las manos de un humano en el cuerpo.

—¿Nos lo podemos quedar, papá? —preguntó una de las niñas.

El afecto que esas tres niñas emitían me hacía retorcer de placer.

—Es negro como el carbón —dijo la madre de la familia.

—Carbón —dijo el padre.

Me sostuvo la cabeza y me miró los dientes. Luego me levantó las patas, una por una. Yo sabía lo que eso significaba, ya había pasado antes ese tipo de examen; sentí un vacío de miedo en el estómago. No. No podía irme a casa de esa gente. Yo pertenecía al chico.

—¡Carbón! ¡Carbón! —cantaban las niñas.

Las miré, abatido. Su adoración ya no me gustaba.

—Vámonos a comer —dijo el hombre.

—¡Papiiiiii!

—Y después, vendremos y nos llevaremos a Carbón a dar un paseo en coche —dijo él.

—¡Sí!

Oí las palabras «paseo en coche» claramente, pero me sentí muy aliviado al ver que, después de muchos abrazos de las niñas, la familia se iba. Me volvieron a poner en la jaula y me tumbé para echar una cabezada. Me sentía un tanto desconcertado. Recordé cuando Maya y yo íbamos a las escuelas: mi trabajo consistía en sentarme y dejar que los niños me acariciaran. Quizás esto fuera lo mismo, solo que ahora eran los niños quienes venían.

No me importaba. Lo importante era que me había equivocado y que esa familia no había venido para llevarme con ellos. Esperaría a mi chico. Los motivos por los que los seres humanos hacen ciertas cosas son un misterio para los perros, así que yo no sabía por qué nos habíamos separado; sin embargo, sabía que, cuando llegara el momento, Ethan me buscaría.

—Buenas noticias, chico, tienes una casa nueva —me dijo la mujer que me daba de comer mientras me dejaba un cuenco lleno de agua—. Volverán pronto y te irás de este sitio para siempre. Ya sabía que no tardarías mucho.

Meneé la cola y dejé que me rascara tras las orejas. Le lamí la mano y me contagié de su buen humor. «Sí —pensé, como respuesta a su buen ánimo—. Todavía estoy aquí.»

—Voy a llamar a ese hombre que te trajo. Se alegrará al saber que te hemos encontrado una buena familia.

Cuando se fue, di unas cuantas vueltas en el interior de la jaula y me instalé para echar una cabezada y continuar esperando, pacientemente, a que viniera el chico.

Al cabo de media hora, algo me despertó del sueño y me incorporé de inmediato. Había oído la voz de un hombre que hablaba con tono enojado.

Ethan.

Ladré.

—Mi perro…, mi propiedad… ¡He cambiado de opinión! —gritaba.

Dejé de ladrar y me quedé completamente inmóvil: lo percibía al otro lado de la pared. Miré hacia la puerta deseando que se abriera para poder oler su olor. Al cabo de un minuto, la puerta se abrió y la mujer que me había traído el agua entró con el chico. Me apoyé con las patas en los barrotes y ladré.

La mujer parecía furiosa.

—Las niñas se van a llevar una buena decepción —dijo.

Entonces abrió mi jaula y yo salté fuera tirándome encima del chico, meneando la cola y lamiéndolo sin dejar de lloriquear. La furia de la mujer desapareció en cuanto vio mi reacción.

—Bueno, vale —dijo—. Cielo santo.

Ethan se paró un momento en un mostrador para escribir algo y yo esperé, paciente, sentado a sus pies, esforzándome por no darle un golpe con la pata. ¡Luego salimos por la puerta, subí al asiento delantero del coche y nos fuimos a dar una vuelta en el coche!

Aunque había pasado mucho tiempo desde la última vez que sentí la emoción de ir de paseo en coche y de sacar el morro por la ventanilla, lo que más deseaba era poner la cabeza en el regazo de Ethan y sentir su mano acariciándome, así que eso fue lo que hice.

—Me perdonas, ¿verdad, amigo?

Lo miré.

—Te metí en la prisión, y eso no te molesta en absoluto.

Siguió conduciendo un ratito en silencio. Me pregunté si nos dirigíamos a la granja.

—Eres un buen perro —dijo finalmente el chico. Meneé la cola de placer—. Vale, bueno, vamos a parar a comprarte un poco de comida.

Al final llegamos a la granja. Pero, esta vez, cuando Ethan abrió la puerta de la casa, la mantuvo abierta para que yo pudiera pasar.

Esa noche, después de cenar, me tumbé a sus pies, más feliz de lo que recordaba haber estado nunca.

—Sam —me dijo. Yo levanté la cabeza, esperando—. Max. No. ¿Winston? ¿Murphy?

Deseaba complacerle, pero no tenía ni idea de qué era lo que me estaba pidiendo. Deseé que me ordenara que buscara; me hubiera gustado poder enseñarle lo que era capaz de hacer.

—¿Bandit? ¿Tucker?

Ah, ya sabía de qué iba todo eso; lo miré, expectante, esperando a que se decidiera.

—¿Trooper? ¿Lad? ¿Chico?

¡Eso! Conocía esa palabra. Ladré y lo miré, sorprendido.

—¿Guau, es ese tu nombre? ¿Te llamaban Chico?

Meneé la cola.

—Bueno, vale, Chico. Chico, tu nombre es Chico.

Al día siguiente ya me sentía totalmente cómodo respondiendo al nombre de Chico. Ese era mi nuevo nombre.

—Ven aquí, Chico —me dijo—. ¡Siéntate, Chico! Vaya, eh, parece que te han adiestrado bien. ¿Me pregunto cómo has llegado aquí? ¿Te abandonaron?

Pasé casi todo ese primer día temiendo alejarme del lado de Ethan. Me sorprendió que fuéramos a dormir al cuarto de Abuela y Abuelo, pero no dudé ni un momento en subir a la cama cuando él dio una palmadita en el colchón. Me tumbé en aquel blando lecho y solté un gemido de puro placer.

Esa noche, Ethan salió de la cama en diversas ocasiones para ir al lavabo; yo lo seguí lealmente cada una de esas veces y me quedé en la puerta mientras él hacía sus cosas.

—No tienes por qué seguirme a todas partes, ¿sabes? —me dijo.

Tampoco durmió hasta muy tarde, como hacía antes, sino que se levantó al salir al sol y preparó el desayuno para los dos.

—Bueno, Chico, ahora estoy semirretirado —dijo Ethan—. Todavía tengo algunos clientes. Y debo hacer una llamada a uno de ellos esta mañana, pero después tengo todo el día libre. Estaba pensando en que podríamos trabajar en el jardín. ¿Te parece bien?

Meneé la cola. Decidí que me gustaba ese nombre: Chico.

Después de desayunar (¡comí tostadas!), el chico estuvo hablando por teléfono, así que me dediqué a explorar la casa. El piso de arriba estaba un poco viejo; las habitaciones olían a humedad y no había casi ni rastro de la presencia de Ethan. Su habitación estaba igual, pero la habitación de Mamá no tenía ningún mueble y estaba llena de cajas.

En el piso de abajo había un armario que estaba firmemente cerrado, pero al olisquearlo noté un olor familiar.

El flip.

31

*N*otaba una gran tristeza en el interior del chico, una profunda herida nueva y mucho más importante que el dolor que se había instalado para siempre en su pierna.

—Vivo yo solo. No sé a quién andas buscando —me dijo Ethan mientras yo examinaba cada rincón de la casa—. Siempre quise casarme. Estuve a punto de hacerlo un par de veces, en realidad. Pero nunca acabó de funcionar. Estuve viviendo con una mujer en Chicago durante unos cuantos años. —El chico se puso en pie delante de la ventana, con la mirada perdida. Su tristeza se hizo más intensa—. John Lennon dijo que la vida es lo que sucede mientras hacemos otros planes. Supongo que eso lo resume todo bastante bien. —Me acerqué a él y me senté; le puse una pata contra la pierna. Él me miró y yo meneé la cola—. Bueno, Chico, vamos a buscarte un collar.

Subimos a su dormitorio. Ethan sacó una caja de uno de los estantes.

—Vamos a ver. Exacto, aquí está.

Oí un tintineó procedente del interior de la bolsa. Ethan sacó un collar y lo agitó. El sonido me resultó tan familiar que sentí un escalofrío. Cuando era Bailey, siempre hacía ese ruido cuando me movía.

—Esto pertenecía a mi otro perro hace mucho mucho tiempo. Bailey.

Meneé al oír el nombre. El chico me acercó el collar y lo olisqueé, percibiendo el ligerísimo olor de otro perro. Me di cuenta de que era el mío. Me estaba oliendo a mí mismo: fue una sensación muy, muy rara.

Ethan agitó el collar un par de veces.

—Ese sí que era un buen perro, ese Bailey —dijo.

Se sentó un momento, sumido en sus pensamientos. Me miró y habló con voz grave. En él percibí: tristeza, amor, arrepentimiento y dolor.

—Supongo que será mejor que te compre un collar para ti, Chico. No estaría bien que te hiciera llevar este. Bailey... Bailey era un perro muy especial.

Al día siguiente, fuimos en coche a la ciudad. Me sentía muy tenso. No quería regresar a la jaula, con todos esos perros que no paraban de ladrar. Pero resultó que solo íbamos a buscar sacos de comida y un collar para mí. Ethan le puso unas etiquetas cuando llegamos a casa.

—Pone: «Me llamo Chico. Pertenezco a Ethan Montgomery» —me dijo, sujetando una de las etiquetas entre los dedos. Yo meneé la cola.

Después de que hubiéramos hecho unos cuantos viajes a la ciudad, bajé la guardia: ya no parecía que Ethan fuera a abandonarme. Dejé de perseguirlo por todas partes y empecé a dar vueltas por los alrededores de la casa yo solo, ampliando mi territorio para que abarcara toda la granja. Dediqué una atención especial al buzón y a otros lugares cercanos a la carretera en los que habían estado otros perros.

El lago continuaba en el mismo sitio. Y parecía que todavía aquel grupo de estúpidos patos vivía en la orilla. Por lo que yo sabía, eran los mismos, aunque eso no importaba mucho, pues se comportaban igual al verme: saltaban al agua, alarmados; luego volvían a acercarse, nadando. Sabía que no tenía ningún sentido perseguirlos, pero lo hice de todas maneras, solo por el puro placer de hacerlo.

Ethan se pasaba el día arrodillado delante de un enorme trozo de tierra que había en la parte trasera de la casa. Aprendí que no quería que yo hiciera pipí en esa zona. Me hablaba mientras jugaba con la tierra, así que yo le escuchaba y meneaba la cola cuando oía mi nombre.

—Pronto iremos al mercado de los granjeros de los domingos. Es divertido. Mis tomates se venden a buen precio —me dijo un día.

Una tarde me cansé de verlo remover la tierra y me fui al granero. El misterioso gato negro hacía mucho que ya no estaba allí: no se notaba su olor por ninguna parte. De alguna manera, me sentí un poco decepcionado. Ese era el único gato que me había gustado conocer.

Bueno, eso no es del todo cierto. A pesar de que me resultaba profundamente irritante, el constante afecto de Tinkerbell hacia mí había acabado por complacerme.

En la parte trasera del granero encontré un montón de viejas mantas, medio podridas y llenas de humedad. Metí el hocico entre ellas e inhalé. Percibí un olor familiar y agradable. Abuelo. Allí era donde íbamos a hacer las tareas juntos.

—Me hace bien salir, ir de paseo —me dijo Ethan—. No sé por qué no pensé en tener un perro antes. Necesito hacer ejercicio.

Algunas tardes, a última hora, dábamos la vuelta a la granja por un camino bien cuidado que olía a Troy todo el rato. Otros días, íbamos por la carretera, en una u otra dirección. Siempre que pasábamos por delante de la casa de Hannah me parecía percibir algo en el chico. Pero él nunca se detenía allí ni se acercaba a la casa para verla. Me preguntaba por qué ya no podía olerla. Recordé a Carly, la perra del parque, que llevaba el olor de Hannah en todo el cuerpo.

Una de esas tardes, mientras pasábamos por delante de la

casa de Hannah, me sorprendió una idea que no se me había ocurrido antes: el dolor que yo percibía profundamente enterrado en el interior del chico se parecía mucho a lo que había notado en Jakob, mucho tiempo atrás. Era una tristeza solitaria, la sensación de haber dicho adiós a alguna cosa.

Pero, a veces, el chico cambiaba de humor por completo. A Ethan le encantaba coger su bastón y golpear una pelota con fuerza, mandándola volando hasta el final del camino para que yo corriera a buscarla y se la trajera de vuelta. Jugábamos a menudo a eso. Me hubiera desollado los pies con tal de hacerlo feliz. Cuando atrapaba la pelota al vuelo, agarrándola en el aire como si agarrara un trozo de carne que me tiraran por entre las rendijas de una valla, Ethan se reía, encantado.

Sin embargo, otras veces, ese oscuro remolino de tristeza lo arrastraba.

—Nunca pensé que mi vida acabaría siendo así —me dijo una tarde con voz ronca. Le di un golpe con el hocico, intentando animarlo un poco—. Solo, sin nadie con quien compartir los días. He ganado mucho dinero. Así que, más o menos, me he jubilado. Pero eso tampoco me ofrece ningún placer.

Corrí a buscar una pelota y se la dejé en el regazo, pero él apartó la cara, sin hacer caso. Su dolor era tan grande que me entraron ganas de llorar.

—Oh, Chico, las cosas no siempre salen como uno las planea —dijo con un suspiro.

Empujé la pelota con el morro para ponérsela entre las piernas. Finalmente, él le dio un golpe y yo la fui a buscar de un salto. Pero él no prestaba atención a eso.

—Buen perro —dijo con actitud ausente—. Creo que no tengo ganas de jugar ahora.

Me sentía frustrado. Había sido un buen perro. Había jugado a «busca» y ahora estaba otra vez con el chico. Pero él no se sentía contento, no como lo estaba la gente después de jugar al «busca», cuando Jakob o Maya y los demás les daban mantas y comida, cuando los llevaban de vuelta con sus familias.

Y fue entonces cuando se me ocurrió pensar que mi propósito en la vida no consistía solo en jugar al «busca», sino en salvar a las personas. Y haber encontrado al chico era solamente una parte de mi misión.

Jakob también tenía ese oscuro sentimiento en su interior mientras viví con él. Sin embargo, cuando más adelante lo vi, tenía una familia: una niña y una compañera. Y se sentía feliz, igual de feliz que Ethan cuando él y Hannah se sentaban en el porche y reían juntos.

A la mañana siguiente, mientras Ethan trabajaba en la tierra, me fui por el camino hasta la carretera. A pesar de que la granja de cabras ya no existía, había detectado nuevos puntos de referencia para mi olfato durante los paseos en coche, así que encontrar el camino hasta la ciudad me resultó tan fácil como ir de paseo por los alrededores de la granja. Cuando llegué a la ciudad, pronto localicé el parque de los perros, pero me decepcionó ver que Carly no estaba por ninguna parte. Estuve jugando con algunos perros. Ya no me daba miedo que la gente me viera: ahora yo era el perro de Ethan. Era un perro bueno, tenía un collar y me llamaba Chico.

Más tarde, esa misma tarde, Carly llegó al parque y se acercó a mí saltando, emocionada de verme allí. Mientras jugábamos, disfruté olisqueando el fuerte olor de Hannah en su pelaje. Parecía reciente.

—Vaya, hola, perrito. Hace días que no te veía. Tienes buen aspecto —dijo la mujer, sentada en el banco—. ¡Me alegro de que hayan empezado a alimentarte!

Se sentía cansada. Cuando se levantó, al cabo de media hora, se llevó las manos a la espalda.

—Vaya. Estoy a punto —dijo casi sin aliento.

Empezó a caminar lentamente por el caminito. Carly iba yendo y viniendo por delante de ella. Yo iba con ella, asustando a las ardillas que encontrábamos a nuestro paso.

Cuando hubimos recorrido dos manzanas, la mujer tomó un caminito y abrió la puerta de una casa. Sabía que no debía seguir a Carly al interior. Así pues, cuando la mujer cerró la puerta, me acomodé en los escalones dispuesto a esperar. Ya había jugado a ese juego antes.

Al cabo de unas horas, un coche se detuvo delante de la casa y una mujer de pelo blanco bajó del asiento delantero. Yo descendí los escalones para ir a su encuentro.

—Vaya, hola, perro. ¿Has venido a jugar con Carly? —me saludó ella, ofreciéndome una mano con gesto amistoso.

Reconocí su voz antes de olerla: Hannah. Meneando la cola, di unas vueltas alrededor de sus pies deseando que me acariciara, cosa que hizo. Entonces se abrió la puerta de la casa.

—Hola, mamá. Me ha seguido hasta casa desde el parque —dijo la mujer desde la entrada de la casa.

Carly salió corriendo y saltó encima de mí, pero yo la aparté. En ese momento quería la atención de las dos chicas.

—Bueno, ¿y dónde vives, eh, chico? —Las manos de Hannah buscaron mi collar. Me senté. Carly se acercó a mirar—. Apártate, Carly —dijo, echando a la perra a un lado—. Me llamo Chico —añadió sujetando el collar.

Meneé la cola.

—«Pertenezco a...» Oh, vaya.

—¿Qué pasa, mamá?

—Ethan Montgomery.

—¿Quién?

Hannah se incorporó.

—Ethan Montgomery. Es un hombre..., es un hombre al que conocí hace mucho tiempo. Yo..., cuando era joven...

—¿Fue una especie de novio?

—Sí, bueno, más o menos, sí —dijo Hannah, riendo un poco—. Vaya, mi primer novio.

—¿El primero? ¿En serio? ¿Y este es su perro?

—Se llama Chico.

Meneé la cola. Carly intentó mordisquearme la cara.

—Bueno, ¿y qué hacemos? —preguntó la mujer desde la entrada de la casa.

—¿Que qué hacemos? Bueno, supongo que deberíamos llamarlo. Vive fuera de la ciudad… Siguiendo por la carretera… Estás un poco lejos de casa, Chico.

Ya me había cansado de Carly, que no parecía comprender cuál era la situación e insistía en intentar trepar encima de mí. Le gruñí. Ella se sentó con las orejas gachas, pero luego volvió a saltar encima de mí otra vez. Algunos perros son más felices de lo que les conviene.

Confiaba en que Hannah me llevara de regreso con el chico. Así, cuando Ethan la viera, ya no la perdería más. Era complicado, pero estaba haciendo una especie de «busca/llévame», solo que ahora dependía de ellos dos que se encontraran.

Y lo hicieron. Al cabo de una hora o así, el coche de Ethan se detuvo en la entrada de la casa. Me alejé de un salto de donde estaba con Carly y corrí hacia él. Hannah estaba sentada en los escalones del porche. Se puso de pie, con timidez, mientras Ethan bajaba del coche.

—Chico, qué diantres estás haciendo aquí —preguntó—. Sube al coche.

Yo salté al asiento delantero. Carly apoyó las manos en la puerta del coche, intentando olisquearme a través de la ventanilla, como si no hubiéramos pasado las últimas horas nariz contra nariz.

—¡Carly, baja de ahí! —le ordenó Hannah.

La perra bajó las patas al suelo.

—Oh, no pasa nada. Hola, Hannah.

—Hola, Ethan.

Ambos se miraron unos instantes. Al fin, Hannah se rio. Un tanto incómodos, se dieron un abrazo y sus rostros se acercaron un momento.

—No tengo ni idea de cómo ha pasado esto —dijo el chico.

—Bueno, tu perro estaba en el parque. Mi hija Rachel va allí cada tarde. Lleva una semana de retraso. Y el médico quiere que camine un poco cada día. Dijo que si salía un poco cada día, le iría bien.

Me parecía que Hannah estaba nerviosa, pero no era nada comparado con lo que le estaba pasando a Ethan: el corazón le latía con tanta fuerza que parecía vibrarle en la voz. Sus emociones eran fuertes y confusas.

—Eso es lo que no comprendo. Yo no estaba en la ciudad. Chico debe de haber hecho todo el camino solo. No tengo ni idea de por qué ha hecho algo así.

—Bueno —dijo Hannah.

Se quedaron quietos, mirándose.

—¿Quieres entrar un rato? —preguntó ella al fin.

—Oh, no, no. Debo regresar.

—Vale, como quieras.

Continuaron quietos un momento más. Carly bostezó, se sentó y se rascó, ignorante de la tensión que había entre ellos dos.

—Cuando me enteré... de lo de Matthew... Quería llamarte. Lo siento mucho —dijo Ethan.

—Gracias —repuso Hannah—. Hace quince años, Ethan. Mucho tiempo.

—Vaya. ¿Tanto tiempo?

—Sí.

—¿Así que has venido de visita, por el bebé?

—Oh, no. Ahora vivo aquí.

—¿Ah, sí?

Ethan pareció sorprenderse por algo, pero miré a mi alrededor y no vi nada sorprendente, excepto una ardilla que había bajado de un árbol y estaba excavando en el suelo, a unas cuantas casas de distancia. Me desagradó ver que Carly miraba en otra dirección.

—El mes que viene hará dos años desde que me trasladé. Rachel y su marido se quedarán conmigo mientras terminan de montar la habitación para el bebé..., en su casa.

—Ah.

—Será mejor que se den prisa —añadió Hannah, riendo—. Ella está tan... gorda.

Ambos se echaron a reír. Y después Hannah sintió algo parecido a la tristeza. El miedo de Ethan desapareció. Pareció sumirse en una raro abatimiento.

—Bueno, me alegro de haberte visto, Ethan.

—Me ha gustado verte, Hannah.

—Adiós...

Hannah se dio la vuelta y regresó a la casa. Por su parte, Ethan regresó al coche. Estaba enojado y triste. Como si estuviera viviendo un conflicto interno. Carly todavía no había visto a la ardilla y la chica estaba en las escaleras del porche. Ethan abrió la puerta del coche.

—¡Hannah! —dijo.

Ella se giró. Ethan inspiró con fuerza.

—¿Te apetecería venir a comer algún día? Te lo pasarás bien; hace tiempo que no has estado en la granja. Yo..., bueno..., tengo un huerto. Tomates... —dijo, pero se quedó sin habla.

—¿Ahora cocinas, Ethan?

—Bueno. Sé calentar los platos bastante bien.

Los dos se rieron. Y pareció que la tristeza desaparecía de los dos, como si nunca hubiera estado allí.

32

*D*espués de ese día, veía a Hannah y a Carly muy a menudo. Cada vez venían con más frecuencia a la granja, a jugar, cosa que a mí me parecía estupenda. Carly comprendió que ese era mi territorio, aunque era difícil que no lo comprendiera, puesto que había marcado cada uno de los árboles que había en el lugar. Yo era el jefe. Y ella no intentó desafiarme en ningún momento, aunque se mostraba indiferente hasta conseguir irritarme respecto a los beneficios que ese orden natural ofrecía a nuestra pequeña manada. En general, se comportaba como si fuéramos compañeros de juego y nada más.

Llegué a la conclusión de que no era muy lista. Carly parecía creer que podría atrapar a los patos si se acercaba con sigilo a ellos, cosa que era algo completamente estúpido. Yo observaba con profundo desdén cómo se ocultaba entre las hierbas y pegaba la barriga al suelo para ir avanzando centímetro a centímetro mientras la mamá pato la miraba sin pestañear. Luego daba un gran salto y se oía un fuerte chapoteo. Entonces los patos salían volando para posarse en el agua a unos metros de distancia de Carly. Ella nadaba unos quince minutos; lo hacía con tanta fuerza que el cuerpo casi se le salía del agua. Luego se ponía a ladrar de frustración, pues cada vez que creía tenerlos a la distancia adecuada para agarrarlos con los dientes, los patos se alejaban volando unos metros. Y cuando por fin se daba por vencida, los patos nadaban con determinación detrás de la perra, graznando. A veces Carly se giraba de repente y volvía a por ellos, creyendo que los había engañado.

Aquello me hacía perder la paciencia.

Ethan y yo también íbamos a casa de Carly de vez en cuando, pero no era tan divertido. Lo único que podíamos hacer allí era jugar en el patio de detrás.

El verano siguiente vino mucha gente a la granja. Todo el mundo se sentó en sillas plegables para verme realizar una demostración que ya había hecho anteriormente con Maya y Al. Consistía en caminar entre las sillas con paso lento y distinguido. Luego debía subir unos escalones de madera que Ethan había construido para que todo el mundo me viera. Entonces él cogió una cosa que estaba atada a mis espaldas. Luego Hannah y él hablaron y se besaron.

Todo el mundo se rio y me aplaudió.

Después de ese día, Hannah se quedó a vivir en la granja con nosotros. La casa se transformó y se pareció más a la de la madre de Maya: todo el tiempo venía gente a visitarnos. Ethan trajo un par de caballos más a la granja para que estuvieran con Troy. Eran más pequeños. A los niños que venían a vernos les encantaba subirse a ellos, a pesar de que (en mi opinión) los caballos son seres en los que no se puede confiar y que te pueden abandonar en medio del bosque a la vista de cualquier serpiente.

Rachel, la propietaria de Carly, pronto apareció con un diminuto niño que se llamaba Chase. Era un crío pequeño al que le gustaba mucho subirse encima de mí y tirarme del pelo mientras se reía. Yo me quedaba quieto cuando eso pasaba, igual que había hecho cuando Maya y yo íbamos a la escuela. Era un buen perro, todo el mundo lo decía.

Hannah tenía tres hijas y todas ellas también tenían niños, así que a veces había más compañeros de juego de los que podía contar.

Cuando no teníamos visita, Ethan y Hannah se sentaban en el porche y se daban la mano mientras el aire de la noche se enfriaba. Yo me tumbaba a sus pies y soltaba un suspiro de satisfacción. El dolor de mi chico había desaparecido. Ese sentimiento lo había reemplazado por una serena felicidad. Los niños que venían de visita lo llamaban Abuelito. A él se le derretía el corazón cada vez que lo hacían. Hannah lo llamaba «amor mío» y «cariño». Igual que Ethan a ella.

Lo único que no era perfecto en ese nuevo orden de cosas era que, desde que Hannah empezó a dormir con Ethan, a mí me echaban de la cama. Al principio creí que se trataba de un error: después de todo, había mucho espacio entre ellos dos, que era el lugar en que yo prefería tumbarme. Pero Ethan me ordenaba que bajara al suelo, incluso a pesar de que a la cama del piso de arriba no le pasaba nada y la chica hubiera podido dormir allí perfectamente. De hecho, después de que yo hiciera mi demostración en el jardín, delante de toda esa gente, Ethan hizo poner camas en todas las habitaciones del piso de arriba; incluso en la habitación de coser de Abuela. Pero parecía ser que ninguna de ellas era lo bastante buena para Hannah.

A pesar de todo, y solo para probar, cada noche yo ponía las patas en el colchón y subía a él lentamente, de la misma manera que Carly avanzaba por entre la hierba hacia los patos. Y cada noche Ethan y Hannah se reían.

—No, Chico, baja —decía Ethan.

—No lo puedes culpar por intentarlo —solía responderle Hannah.

Cuando nevaba, ambos se tapaban con una manta y se quedaban charlando delante de la chimenea. Cuando llegaba Acción de Gracias o Navidad, la casa se llenaba de tanta gente que solía correr el riesgo de sufrir pisotones; pero en esas ocasiones podía elegir la cama donde dormir, pues a los niños les encantaba dejarme dormir con ellos. Mi niño favorito era el hijo de Rachel, Chase, que me recordaba un poco a Ethan por la manera que tenía de abrazarme y de quererme. Cuando Chase dejó de caminar a cuatro patas como un perro y empezó a correr sobre las dos piernas, se dedicó a explorar la granja conmigo, mientras Carly intentaba inútilmente dar caza a los patos.

Yo era un buen perro. Había cumplido mi propósito. Las lecciones que había aprendido estando en estado salvaje me habían enseñado a escapar y a esconderme de las personas cuando era necesario, así como a buscar comida en los contenedores de basura. Estar con Ethan me había enseñado lo que era el amor y cuál era mi propósito: cuidar de mi chico. Jake y Maya me habían enseñado a buscar; y, lo que era más importante, todas las cosas que me habían permitido volver a reunir a Ethan y a Hannah. Ahora comprendía por qué había vivido tantas veces. Tenía que aprender un montón de lecciones muy importantes para que, llegado el momento, pudiera rescatar a Ethan, pero no del lago, sino de la desesperación de su propia vida.

El chico y yo todavía íbamos a caminar por los alrededores de la granja al final de la tarde. Solíamos salir sin Hannah, aunque no siempre. Yo ansiaba pasar esos ratos a solas con Ethan, en los que él me hablaba con gesto tranquilo y lento mientras avanzaba por el camino.

—Qué bien lo hemos pasado estas últimas semanas. ¿Te lo has pasado bien, Chico?

A veces utilizaba el bastón para golpear la pelota por el camino del jardín. Entonces yo salía alegremente a por ella y la mordisqueaba un rato antes de dejarla a sus pies para que volviera a golpearla.

—Eres un perro fantástico, Chico. No sé qué haría sin ti —me dijo Ethan una de esas noches.

Inspiró profundamente y se dio la vuelta para observar la granja. Levantó la mano y saludó a los niños, que estaban sentados alrededor de una mesa. Ellos le devolvieron el gesto.

—¡Hola, Abuelito! —gritaron.

La alegría pura y la felicidad por la vida que sentía Ethan me hicieron ladrar de placer. Él me miró y se rio.

—¿Listo para otra, Chico? —me preguntó, levantando el bastón para golpear la pelota de nuevo.

Chase no era el último de los niños que se uniría a la familia: los niños no dejaban de aparecer. Y es que cuando Chase debía de tener la edad de Ethan cuando yo lo conocí, su madre, Rachel, trajo a casa a una niña pequeña a la que llamaban Sorpresa, Ahora Sí Que Es La Última y Kearsten. Como siempre, me acercaron a la niña para que la oliera. Y, como siempre, procuré mostrarme contento: nunca sabía qué se esperaba de mí en tales circunstancias.

—¡Vamos a jugar con la pelota, Chico! —sugirió Chase.

¡A eso sí sabía cómo responder!

Entonces llegó el día. Era una hermosa jornada de primavera. Me encontraba solo en casa con Ethan, echando una cabezada mientras él leía un libro bajo el cálido sol que entraba por la ventana. Hannah acababa de irse con el coche. En ese momento, la casa parecía extrañamente vacía de visitas familiares. De repente, abrí los ojos. Me giré y miré a Ethan. Él me observó con curiosidad.

—¿Qué has oído, Chico? —me preguntó—. ¿Ha llegado algún coche?

Algo no estaba bien en el chico: lo notaba. Solté un pequeño lloriqueo y me puse en pie. Me sentía terriblemente ansioso. Él había vuelto a la lectura y rio, sorprendido, al ver que yo apoyaba las patas en el sofá como si quisiera subirme encima de él.

—¿Qué sucede, Chico? ¿Qué haces?

La sensación de que estaba a punto de ocurrir un desastre se volvió más intensa. Ladré, impotente.

—¿Estás bien? ¿Necesitas salir? —Hizo un gesto hacia la puerta, pero entonces se quitó las gafas y se frotó los ojos—. Vaya. Me siento un poco mareado.

Me senté. Ethan parpadeó y levantó la vista.

—Te diré qué vamos a hacer, amigo. Vamos a echar una cabezada los dos.

Se puso en pie y trastabilló un poco. Yo lo seguí, nervioso y jadeando. Él se sentó en la cama y soltó un gemido.

—Oh —exclamó.

Algo se rompió dentro de su cabeza. Lo noté. Ethan se tumbó de espaldas e inhaló con fuerza. Salté sobre la cama, pero él no dijo nada. Solo me miró con ojos vidriosos.

No había nada que pudiera hacer. Le di un golpe en la mano con el hocico, plenamente consciente y temeroso de las extrañas fuerzas que se habían liberado en su interior. Su respiración era superficial. Estaba temblando.

Al cabo de una hora, se movió un poco. Algo continuaba mal en él, pero me di cuenta de que reunía todas sus fuerzas y luchaba por librarse de lo que fuera que lo tenía prisionero, igual que una vez yo había luchado por llegar a la superficie, en el agua, cuando arrastraba a Geoffrey, aquel niño que se había perdido.

—Oh —jadeó Ethan—. Oh. Hannah.

Pasó un rato más. Yo lloriqueé bajito. Notaba que Ethan continuaba luchando. Luego abrió los ojos. Al principio parecían desenfocados, como si estuviera confundido, pero luego se enfocaron en mí y se le abrieron mucho.

—Bueno, hola, Bailey —dijo para mi sorpresa—. ¿Cómo has estado? Te he echado de menos, perro. —Su mano se posó en mi lomo—. Buen perro, Bailey —dijo.

No era un error. De alguna manera, lo supo. Esos magníficos seres, con sus complejas mentes, eran capaces de hacer muchas más cosas que un perro. La convicción que percibí en él no me dejó dudas: lo había comprendido todo. Me miraba y veía a Bailey.

—¿Qué me dices del día de los karts, eh, Bailey? Les dimos una lección ese día. Desde luego que sí.

Deseé hacerle saber que sí, que yo era Bailey, que yo era su perro, el único. Y que sabía que, fuera lo que fuera lo que le estuviera pasando, eso le estaba permitiendo verme tal como yo era en realidad. Entonces se me ocurrió de qué forma podía hacerlo. Al instante, salté de la cama y bajé por las escaleras. Me puse sobre dos patas y agarré el picaporte del armario con los dientes, tal como me había enseñado a hacer mi primera madre; el viejo mecanismo se accionó fácilmente con mi presión y conseguí abrir la puerta. La acabé de abrir con un golpe de hocico y hurgué en el montón de cosas que había en el fondo del armario. Aparté las botas y el paraguas hasta que lo tuve entre los dientes: el flip.

Cuando salté a la cama de nuevo y dejé esa cosa en su mano, Ethan me miró como si lo acabara de despertar.

—¡Vaya, Bailey! Has encontrado el flip. ¿Dónde estaba, amigo?

Le lamí la cara.

—Bueno...

Ethan hizo entonces la última cosa que yo hubiera querido que hiciera. Con el cuerpo tembloroso por el esfuerzo, se levantó y se acercó a la ventana, que estaba abierta para dejar entrar un poco de aire fresco.

—¡Busca el flip! —dijo.

Y, con un gesto torpe, lo lanzó por la ventana.

No quise apartarme de su lado, no quería hacerlo ni un segundo; sin embargo, cuando él repitió la orden, no pude desobedecerle. Me lancé a toda velocidad hacia el salón y salí por la puerta para perros, di la vuelta a la casa y cogí el flip, que había caído entre unos arbustos. Di media vuelta y corrí a toda velocidad hacia la entrada de la casa, maldiciendo cada segundo que pasaba sin estar al lado de mi chico.

Cuando volví a entrar en el dormitorio, vi que las cosas se habían puesto peor. Ethan se había sentado en el suelo, en el mismo lugar donde antes había estado de pie. Tenía la mirada perdida y le costaba respirar. Dejé caer al suelo aquel juguete: el tiempo de jugar había terminado. Con cuidado, para no hacerle daño, me acerqué y puse la cabeza en su regazo.

El chico iba a abandonarme pronto. Me daba cuenta por lo mucho que le costaba respirar. Mi chico se estaba muriendo.

Yo no podía seguirle en ese viaje. Y no sabía adónde le conduciría el trayecto. Las personas son muchísimo más complicadas que los perros y tienen propósitos mucho más importantes. El trabajo de un perro consistía, en última instancia, en estar con ellos, en permanecer a su lado fuera cual fuera el curso que tomaran sus vidas. Lo único que podía hacer en ese momento era ofrecerle consuelo, ofrecerle la confianza de que no estaba solo ahora que abandonaba el mundo, sino que estaba siendo cuidado por un perro que lo amaba más que a ninguna otra cosa en el mundo.

Su mano, débil y temblorosa, me acarició el pelo del cuello.

—Te echaré de menos, perro bobo —me dijo Ethan.

Acerqué mi cara a la suya. Noté su aliento y le lamí la cara con ternura mientras él se esforzaba por concentrar su mirada en mí. Al final desistió; su mirada se perdió definitivamente. No sabía si ahora me había visto como Bailey o como Chico, pero ya no importaba. Yo era su perro. Él era mi chico.

Noté que la conciencia le iba abandonando de forma gradual, igual que la luz del día abandona el cielo tras la puesta de sol. No hubo dolor, no hubo miedo, no hubo nada más que la sensación de que mi valiente chico se iba al lugar al que debía ir.

Ethan se dio cuenta de que me había recostado en su regazo. Al final, después de una última y temblorosa respiración, ya no fue consciente de nada más.

Me quedé tumbado y quieto al lado de mi chico, en la quietud de esa tarde de primavera. La casa estaba silenciosa y vacía. La chica pronto regresaría a casa. Cuando recordé lo que había significado para todo el mundo decir adiós a Bailey, a Ellie y a los gatos, supe que necesitaría mi ayuda para enfrentarse a la vida sin el chico.

En cuanto a mí, permanecería lealmente donde me encontraba, recordaría la primera vez que vi al chico; recordaría esta última. Jamás olvidaría el tiempo que había pasado con él. El profundo dolor que muy pronto me embargaría aún no me había alcanzado. En ese momento lo que sentía era paz. Y estaba seguro de que mi vida, todo lo que había hecho, me había conducido hasta este preciso y justo momento.

Había cumplido con mi razón de ser.

Agradecimientos

$\mathcal{H}$ay tanta gente que me ha ayudado y que lo ha hecho de tantas formas desde que empecé hasta hoy que casi no sé cómo empezar a identificarlos a todos. Y saber en qué momento terminar me resulta todavía más difícil. Por lo tanto, diré que sé que, como escritor y como persona, no soy más que un proceso que, hasta el momento, consiste en la suma de todo lo que he aprendido y he experimentado. Y todo eso se lo debo a las personas que me han enseñado, que me han ayudado y que me han apoyado.

También quiero mostrar mi agradecimiento a algunos de los textos que he utilizado en mi investigación sobre cómo piensan los perros. *Observe a su perro*, de Desmond Morris; *What the Dogs Have Taught Me*, de Merrill Markoe; *The Hidden Life of Dogs*, de Elizabeth Marshall Thomas; *Search and Rescue Dogs*, de la American Rescue Dog Association; las obras de César Millán, James Harriot, Dr. Marty Becker y Gina Spadafori.

Yo no sería nada sin el apoyo de mi familia, y en especial de mis padres, que siempre han creído en mi escritura, a pesar de la multitud de rechazos de las editoriales.

También mi agente, Scott Miller, de Trident Media, cree en mí. Nunca se rindió, ni con este libro ni conmigo.

Los esfuerzos de Scott me condujeron a Tor/Forge y a mi editor, Kristin Sevick, cuya fe en *La razón de estar contigo* mejoró y pulió esta novela. Ha sido un placer trabajar con él y con todo el equipo de Tor/Forge.

Mientras escribo estas palabras, el libro todavía no ha entrado en imprenta, pero ya hay muchísima gente trabajando para apoyarlo. Sheryl Johnston, una gran publicista y un terror al volante. Lisa Nash, que recurrió a su dilatado círculo para darle voz a este libro. Buzz Yancey, que intentó generar entusiasmo. Hillary Carlip, que asumió la tarea de rediseñar wbrucecameron.com y creó adogpurpose.com, y que lo hizo tan fabulosamente bien. Amy Cameron, que invirtió sus años de experiencia docente para escribir una guía de estudio para que los educadores puedan utilizar *La razón de estar contigo* en clase. Geoffrey Jennings, un librero extraordinario que dio su aprobación al primer manuscrito. Lisa Zupan, que lo tiene.

Gracias a todos los editores que me dedican una columna en su periódico, a pesar de lo complicado que es. Gracias especialmente al *Denver Post*, que me aceptó después de la triste desaparición de *Rocky Mountain News*. Gracias, Anthony Zurcher, por hacer un excelente trabajo al editar mi columna durante todos estos años.

Gracias a Brad Rosenfeld y a Paul Weitzman de Preferred Artists, por preferirme a mí; y a Lauren Lloyd, por encargarse de todo.

Gracias a Steve Younger y a Hayes Michael, por todo el papeleo legal: sigo creyendo que deberíamos alegar enajenación.

Gracias, Bob Bridges, por continuar con su voluntarioso trabajo en los errores de mi columna. Ojalá pudiera permitirme pagarte cien veces tu salario actual.

Gracias, Claire LaZebni, por hablar conmigo sobre escritura.

Gracias, Tom Rooker, por lo que estás haciendo, sea lo que sea.

Gracias a Big Al y a Evie por invertirse a sí mismos en mi carrera de «genio». Gracias Ted, María, Jakob, Maya y Ethan, por admirar mi pantalón.

Gracias a todos los de la National Society of Newspaper Columnists por ayudarnos a todos a quedar fuera de la lista de especies en peligro de extinción.

Gracias, Georgia Lee Cameron, por introducirme en el mundo del rescate canino.

Gracias, Bill Belsha, por el trabajo que hiciste en mi pelo.

Gracias, Jennifer Altabef, por estar ahí cuando te he necesitado.

Gracias, Alberto Alejandro, por hacer de mí, casi tú solito, un autor superventas.

Gracias, Kurt Hamilton, por convencerme de que no pasaba nada con las cañerías.

Gracias a Jullie Cyperh, por dejarme todo lo que tiene.

Gracias, Marsha Wallace: tú eres mi figurita de acción preferida.

Gracias, Norma Vela, por tu sentido caballuno.

Gracias, Molly, por el paseo en coche, y a Sierra, por permitir que sucediera.

Gracias, Melissa Lawson, por facilitar el corte final.

Gracias, Betsy, Richard, Colin y Sharon, por estar en todo y por intentar enseñarme a bailar la rumba.

La primera persona a la que le conté esta historia fue Cathryn Michon. Gracias, Cathryn, por insistir en que escribiera *La razón de estar contigo* inmediatamente, y por todo lo demás. Ahora comprendo por qué tanta gente continúa hablando cuando suena la música en los premios de la Academia: la lista de personas a quien quisiera dar las gracias es infinita. Así que me detendré aquí y terminaré con un comentario final: quiero agradecer el sacrificio y el incansable

trabajo de todos los hombres y mujeres que trabajan rescatando animales, ayudando a los que han sido abandonados y
maltratados a encontrar una familia que les permita llevar
una vida feliz. Sois unos ángeles.

W. Bruce Cameron

Nació en Petoskey, Michigan, en 1960. Escritor, guionista y humorista, saltó a la fama en 2010 con la publicación de *La razón de estar contigo*. Es autor de siete libros más, todos ellos grandes éxitos de venta en Estados Unidos.

La razón de estar contigo de W. Bruce Cameron
se terminó de imprimir en marzo de 2024
en los talleres de
Impresora Tauro, S.A. de C.V.
Av. Año de Juárez 343, col. Granjas San Antonio,
Ciudad de México